第二届曹雪芹华语文学大奖
获奖作品集

故香

滕贞甫 主编

北方联合出版传媒（集团）股份有限公司
春风文艺出版社
·沈阳·

图书在版编目（CIP）数据

故香：第二届曹雪芹华语文学大奖获奖作品集 / 滕贞甫主编. —沈阳：春风文艺出版社，2023.2
ISBN 978-7-5313-6365-1

Ⅰ.①故… Ⅱ.①滕… Ⅲ.①小说集—中国—当代 Ⅳ.①I247

中国版本图书馆CIP数据核字（2022）第227941号

北方联合出版传媒（集团）股份有限公司
春风文艺出版社出版发行
沈阳市和平区十一纬路25号 邮编：110003
辽宁新华印务有限公司印刷

特约编辑：文苏皖
责任编辑：姚宏越 平青立　　责任校对：陈 杰
封面设计：黄 宇　　　　　　幅面尺寸：152mm×230mm
字　　数：247千字　　　　　印　张：19.5
版　　次：2023年2月第1版　　印　次：2023年2月第1次
书　　号：ISBN 978-7-5313-6365-1
定　　价：68.00元

版权专有　侵权必究　举报电话：024-23284391
如有质量问题，请拨打电话：024-23284384

目录

金色河流（节选）／鲁　敏	001
瓦　猫／葛　亮	041
故　香／林筱聆	147
某日的下午茶／杨小凡	239
浣花溪记／张鲁镭	259
一只叫钱钱的龟／俞　胜	287

金色河流
（节选）

【授奖词】

　　《金色河流》是鲁敏2022年3月带来的一部现实主义作品，以清澈澄明的心灵之笔描摹绮丽雄浑的时代之音。小说主人公穆有衡是在改革开放中成长起来的一代民营企业家，故事围绕他的财产如何分配而展开，探究的是财富聚集背后的价值观、道德观、拼搏精神与人文关怀。弹指一挥间，沧海变桑田，在鲁敏厚重而不失灵动的书写中，我们看到一代传奇人物的落幕，亦看到文化艺术的传承与赓续，金色大河浩浩荡荡，向着开阔处奔腾而去。

　　有鉴于此，特授予鲁敏《金色河流》第二届曹雪芹华语文学大奖·长篇小说奖。

作者简介

　　鲁敏，女，1973年生。江苏省作家协会副主席。现居南京。著有《奔月》《六人晚餐》《梦境收割者》等三十余部作品。曾获鲁迅文学奖、庄重文文学奖、冯牧文学奖、人民文学奖、十月文学奖、郁达夫文学奖、汪曾祺文学奖、《中国作家》奖、中国小说双年奖、《小说选刊》读者最喜爱小说奖、《小说月报》百花奖原创奖、"2007年度青年作家奖"，入选"《人民文学》未来大家TOP20"、台湾联合文学华文小说界"20 under 40"等。有作品被译为德、法、瑞典、日、俄、英、西班牙、意大利、阿拉伯、土耳其等文字。

一、红皮本子

1

二月里还是冷，乍进门眼镜上一层雾。雾退了，看到有总在淌眼泪。夕阳射进来，铺在家具、地板和有总身上，他歪躺的身子灰蒙蒙的，只腮边两行泪道熠然有光。

照往常经验，这不会等很久。谢老师坐到他右手边，偏瘫者更愿意被人看到好的那半边。觑眼静看，迷惑中带点儿赏析，一边想着自己的红皮笔记本。

这一场脑中风来势虽猛，并不致死，有总却像得到久盼的指令，十分投入地演弄起这样的垂死气氛。前面那么些年，他在生意场上太凌厉了，眼前这软弱模样，倒也有点儿意思，不妨可用作开头？嗯，眼泪水，编号该到99了，眼泪水（素材99）。应当比红皮本子里那些硬邦邦的材料要好。不对，开头还是先说下他的名字吧。姓穆名有衡，当是呼为"穆总"，可他要求上上下下都叫他"有总"，说是越叫越有，唤一声，多一份。包括他签合同时，总要把中间的"有"字签得特别高大，斜拉桥一般，带着两边的"穆"与"衡"。对，他什么都得多占多有。有总之名（素材8）。

正瞎琢磨着，对面的眼泪骤然而止。有总一抬下巴，指着茶几，假牙的阙如在口腔内部形成复杂的混响："这钱，我掏。"这才看到茶几上搁着个小册子，介绍克隆宠物的，不知又是什么生物公司投来做饵，要钓他银子。有总的老金毛，名唤松果，十五岁半，老得跟他差不多了，早已不能久站，撒尿都得要人相帮，出去呢，需一辆平板小车推着遛。

这宗银子倒走得爽快。谢老师想起去年的"乌克兰针",这也是他们当中流行过的项目。有总这个小圈子,都是差不多岁数的老家伙,撂开手中生意之后,皆转而专注于增寿延年之计。像严家兄弟,最推崇六道轮回,老哥俩儿分头跑马圈地,在全国及东南亚各处的名刹古庙定点做大功德,简直替家里几代子孙都铺好了来世通道。瘦筋筋的欧阳夫妇,笃信静修,一年之中,有小半年待在尼泊尔闭关,不问红尘,另外半年,则探索各种修行养生模式。他们兼顾高科技,熟谙新加坡或德国在不同类型癌症治疗上的专擅与领先情况,有时也讨论诸如脑细胞冻结与复苏、活体器官移植迭代、俄罗斯2045阿凡达永生计划等。这方面昆山的雷总兴致最高,他是开发区第一代老棍子,最早是跟台商做钢线起家的。

"乌克兰针"也是雷总挑头的,要拉着有总一起组团。说是一种特厉害的胚胎干细胞注射术,来一针六十万,能多活十年,就当到乌克兰玩一圈嘛,顺便扎一针。有总点头:挺好,一针十年,你们多扎几针,最好一猛子直接扎回娘胎,我可是巴不得老天爷让我早死。老天爷看来得到捎话,不久就送来这场中面积脑梗,左半侧成了冻肉,嘴角总像含着个烟斗,歪漏。

"好歹的,能替我陪着小沧。三十八万,值。"讲起数目,有总的口齿会突然清楚起来。自己不管,宁可给老狗续命,就为陪着傻儿子穆沧。显然,这又会是一桩被争相传颂的美谈。类似的材料,谢老师的红皮本子里可记着不少。

良渚玉(素材78)。某天约好去医院看老战友,那老战友条件差点儿,他于是胡乱塞了几摞现钞,想借机表点儿意思。却记错楼层,跑到上两层的同号病房,三句两句的,倒与另一位探视者一见如故。两人谈得十分投机,有总置老战友不顾,急惊风一般跟着人家上门去看"老货",并一眼相中块古玉。哟,客官好眼光,这可是良渚玉,镇宅之物,恕小的不能转让。有总笑了,当然能的。他把提包拎起,倒出那几摞子来,当定金。您只管说个数目,绝无二价,这就回转去提。软缠硬打一番,以一个巨大数目成交。他挺得意,谁能像我这么有巧劲的,在医院里买到国宝级的老玉。

有总那阵儿痴迷收藏,做生意嘛,到一定程度,就得搞这个。收什么呢?老玉、紫檀、蜜蜡、鼻烟壶、佛造像、老绣片、珊瑚、潦河奇石。全看什么人那阵子跟他走动得比较近。常有慕其性情蜿蜒摸瓜而来的骗子,候在他常去的地方,不同的面孔分几拨子来做局,离奇又简陋。包括眼前这一面墙的紫水晶隔断(素材48)。起先是他到北京请人吃饭,没吃上几口,座中一人接到电话,口中连呼有幸,说是有风水大师正在附近某私人宅邸秘密授课,拉着他便急急赶去,赶上听了半节课。这半节已是足够,有总得其真言密授,耳朵根子完全软了,隔天回来就把家里客厅东面的一堵隔墙给敲了,迢迢地从东海运来一块大半墙高的紫水晶。为配合这巨大且慈悲的紫水晶,在那位北方朋友的指点下,有总又请来尊者阿难造像,供上诸种法器灵物,每日晨昏谒拜,进出亦做祷祝,很有点儿老来向佛的样子。

谢老师进门与离开时也都拜上一拜,尽量地凝神敛气,端视尊者的"相如秋满月,眼似青莲华",脑子却滚过日常采办进出的流水数目,深感自己的大不敬。可能也是因为,就在这阿难造像的背后,隔一层假墙的暗室里,就是一大一小并肩而立的两个保险柜。

保险柜(素材35)。这也是有总所特有的土法配置。照理,像他这样的身份家产,重要票证珠宝细软之类,得搁到银行地库的保险柜里才合适。他不信那些,宁可像县城信用社出纳员似的,守着这两只笨重的保险柜。小的放什么谢老师不知,反正他有一项很重要的差事，就是过一阵就跑一趟银行，取回一堆现钞，码进大保险柜，像给米坛里灌上米，方便有总随时取用。

"除了去联系克隆，没别的事了吧？"谢老师微抬屁股，要走。却见有总身子突然昂了昂。口舌不便之后，有总开辟出若干辅助表达通道。下巴指东西，喉垂抖一抖，没了假牙的腮部突然鼓起，眼睛用力一闭，右肩膀抬高。

谢老师假装没看见，心里惦记着想回去给红皮本子添上两笔。克隆松果（素材100）。想起来了，这应当是同一家生物公司，最早就瞄着这帮有钱老家伙推广过基因组测序与基因保存套餐，报价高达六位数。干什么用呢？除了癌症治疗、进入人类基因库等了不起的回报之外，来人突然压低声量，还有呢，若重要家族成员身故，有人找上门来认私生子孙，以图家产，随便到第几代，都可以辨测出真伪。这可戳到有总痛处了——他就俩儿子，老大穆沧是老傻子老光棍不提。老二呢，父子关系颇恶，基本不大往来，且咬定丁克不放，目前看来，他是大有断代之虞。这已是一个大痛。再且，他有一个从五岁起就认下的干女儿，外面流言甚嚣，一说是其私生女，一说是其小情人。随便从哪个角度看，业务员都讲多啦——当时有总就架起大炮把人家给轰走了。看来这公司总算在老松果身上给谈成了一笔。

"放心，这就去办，看三十八万能不能讲讲价。您的钱可也是一分分苦来的。"

2

停。打住。真没劲，明明看到我哭，还装熊瞎子。还"您的钱可也是一分分……",这腔调听上去对我多么忠诚。可笑,这世上有谁真对我忠诚吗?哪个不是带着大刀子小刀子,霍霍地看从哪儿下手,想尽法子要片我几块肉、喝我几口血去。多少年了,都不用搭眼就知道。不过无所谓了,他们越亮刀子倒让我越兴奋,且更添斗志,血糊淋剌的才痛快呢。

有时我就是故意招那些刀子的。我呆呆地吃亏上当,东一滑西一倒地糟蹋钱,胡乱地去成全那些宵小之徒,赠品这就来了——我最乐意欣赏他们这时的模样了,他们费了多大的劲,也藏不下对我的那层痛心。瞧瞧,当年这只最难缠的老狐狸,一个钱当一条命的,而今这么落魄。挺好,我就喜欢他们把我当老傻瓜,一个有钱的老傻瓜,一个快要死的有钱的老傻瓜。尽管来好了,我这臭皮囊,七十年的老包浆了,还经得起。

也有可能小谢这老伙计并没带刀子,或者刀子藏得太深。他呢,算有点儿脑瓜子,也挺倔,老木匠似的,到现在还不肯丢他的把式,文乎文乎地瞎盘算。这家伙是能写,不写不相识,最初他就是呼呼呼地晃个细笔杆子,专盯着我挑事。

那也是二十年前了,还小厂子小买卖呢。小谢所盯上的,是我投在县城里头的一个小包装厂。那地方怪穷的,半大小子都不念书,满街晃荡,冬天打架,热天下水,每年夏天都出几个淹死鬼。厂子呢,就收拢他们进来派活儿,计件算工,每天都领到现钞回家吃饭,做爹妈的都笑歪嘴了。厂里这边,人工成本能降下三四成。两头落好的事。也是不巧,有个皮孩子,上蹿下跳得来劲,把个眼睛给碰瞎了。就这,不大不小、能大能小的事。小谢可好,像狗叼到根大筒子骨,愣是不放。他还跑上门来跟我演讲呢,讲的全是大词,还排比句。说,这可不是你个小老板的事,不是包装厂的事,不是小童工的事,不是赔点儿碎银子的事，这是关于贫穷，关于生命，关于当下与未来，关于价值与常识，明白吗？普利策奖您听说过吗？这绝对普利策……

我可没心情听他叨叨，普啥啥奖，绕不绕口哇。叫人查了下他的底细，三十郎当的毛头，没什么后台，全靠硬写，算是个角色，在那弄笔耍墨的圈子里，有"北胡南谢中有张"的说法，他就是南边的那个谢。行，你硬，能硬得过人民币吗？反正最终不是我，是他小谢被挑下马了，差不多算是封杀，哪家报社也不敢再要他。

但我不讨厌这小子，尤其那股普啥啥奖的劲头，真要给流落街头活活饿死我还不答应呢。我把黑脸一捋变红脸，特意上门请"谢老师"到我这边屈就，做公关总监，替我"防火防盗防记者"，以其长矛反攻其盾，实在是对口！为着给他面子，我要求我所有的副总、中层和员工，我也要求孩子们和肖姨，一概地要尊称他为"谢老师"，包括后来他可以在我家里随意走动，相当于我这小小王国的国师，多荣耀。还有独一份儿的年薪，那，不算薄。也不知是哪一个打动了他，还是另有原因，反正，这匹爱踢人爱乱咬的马驹，最终是改换鞍辔，掉转方向，归我门下啦。一上手我就发现找对了，真是好使。文能顶一个师爷一个秘书加半个账房，武呢，不指着挡子弹，但挡拳脚的事常有，也挡过女人，挡酒挡饭的，那更是不计其数。他懂世故，挺机灵，尤其我的私事，多少的尴尬、琐碎，都交由他去出面，这呢，又等于半个管家。用他，是值的。

他对我，藏没藏刀子呢？我一直在琢磨。

前几年，为着托他到南方找一个人，我特意约他，单独喝了个小酒。也是这样大冷的天，我们烫的姜丝黄酒，花雕十二年，那天喝得不错。我有意强调，这事，不那么光明正大，不可告与外人，表个信任的意思。他呢，也顺便跟我掏了几句。

说，他当时跟我过来干，被原来的同行们笑得不轻，包括老婆也嫌他没骨气，可他们得攒钱送儿子出国，总不能在家空转白耗。得，低头认尿，可心里还是有点儿恨的。他脸上出油，眼镜往鼻尖上滑。喝两口，再掏几句。不久才发现，其实我也算是救了他。十年不到的工夫，媒体业可真是闹猛子，各种的浪高风急呀，不淹死也得呛个半死，后又碰上"工厂"扩张，逼得报纸的路子是越走越紧，腿都要扛到肩膀上了。啥工厂？我没听明白。他用筷子头蘸酒，在桌子上画，嘴里咕噜两个外文单词。I. T.。这两个大写字母，看起来像工厂吧？这大厂子一开张，全世界人都抱一台电脑抓一只手机，报纸的印量和广告皆崩似山倒，一家家斩将裁兵，什么"北胡"，什么"中有张"，统统都没了。他这"南谢"，等于是提前几年撂笔而已，能由我这里靠船上岸，算是有福的。因此，他早就不恨我了，醒悟过来了，我得算他的恩公。他双手冲我举杯一仰头，亮个杯底足足半分钟不动。

闹不清他是佯作酒话吐真言，还是泥人塑金贴面，也不在意啦。反正而今也是离不开这家伙了，尤其现在口舌不利，就他还能懂我。可老狐狸嗅觉尚在，我能闻出来，他对我肯定是有什么想头。这世上怎可能有单纯的忠诚？我绝对不信。总有一天，他会亮出他的刀子。来吧，我挺愉快地候着。

但我主要所候着的，是"死"。也是死到临头吧，真有点儿小感觉了。只要我一个人待着，就知道有个"死"，在我边上蹲着，跟老松果一样。死神？死鬼？死人？随便好了，它属于哪个系统，是属于所有系统还是不属于任何系统，我也烦不了。我就晓得它在那里，不远不近，不吭不哈的，长久、耐心地看着我，那眼神并不陌生——对，就是何吉祥，他最后，就是用这眼神看着我的。我知道的，就是他，一直坐在那边厢，等着听我说说，关于他所托付的那些事情。别急呀老哥，等办完最后几件事，保管会快马加鞭的，我就会你去了。

克隆松果的事，主要为着沧。哈，一讲到沧，小谢立即不装瞎子了，拉直上身，表情里带上哀悼，似降了个半旗。看，这就是小沧的效果。随便什么时候，对着什么人，只要我提到他，就跟提到霉运或瘟疫似的，好像我这儿子是个牲口、废物点心或活死人，他们都会显出跟小谢同样的蠢样。可真叫我愤怒！

我家小沧怎么啦，有哪条王法规定，每个人都必须油光水亮的，天天地迈二门出大门，必须拍肩搭背地交朋友，必须又搂又抱地搞恋爱，必须吆五喝六地挣大钱吗？没有哇。咱家小沧只是有他自己的一套，而我也乐意把他给白供在家里头。要说我这辈子，为什么黑白不分地拼命挣钱，直干到走不动路才撒手，其实就为两个人，死人是为着何吉祥，活人，就为着我家小沧。别说这辈子了，我养他十几辈子都不成问题。请问，这有什么不可以吗？

啊哈，其实我知道……他们从沧身上，又想到我家二子，继而又联想到穆家所谓"有钱而无后"的不幸笑话。我这不是还没死呢，有招。

3

"筛子。抱了筛子再死。"听到这话，谢老师只得把抬起来的屁股又放回椅子上。

有总过分用力，喉垂抖动，口水都挂下来了。筛子指孙子。我要筛子。最近他跟谁都嚷嚷这个，包括上门来给旧马桶通下水的物业工人。小伙子哎，知道吗？我那俩儿子，一个老傻子，一个忤逆子，搞得我到现在没筛子。这都快入土了，怎么撒手哇我？小伙儿对这口歪舌斜的囫囵话早听腻了，戴着口罩只管忙活。那马桶早该扔八百回了，可他宁可这么着反复报修。天道酬勤，天道还酬俭呢，我对这马桶有感情了，白给我个金的都不换。他悭吝起来，总是比他的慷慨更有说服力。

"明白。要不我再找老二谈谈？"自然，傻儿子穆沧不在此事视野之内，得找他口口声声所谓的忤逆子王桑。老二王桑随的是妈妈王云清的姓，王桑八个月大时，王云清就跳楼走了。王桑结婚已有八年，婚礼主持词还是谢老师给写的，祝他们早生贵子来着，新娘丁宁而今脸上都有细褶子了，身形还像个未得开化的苦闷处女。

以前有总对这些人伦俗事并不上心，忙生意还来不及呢，也就这三两年，就谢老师冷眼看来，恐怕也是马放南山、老病加身之后，必然会到来的欲求之一，跟他小圈子里那些热衷迷信也热爱科学的老头们是一回事。他呢，对肉身本体的金刚不坏长命百岁明显兴趣不大，算是独辟蹊径，更有境界一些。

比方说，留名人间。穆有衡保健室（素材64）。他多次向谢老师表达对邵逸夫先生的景仰，认为他的"留名"策略十分典范。王桑念过的中学有逸夫馆，王桑后来的大学有逸夫楼，完了到哪儿看病，还有逸夫医院。啧啧，他反复啧啧，并动起这方面的念头，让谢老师去接洽，捐建个有衡路、有衡桥、有衡公园、有衡图书馆什么的，大小不论，能命名即可。他甚至面色峻然地表达过这样颇有境界的意思，做生意嘛，就是原罪。修几条有衡路，建几座有衡桥，多好，等于让千人踩万人踏，也是帮我清洗、帮我进修哇。

谢老师得令，先后到地名办、路桥办、绿化办、文化馆、街道办等各处接洽，市级不行换县级，城里不行改乡镇。这当中可是闹过不少笑话。这根本不关乎钱或者功德。路桥可是公共设施呀，审批手续得走若干道，最终一般都是这样的意见：首先，得是大大的名人，最好还得是文化名人，好歹能算文旅资源。企业家，您认为合适吗？再且呢，最好是要身故，评价与成就有了结论，这才可以提交上去。请问这位穆有衡老先生是……谢老师最终勉强给办成的，是替街道上联络了两间闲屋，搞了个没头没脑的保健室，定期组织义诊，然后无限量配置了一批带有"穆有衡保健室"字样的环保布袋，搁在那边厢，供来往人等自取，算是了结此事。

而与留名同步的，就是集中火力想孙子。想到一招，就让谢老师把王桑唤来，进行表演式的训诫。那时他还没中风，气焰十足。

《基度山伯爵》（素材69）。虽然我是穆家的单支，可我不是为着祖坟香火什么的。对着逆子王桑和幸聆在侧的谢老师，有总热情和冗长地回忆他的中学风采，证明他懂文明，讲唯物，也爱读点儿书，还读过外国小说。比如《基度山伯爵》，他流利地说出爱德蒙·唐泰斯的名字，看人家伯爵……对，他自己无儿无女也收养孤女呢，王桑冷不丁插嘴，这小子反应太快了，刻薄。有总立即打住，转到他在部队的风光，跟战友相搭着出黑板报，他写诗编文，何吉祥画美术字，拿过好几回奖呢。讲到这里，有总突然呛咳起来，面皮涨红，总之绝对不是出于愚昧，是我胸中有一股子气，脑子里有些东西，我得，我得……繁衍。他软绵绵地用了一个书面词。那次的演讲高开低走随后不了了之。何吉祥，谢老师在心里再次标记这个名字，错不了，这里头准有料，八成是黑料。类似情况已有多次，"何吉祥"三字说出口的前后，有总必会现出异态。

另一次演讲，他搬出的是老祖宗。祖宗原浆（素材71）。这不是"生"的事情，是"死"的事情，明白吗？想想我身边死过多少人哪，真的是一死，就死透透了。他幼稚地沉痛着，顾自浸入大脑深处的某些死亡回忆。良久，他以婆婆妈妈的语气请求王桑，咱不讲汗血宝马，就天上飞的鸽子雀儿，地上走的小猫小狗，都还讲究个血统血脉呢。你不能让你的上人，说没就没了，得让他们留在后代身上。你看，我最喜欢吃柿子和柿饼，为什么？因为我太爷、我爷、我爹都好这一口，所以你也爱吃对不对？你哪怕不为我，也得想想你妈。她可是搭上一条命，才生下的你，她的血肉全化在你身上。你的单眼皮、平板脚哪儿来的？你得替她生下个一儿半女，传下她那单眼皮，多俊。嗳，你参观过酒厂的原浆地窖没？原理晓得吧？我们现在喝的，每一口真正的好酒，里头都有最根儿上的粮食原浆，多少不论，但肯定是一轮裹着一轮，递进着发酵的，明白吗？咱们穆、王两家的后代，要是到你和沧这里断了，那么不仅我、你妈，还有穆、王两家的祖宗原浆，也都到此为止了。明白吗？

不就DNA吗？谢老师看到王桑终于笑了一下，这孩子，最拿手的就是这种温文尔雅的阴阳怪气，显然他也知道生物公司跟这帮子老家伙的瓜葛。

对，DNA，就是原浆的洋叫法。有总带点儿喜色地瞥一眼谢老师，认为他和逆子算是达成了一致。反正邵逸夫那一套咱也学不了，就不搞有衡楼、有衡桥了，过上五十年一百年的，那大楼和小桥，保不定也是拆了、塌了，跟肉身一样靠不住。咱还是把根留住吧。他突然唱将起来："一年过了一年/啊一生只为这一天/让血脉再相连/擦干心中的血和泪痕/留住我们的根。"有总这一句哼哼，也是以前的老把式老底子了，那时所有的大酒过后，都要再搞个卡拉OK豪包，唱唱跳跳，搂搂抱抱。有总特意把这《把根留住》给练成了拿手曲目，因这歌里头有个"根"字，容易使人联想到男根，酒气搅动之下，男人们扯下领带干号，那种稍许下流的气氛，会产生一种兄弟般的亲密感，不正可以润滑一下生意与友情吗？

有总以昔日那种卡拉OK的浮风伢气，脚尖打地，抖腿哼了几句。然后他浑身摸索自己，继续向王桑演示。想想我这肋骨条，我这胳膊上的痣，我这总要裂口子的指甲，没有一样是平白无故的，都是祖宗先人里，江西那条线或湖北这条线给传下来的，多了不起呀！咱家的根哪。你，谢老师！他扭头兼顾，也当心点儿，你家那小子在加拿大还晃悠啥呢，也不比桑小几岁吧，赶紧地让他搞对象生崽子，别学那单身独户的一套。趁这打岔的工夫，王桑扭头抬腿，逃之夭夭。

永生口诀（素材72）。祖宗原浆说无果后，有总觉得他应当找个更高级的策略，谢老师被唤去商量。你替我想想，这小畜生也算是醋酸文人，得对味。谢老师那阵子碰巧看到一个视频，觉得有点儿意思，就跟有总建议了一番。

是讲宇宙的，相当于空间意义上的太古上古远古，无边无际的浩茫之中，什么椭圆类、透镜类、旋涡类星系，什么拉尼亚凯亚超星系团、室女座超星系团，到大麦哲伦星系、仙女星系，这个系那个系的，目前可观测的宇宙中，大概有二万亿的星系，其所包含的恒星比地球上所有的沙子都要多，比沙子还要多呀！这是什么概念？真是看得人快要绝望了，好不容易，看到一个熟悉的名字：银河系。接下来又是这星那星从远到近地好一阵推拉，等片子都快结束了，才看到一个几乎看不见的蓝色小不点儿。有总立即明白谢老师建议的着力点了，他苦苦看了好几遍那科普模型片，随后的演讲发挥超常，带着罕有的抒情。

……知道那差点儿都看不见的小不点儿是什么吗？儿子哎，那就是我们脚底下这个大圆球。

你想，那么无穷大的宇宙，这么无穷小的一个地球，然后才是，这么，这么……的人！人类为什么总想永生，所有的皇帝老儿、大科学家，或这个教那个宗的，都在上天凿空、入地打洞，都在求永生说永生，其实都狗屁不通。真正的永生是什么？就是生儿育女，就是男人女人的那档子事儿啊。所以"他妈的"压根就不是脏话，而是一个永生的口诀！人被生下来就要尽这个本分，活着，生养，给宇宙给蓝色小球一个交代——可惜后面这一大段儿华彩都白瞎了，刚说到他勃起的那里，一直安然不动的王桑就站起身来，一路捂着嘴干咳，跑卫生间去了，吐了十分钟都没出来。那次关于宇宙文明与男女本分的宏观谈话，亦以有总的长啸叫骂宣告失败。谢老师后来每次听到人骂脏话，都会想到，好哇，这可是一句在宇宙洪荒间回响的口诀哩。

"叫那小畜生来。"有总声气虽弱，仍用战斗式的遣词，下巴高抬，快指到天花板了，"我还有一张好牌。绝对的，大王！女大王！"

哈，有总如此的气焰，预示着他必然又会使出一个逻辑不通的招数。谢老师欣然点头，乐见其成。可是，等一等，女大王，他这是在说谁呀，一秒钟的停顿，能有谁呀。谢老师立刻想到了有总的干女儿河山。她那独一无二的脸庞，由小到大，由远及近，近到可以看到她略带点儿斜睨的骄傲眼神儿。哟嗬，这真要搞起事情了。谢老师嘬起双唇，差点儿吹出一声尖厉的口哨，随即抿住嘴，让自己的心跳稳稳地接续上去。挺好，有总越是抽风，越是"作"，"作"得华丽、愚蠢，对他的那个想法就越是有利。

4

关于有总，谢老师是有个想法的。

因"童工瞎眼"深度报道稿被有总挑出媒体界，而后他又重金前来收拢——谢老师能就这么没皮没脸地倒伏了吗？说复仇太严重，也

015

没那么孩子气，但将计就计是真的，心里总是有一根逆刺：不让我写？我偏要写，只写你，这辈子只磕这一桩事。

为增加点儿仪式感，他从十年前，就正经八百启用了他的专用笔记本。看过许多名记大家的回忆，他们都有着特定的劳动工具，有的喜欢把所有铅笔都削好排整齐，有的终生使用深蓝色墨水，有的只用某牌子的打字机。偏执得多么浪漫哪。在中山东路那家外文书店的文具柜台里比来比去，他相中一种大红皮本子，皱纹似的褶子里散发出高级小羊皮的味道，他闭上眼闻，想起远不可及的约瑟夫·普利策，一口气买了两摞。每晚睡前，他都会想上一想，若有值当的素材，大小不挑，顺着时间编号记下。夜里偶尔起身，窗外有光，朦胧照着床头的大红皮本子，谢老师就挺踏实的，认为他的时日并没有虚度。

有次借酒向有总交心，谈及他的投靠，但那心只交了十分之一不到。这一投靠，是生存意义上的续命，值得言谢，这不假。可想想看，此生何为，当真由媒体良心一变成为资本家走狗，说卖身就卖身了？不！可！能！想想当初一起争稿源抢线人的那帮子老弟兄，能让自己就这么过去吗？哪怕是作为"北胡南谢中有张"的唯一代表，他也得暗战到底。而有总，则算是资本那一方的代表吧。故而他的转身掉头，是为着潜伏与卧倒，他要做一个长线的、总账性的选题，搭上大半辈子来干，以揪出有总的金钱原罪史（思路一）。直到末了的末了，把他给写个底儿掉。

到底怎么写，他还没太想好，或者说，想法还在变化之中，他也得等着这根逆刺，去掉些火气戾气，长成好苗子，长成参天树才是。先积累下各种大料小料再说吧，跟过日子存冬衣置家产一样地备料。有总反正一高兴起来，就喜欢各种吹嘘。

西瓜壕道（素材3）。他小时候伙着一帮孩子偷西瓜，不是一个个抱,嫌太慢,是把田埂边的小沟给理顺了,改为壕道,一个顶一个地,批量推滚出去,偷得又快又好。有总每到席尽吃瓜,牙签上戳起,并不送到嘴里,先跟众人得意扬扬地讲这个滚瓜的场面。机灵吧,我从小就有聪明劲儿。这有啥意思,谢老师又不是要写项羽本纪。加减乘除(素材18)。跟新员工训话时他总讲这个"小花絮"。讲他怎么拿下熊猫电视机厂的送货业务。前后脚进去洽谈的全是大老板,红色桑塔纳配正宗金利来套装,连小跟班儿都架个金丝边眼镜,高级死了。他呢,坐公交车一路挤过去,架着胳膊把西服捧手上,那是他头一身西服,爱惜着呢,下了车再找地方换上。可他肚子里有货呀,早就把所有熊猫电视外包装纸箱尺寸都记了下来,就靠一根破圆珠笔在纸上加减乘除,多少台二十五英寸跟多少台十七英寸或者十四英寸的搭货运载,最是紧凑、节省地方,硬是把一辆大货的装机数目,从九十六台提到一百一十台。就凭这,他在运费报价上压倒性创低,拿下标书。

鸡血石(素材34)。生意场上曲里拐弯的制胜招数,倒是从不描红遮黑,他睃一眼谢老师,用讲真理的口气:从来如此,必须如此。"交友之道"上,他确也有些天分,总能在第一时间嗅得那些重要人物的喜好。爱跑野山野水钓野生鱼的,哪怕就着一碟花生米,也绝对只喝年份酒,喜欢赌高尔夫球的,爱玩越野四驱的,好一个大师限量紫砂壶的,等等吧。还有位"朋友"喜欢逛奇物店,有总就跟过去看,看那朋友问过什么,摸过什么。过几天便以神秘价钱买下那店里的鸡血石、昆仑玉等,给送到对方司机的后备厢。有趣的是,过不多久,那些玩意儿,又原貌原样地重新出现在奇物店里啦。有时呢,也不在花费,在于花心思。有总曾为一位空降本地任职的南方"朋友"同时请过三位厨师,轮值着在他家服务。一位专烧本帮菜,一位烧他的家乡菜，潮汕风味，一位是侧重他太太的川妹子口味。你看，小谢，这样搞下来，什么朋友交不到，什么事情办不成？两点之间，怎么最快？有朋友最快。这是有总常挂在嘴边的名言。

假如做生意也分流派的话，有总不是家族一路下来的大户派，他生生地，就是靠着"多个朋友多条路"，这也是他们那帮子小老板的一个共同点，反正就这么大一个池子，非敌即友，你上我下，你左我右，四下里共同搅动，最终打发最肥的一层黄油，大家各自得利便成。谢老师在他红皮笔记本里所记下的大部分素材，程度深浅不同，其实都是同质化的一个累加，就凭这些个——哪能把穆有衡给写个底儿掉呢？

谢老师知道，有总那不停转悠的脑瓜深处，肯定还藏着另外一些真正的机密，不可语于世人的，是他之所以成为他的核心所在。他必须贪婪又艰难地等待下去。好在这倒也不难，只要他这么生活着，就是在等待着。

只是，这两年，出现了一些不大妙的迹象，有总的谈话意愿跟他的食欲一样，越来越低了。尤其是这场并不那么严重的中风之后，有总过分恣意于这种半侧不遂之态，整日大着舌头哈喇口水，吐字似吐金疙瘩，极吝，只用眼皮、眉毛和下巴来表达他的意思。但从他偶尔谈到具体款项或某笔旧账的连贯表达中，谢老师怀疑，有总是故意在放弃或掩埋他的讲话功能。大音希声自是说不上，可确实有种向下的、厌弃的尾声感。这可真是有点儿麻烦。

大门响了，肖姨吱溜溜带着松果的小推板车进门了："我这每天下楼哇，从不空手，不是推松果，就是推有总，或者带着拉杆袋去菜场装土豆白菜。可别走哇谢老师，我去给您弄碗热乎的。"

穆沧垂挂着头，蹑着手脚，到谢老师身后的南阳台收下晾着的狗褥子，铺到北面过道的狗窝里，然后半抱着扶松果下来，带着它往褥子上挪。谢老师全程盯着，沧仍是他那静止的嬉笑之色，视线绝对不高过地面三尺，怎么也捉不到他的眼神。等松果躺好歇下，给它的饮水器上满水，穆沧跟谁也不打招呼，高大略胖的身子从客厅一角窜过，拉开门便走，回他的住处去了。

穆沧一个人住在老机械厂的宿舍楼，还是穆有衡早年在厂里分得的一套自建房，五十平方米不到，顶楼，夏热冬冷，管道设施也都旧败了。穆沧不肯搬动，也不愿动屋子里的东西。有总也不是很讲究的人，丢下两处别墅不管，也不去那恒温恒湿英式管家服务的滨江高层，就近着穆沧住。这里其实也是机械厂厂区所在，一九九六年厂子倒掉之后，被开发成筑枫雅居，有总遂买下相连的两大套，打通了一直住到现在，跟穆沧那小窝就隔一条街，也方便肖姨两头照管。

"放心，我这就替您约二子去。"谢老师三两下喝光吃净，谢过肖姨，总算抬起屁股，跟有总哈一下身子。尽快约来王桑也好，倒是看看，他怎么打那张"女大王"牌的。

二、病　梅

1

每次到筑枫雅居这边，所幸次数也不多，王桑都让自己坐在朝向阳台的位置。如此，便不用面向紫水晶隔断与阿难造像，亦不必直视穆某人。

这整个中午，与穆某人的谈话——如果，这种并无信息交换、单方面重复性的语言喷射也能算作一种谈话——已进行了四十分钟,手机上红灯一直在闪。

趁着穆某终于含起吸管来喝茶的空儿,翻动微信处理了一通。都是凹九空间那边的事,无非是增加一面布展挂墙,三天半的展延期到四天半,册页上漏掉了艺术家个人二维码,无可无不可的,但当事人总是讲究得要命,纠结得要命。不想让穆某听到这些往来,免得又被他抓住不放尽情嘲笑,自以为俏皮地谓之"蜜蜂屁眼大的文化事业"……

对这位父亲,人们声声尊称的有总,王桑心里只唤他作穆某、穆某人。穆某今天到底要谈什么,他压根无所谓,只需面呈思虑之色即可,实则双耳关闭,肚腹里自我翻翻筋斗罢了。这是他一贯的策略,也可谓,父子之交淡如寡水。

表面上的矛盾是王桑五年前突然离开机关大楼,偏离远大仕途,去到凹九空间,苦哈哈地做起那些毫无用处的艺术展览,这是穆某打死也想不通的"惊天之变",至今愤怒异常,随时会借个话头,用他那粗野的调子训话。切,哪里轮到你淡泊名利了,淡够了没?泊够了没?每到年底,看到官方一拨拨地发布"最新人事任免",就让谢老师约他上门,百爪挠心地长吁短叹,好一番地软语哀告。二子,别跟那些吊儿郎当的艺术家鬼混了,咱回正道行不行,好歹,给穆家翻上官牌子……

有时还讲他上过的国学大师课,讲才子从政,这是自古以来的大理儿,什么张衡司马相如,什么王维白居易,什么苏门父子三口,什么司马光范仲淹,什么欧阳修王安石。二子呀,哪个不比你有才,不比你清高,可哪个不是做到大官?你不是号称崇拜王阳明的吗?人家那更是文治武功,凭打仗都能封上爵位的!

王桑只一声不吭。老家伙凑近、细看，终于翻脸，瞧瞧你这吊死鬼的丧气样，就活该扶不上墙，活该屁事也干不成。就你那啥凹九还是凹十的，每天能有九个人十个人去吗？该！就你这张脸，比你的展览还难看呢。都不如你哥穆沧呢，人家就是睡着了都笑嘻嘻的。

是呀，也不知道别人怎么都能够把表情收拾得挺有样子的。进到大国企的同学，面上总是精进、昂扬，外加一点儿竞争性的机警。有两个在互联网公司，眉宇间密布危机感，可危机中又具有先进性，像远远走在人类与时代前面。做媒体的也是，像谢老师，离开报社二十年了，还是那样一种什么都是机密但他什么都知道的神气。而在凹九空间，来来往往的艺术男女们，也自有一套比赛着不靠谱的复杂派头。更不要讲他以前在机关大楼里的同事们，也总是蛮笃定、自洽的表情模子。

独是王桑，总飘飘忽忽，落不了地，找不到自个儿的脸——病根在哪里呢，不正是拜穆某所赐吗？也懒得跟他去从头掰扯了。

"你今天，不交个底，就别出这个门。"穆某用吸管吸溜茶水，吸猛了，溢出许多，试图用下唇拢住，未遂。这使他本就含着舌头的狠话，效果又减了十之七八。穆某这残损模样，让王桑稍有点儿惊异，想到他以前那直扎耳朵的疾风骤雨，淡淡的同情与时间上的胜利不分上下。

"我们丁克。刚结婚就讲了，讲八年了。就这会儿，也都说四次了。"王桑平静地说，音调绝无起伏。这样的效果最好，气人的效果。

"讲了，就是天？（含起吸管）皇帝老儿（吸管跑偏、重试）还能上吊寻死呢。要什么条件？（右手去够纸巾，未遂）讲！"

哈。瞧瞧老家伙，都这样了，还这么的穆有衡：所有的事都是生意，而这世上就没有他谈不成的生意。谁说中国人都没信仰，他就有：生意。他终身信仰并践行这个，能把儿子也算计在内。

2

这算计，打小就开始了。刷牙和打球只准用左手，以助右脑发达。大暑天买来奶油冰激凌，放到王桑眼跟前，但不许舔哪怕一口，直到它们白白化掉。一年三季冷水浴，伏天反而用热水。每日晨跑三千米哪怕大年初一户外大雪。顺着成语词典挨个儿背成语。每日读五页《大英百科全书》。王桑后来才知道，穆某都是在酒席上，在觥筹交错之际，不论政商学农工，结交到些大人物，他就向人家讨教成为伟人成为强者的育子良方。东一处西一处，但凡听得个三句两句，就回来给王桑的每日功课加上。有时王桑会想，他怎么长大的呢，就是那些酒囊饭袋的无数条大舌头，给胡乱指点的大杂烩成功之道。

王桑尝试过微弱的抗争。穆有衡不动身子，只把头微微一侧，侧向哥哥穆沧的房间。这就什么都不用说了。王桑从能明白事理起，就被告知：家里头，不能指望小沧，你得翻倍的厉害、全能的牛。确实，是这么回事。

穆有衡经常跟他谈心，把房间顶灯关了，只留床头灯，把他的影子在墙上映得巨大。

你想啊，二子，你的命哪里来的，要不是发现小沧不对头，国家承认他是傻子，哪能申请到你的指标呢？一九八三年的二胎，正是基本国策的要紧关头哇。你这命，是小沧给你的，得认一辈子。

王桑再大一点儿，穆有衡头发也白一点儿了，他声音嘶哑，仍然只开床头灯。

二子，你妈为啥跳楼呢，就是因为生你呀，脑子给生岔了，拦不住地要跳,差点儿拉着你哥儿俩一起——这是个很长的睡前故事,王桑已倒背如流。讲完这一套残酷家史,穆有衡就搔着花白脑袋带上门走了。王桑却翻身爬坐起来,并觉得他这辈子都绝不能躺倒了,得像埃菲尔铁塔那样永远硬邦邦地站着。他一条条地掠夺了家里人的健康、运气与生命,他必须成就这个家的远大前程。

因此王桑是连叛逆期都没有的,包括高中分文理,很明显他文科强得多,穆有衡坚持要他选理科,并罕有地降低要求,说只要二本就行,专业并不要太热门,机电哪,水利呀,农科呀,都可以,也不必非念博士不可,不如早点儿工作积累资历,将来搞搞在职研究生就行,反正后来都得上党校。最要紧的,是下到基层去吃苦头……怎么,你都没好好研究一下他们的简历吗?其实是有规律的!王桑那时才明白过来,穆有衡在他身上所寄托、所规划的,是怎么样一条康庄大道了。

而那时,也正是穆有衡生意上最为高歌猛进、日月有增的阶段。固然早就学过"资本来到世间,从头到脚,每个毛孔都滴着……",但穆有衡具体是怎么的"血和肮脏",王桑那时并不大清楚,所能看到的,就是他整天价吃饭喝酒送礼交朋友。

大多是有实力的朋友,哈,穆某表面上是那样的热忱、景仰,孝子贤孙般地哈着腰。而私下里,又极为老到地把他们给分门别类地工具化,圆熟地摆布对方于"遇水架桥、逢山开路"的诸种需求之中。事成之后,穆有衡总会与谢老师击掌而贺,那种提弄傀儡线的大快意,实在是不能够直视。那时王桑受一位年轻助教的影响,正囫囵吞枣地读着王阳明,满心倾慕,尚处于少年人的天真高洁中。

几年的大学履历,颇是漂亮,进学生会,支教,交换生,国家奖学金。毕业后先到街道干了两年,然后就上机关,在办公厅一个工作组帮忙,一口气忙了市里的三个大型国际会议,后来落脚到团委,走步至此,大样子上看,算是搭起很好的架子了——他不知道,也不愿问,是穆有衡在幕后推动着这一切吗?

当然,打小的那些清规戒律确实有效,他发现自己不易受享乐的诱惑,有甘愿清苦的意志。记忆力强,也擅发言。穆有衡曾要求他看政客演讲合辑,故而在任何场合,王桑开口"谈谈我一点儿不成熟的想法",皆是条理清晰,能引经据典来几句诗文,还有临时发挥的几句幽默。担当一桩事务,他会自然而然地考量综合行政成本,会判断上级意志,结合部门考核要素,也会兼及媒体效应等。长期的浇灌和训练之下,这一切,不难,几乎是下意识之举。

问题就出在这种太过标准的下意识,出在穆有衡长久的布局。回头望望二十多年的养成路径,自己到底是什么?就是穆有衡对着"官模子"所一手造就的高仿赝品。太像了,以致太糟了。

而心明眼亮的人也同样把他看作是一条咸鱼,谁嘴巴里淡了,就拿他出来挂一挂:怎么就落地团委了,那可是干部"蓄水池"呀,靠他自己?绝、对、不、可、能。总之他这样的人,怎么样都是不对的。车前马后对众人殷勤,那是因为心虚。倘使闷头进出,便是傲慢,仗着家里有几个臭钱不认得人了。工作得手了,那是众人给他面子。你想,只要上了花轿,傻子都能抬将出来。若工作出点儿岔子,嘿,说他是泥人儿吧,这不现形了。

果真冤屈吗?王桑在脑子里一拍惊堂木,惊惧地审视自己的处境——他可能就是个草包,且必须是个草包,是个不学无术的纨绔子弟。穆某的原罪有多大,他的原罪也就有多大,该着的。穆有衡的规划越是周全,王桑越是努力跟进,哪怕只是下意识地模拟,外界的否定与反感就越是强劲,他就越会可笑地四处吃瘪跌跤、满嘴啃泥。

关键是穆有衡从来意识不到这些。这老投资人可正等着收割呢，期望值蹿得像发烧的水银柱，伴随着百思不解的强烈愤慨。你，怎就这样呢。二子呀，你咋就总不动呢？看看，年度优秀没你，挂职锻炼没你，轮岗没你，援藏援疆没你，西部扶贫，还是没你。

总之，在机关挨到第五年，一盘活棋已然走死，由于他自己的拧巴劲儿，也由于人们对他的拧巴看法，好似插错地方的秧苗，王桑深感自己蔫头耷脑，快要脱水而亡了。那年年底恰逢机构转改，一部分文化单位改企，一部分外挂脱钩。鸿鹄大志者与失意平庸之辈也都由此各自腾挪或被腾挪，王桑是后一类，被安置到创意园区的一个展馆，旧防空洞改造而成的，名"凹九空间"，主要是搞些艺术展览，也可承接小型演出，雅致而门可罗雀。

……

尾声　如湄如滔

1

是九月末了，金秋安详，街巷里满是老桂树浓郁沉静的香气。因河山忙着慈善拍卖，这次是王桑陪着丁宁，也差不多是倒数一次两次的产检了。仍照他们的习惯，先去接穆沧。穆沧下楼后发觉是他，立在原地足有两分钟不动，处理和接受这个"变化"。

王桑发现，而今身边不少事情，都被河山建立起新的体系。比如肖姨，本该回家不干了，被她三两句怂恿着，接下丁宁坐月子期间的照料，看那个趋势，大概也会继续做小孩儿保姆。也好，可以兼着照料穆沧。

丁宁胖出双下巴，头发剪得短短的，腮上两排扇形雀斑。有时猛一瞧，几乎不敢相认，觉得她实在是难看。但这种难看别有光泽，越是接近产期，越是有种佳期在约的笃定和不愿向外界泄露的自洽。这更令王桑有种孤独感。他们的相处之道已越来越平静，平静地互助，也随时可以平静地中止。

但昨天，他们之间发生了一件事。这能算一件事吗，是夫妻呀。

孕后期的丁宁极为嗜睡，有时午觉能睡整个下午。昨天王桑提前一点儿下班，就发现她又在北阳台躺椅上睡着呢，刘海披下来遮住半张脸，肥衬衣落下肩膀，露出半边胸部，那是已做好哺乳准备的乳房，比以前大了许多。能看到乳头，乳晕肿胀，星星点点分布着一小圈分泌点。那个晚自习室里隔着窗玻璃与他对望的女生，真的要成为小妈妈了。王桑涌上一阵伤感的爱慕，发现自己猛然冲动了。十分惊异，太久没有这样了，并且是因为丁宁。

他轻轻抚摸她的肩膀，肿胀的胸，感人的腹部，结实放松的大腿。她可能还在沉睡，也可能醒了。往下触摸，进一步感受到她的柔软，以及某种深沉的期待。他把她在躺椅上放正，分开两腿，然后蹲下，以一个从来没有的姿势，看着自己的器物进入。为了不惊动子宫，也为了这久违的亲密，王桑进行得十分缓慢，这缓慢带来了某种回忆的对照。很多年前紫金山顶的帐篷之夜……次日早上，他在晨勃中醒来，丁宁仍然趴着，发出猫咪般的小小呼噜，松乱的长发覆在脸上。王桑那次也没有惊动她，从后面轻轻进入。他感觉丁宁稍稍抬起了屁股，但仍在继续装睡。这让王桑加倍放松。他拉开帐篷侧上方的透气小三角口，看到几缕可爱的橙色光线，伴随着他的节奏，也在一上一下地弹荡着，那是刚刚升上山顶的朝阳。

此刻没有朝阳，但北阳台的西窗能看到些许余晖。云彩暗红，絮絮团团，俗丽而大方地拥着太阳往下滚落。王桑看到丁宁的雀斑变得透明，眼睛仍是微闭，可王桑能感到，毕竟有着那么多年的同床共枕，尤其有着许多糟糕的经验，所以才更加能够感知到，那久违的地带，正对他馈赠以紧紧的温热……眼泪是和精液一起迸出来的，他瘫坐于地，把头轻轻倚靠在丁宁腹部，感受小小而持续的搏动，不知是动脉内部的奔流，还是来自胎儿的心跳。他觉得惭愧，似是头一次感受到这新鲜的跳动。想想看，这肚皮里，正藏着一个吐着羊水泡泡的小生命。理论上说，它的小身子应当已掉转方向，胎头向下，冲着即将来到人间的产门……他真想推醒丁宁，撩开她的短发，像是刚刚知道此事，大声告诉她：他要做爸爸了。

事实上，直到现在，他们都未对昨天傍晚的那场亲热做过任何交谈。产检排队不长，丁宁却在里头耽搁了很久，出来后就给肖姨和河山分别打电话，说各方面都还行，就是胎位方向还不到位，医生指导了她一套矫正操，需要连着做一周云云。她没有专门跟王桑讲这些。

从医院一出来，穆沧便自动走到前面带路，端正的步子带着小小的弹性。

"每次产检完，河山都带我们歇个脚。这里有家穆沧特别喜欢的蛋糕店。"丁宁想起什么，突然笑起来，"刚才闹个笑话。我真算这儿的老熟脸了，医生护士都以为穆沧是我家属。虽则你头发白点儿，沧稍胖点儿，外人乍一看还是挺像。刚才小护士先在队伍里看见穆沧，隔会儿又在长椅上看到你好好地坐着。把她给吓得，以为自己不是眼睛出问题了就是脑子出问题了。好玩吧？"

这是责怪他陪伴太少吧，这是事实。今天能说出来，是个好的迹象。他们之间实在是太客气了。

"晓得河山为什么总带着穆沧？包括到我生产那天，也要让穆沧过来，说这样宝宝一落地他就能看到。河山的心思，就是想让沧参与所有过程，让他跟宝宝互相培养感情，这样等将来沧老了，我们几个包括河山也都老了，可不就是要靠宝宝来照料穆沧嘛。我是真的佩服河山，别看她整天没个正形，可她各方面都上心，比你爸还能管事儿。"

王桑完全同意河山的想法。他再次感到自己被排除在外，女人们真是有个联盟吗？

穆沧的黑森林蛋糕先到，他克制地盯着，等他们点的都上齐了，方发动开吃。丁宁疲劳地向后靠着，没动她的那份。三角长条的抹茶戚风，大杯牛奶，邻座一对情侣正贴着脑袋细语，做旧设计的绿车厢座，丁宁与他并排而坐。不大适宜地，王桑想起了那些旧日故事。

看穆沧吃罢，嘴巴闲下来了，问他："还记得吗，以前跟你聊过我和女朋友的事？"

穆沧是谁呀，想让他不记得才难呢。他顿了半秒，用这半秒在脑子里快速调取，然后以他固有的语调开始了："你教她……学自行车……"

那时两人还处于暧昧期，丁宁也是又笨又胆小，学了三四天，还要王桑护卫，还不停摔到他身上怀里。那几天的肢体接触，于二人之间，实在前所未有。穆沧干巴巴地只讲了这前一部分，实际上，还有后续。两人在一起后，有次因小事生气，丁宁说："我讲个笑话，但你不许笑。其实，我小学三年级就开始，天天骑自行车上学。"

王桑对穆沧补充了这一段，一边用余光看丁宁，看到她把牛奶杯送到嘴边，听到她啜吸吞咽，看到她挖起小半勺抹茶。咦，王桑突然发现，她手上的婚戒不在了，对，她说过一次，太紧，取下了，他当时没太在意。此刻突然感觉很糟。穆沧仍然在机械、毫无韵致地复述，现在说到的，是两人头一次共度中秋，他们跑到行知楼顶楼看月亮，那晚天色阴昏，月亮也很黯淡。王桑发挥他的酸才子特长，偏把那一片朦胧给说成是最高级的东方之美，说是特意为他们两个所呈现的、对人生要义的某种隐喻。

王桑看他的杯底，少许残留的茶渍似又重现出那晚的天色。他把头侧过去，把视线往上挪。看到丁宁的脸了，无声但密集的泪水，暴雨般冲刷着尘灰累累的婚姻。她仍在喝牛奶，间或用小勺子往嘴里递送抹茶蛋糕，让自己胖大的身体更胖大。她始终没有接话。

2

青山堂画作拍卖会的筹备相当顺利。在河山那魔鬼般的游说下，王桑不仅放下了任何心理包袱，并且深以为然地觉得，这是独一无二且广开源路的大善举，进展顺利的话，下一步说不定真能惠及昆曲，把他和木良的各种想法付诸现实。一役战，数功成。

展出作品，除了青山堂画室所精选出的九位病友四十幅作品，还有阿美妈妈牵头的一部分。她从跟河山相识，就是此事的头号鼓动者，其热情比起河山更有过之，算是把多年的痛苦转换成振作的劳作。她的朋友圈里差不多全是躁郁症患者之家，各个地方一传，青岛、上海、昆明、天津正也有类似的绘画治疗法，也想一并参与，于是增加了外地病友的三十幅作品。

艺术、疾患、财富、情怀，冷热荤素向外头一举端出来，简直任督全通，尤其新媒体，来劲得不得了，都主动跑来帮着发预告，把青山堂画作做成视频，商界精英、艺术家名流还有心理学家们也纷纷出来，侃侃而谈，发表高见，这里还没启动呢，先自热红了半边天。搞得王桑还真是有点儿感动。人如果真的做起事情来，还是众人拾柴，助添其焰的。王桑心里也赞服河山，别看前面办公司各种的不顺溜，可这个点子，牛的。

万没想到，恰恰是河山这里出了点儿问题。

离拍卖展只有一周时间了，这天王桑正在下面看现场，想把拍卖区搞成时髦一点儿的T字形，以便在两侧安排举牌竞拍。发现河山不知打哪儿冒出来，脚步磨蹭着走近。

开口倒算镇定，拿自己开涮："我这人身上，肯定有个特别的基因，搞砸的基因。随便什么事，搞一个砸一个，肯定的。"王桑这时还没太在意，带她往计划中的T字区那边走，有几处设计是她原先提议的。她口中不断地在骂自己："你说我，真是一脸放荡样子，一看就不正经，就算正经人跟我做正经事，也会给沾染上，成了不正经的人。"王桑忙摇头，这才知道，她真碰到麻烦了。

"屁咧。你要是没有失忆症，你自己想，我第一次跟你套近乎，说想做个艺培师生联展，你突然一个急刹简直要撞到马路牙子。第二次我直接上门谈，带着那么多画，多重啊你知道。你不也一口回死掉的，还说什么反作用力。你们一个个有私心杂念能怪我吗？"

王桑没有辩解，她说的是事实。他头一次反过来想象她的处境，多少事情是因为美貌而被接纳，又因为同样的原因而被回绝。人们一想到美人，就会想到她们必然处处都占大便宜，实际上肯定有相反的情况，也许概率还更大。利欲交换场上的取舍很微妙，尤其是那些更具野心，故而更加谨慎的权力者，他们一定会避开她的。

她又冲以王桑为代表的男人们发了一通火，最终才说出原委：是老金，他要退出了。

王桑一听，背后也立时起汗了。老金是河山手里最大一张牌，其余那些中小型恩主，都算是循着他的名头而来。为甚要退出呢？老金没有给河山解释。可谢老师替她打听到了，老金正在忙自己的工作，故而这时的老金，就不想与河山打交道了。

那小女人可了不得。嗳，你懂的，孤儿嘛，从小出来混的。最早跟的那位爱心妈妈，一查，路子可野了，多少人栽在她手里。尤其她这个拍卖，怪怪的，要不是她嘴巴巧，一般人恐怕都要说得拧舌头：什么青山堂画室，谁不知道那是脑科医院。啥艺术疗法，不就是给他们打发时间的吗？爱心项目太多了，排着队等我挑呢。她这路子，不敢碰，别把我给黏上了。

谢老师打听得很详细。河山活灵活现学了一通舌，声音也哑得像个老男人。王桑这时已经把她带到楼上办公室了。她摸出烟，捏捏空盒子，作罢。接过水，猛喝几大口。有沙发，她不坐，抱膝蹲在地上。

"其实这种事情，碰得多了。有图我好看的，有嫌我好看的。有一回，我兴冲冲去面试一个化妆品的地区代理，我想凭我这长相，凭我这看人说话看人下菜碟的，做化妆品一定赚。果然，第一轮面试后，面试官就联络我了，约出来见面。那小家伙是海归哦，长得挺讨喜，聊得挺愉快，晚上就一起了。可你知道吗，就在下一轮面试中，仗着他是主考，非常迅速地，用两个绝对刁难的问题把我给刷了。他后来找我解释，甚至还推荐我到一个香水公司。说没别的原因，就是怕有人怀疑他，而他确实又干了。就这样的。"她嘴唇皮干了，碎皮翘起来。她粗鲁地撕下，上唇立刻渗出一丝血。

可能因为他已放下了对河山的臆想，已不像上次那样愤怒了。但是更疼痛，更绝望。他竭力地试图理解，去消化河山对身体与性的态度。她的随意无法轻易评判——她的随意就是随意本身，是欢愉和苟安的本质，是对他人也是对自己的怜悯，甚至还夹杂一种助人为乐的天性。

从没这么强烈地感到他整个语言系统的简陋，该说什么，该如何去说。此刻这蹲着的、疲衰的河山，叫他敬仰，叫他怜惜，却完全无处下手。她如此强硬地逐浪随波，制造并藐视自己的所有创口，听凭肉身流离，以此对人间奉上注定要被践踏的献祭。他只是一个平庸之吏，远没有去护佑她的能力。她应当得到一份透明无邪的爱慕，穿过所有恶欲与污烂，给她以宽广宁静的陪伴。

"老金撤就撤吧。我就活该的，该是个花瓶、摆设、小把件。说来也真逗，从头到尾，也就穆老爹一个看得起我，多少年的肉包子打狗，被我东一榔头西一棒子地败……可真逗，太逗了。"她一迭声的"真逗"，哽咽着自嘲，眼泪直冒，她手背往两边揩，嘴角咧得难看了。

听她提到父亲，忽一下想到谢老师，王桑心中一动。

谢老师最近特别用功地奔忙于父亲所托，每隔一阵就跟王桑讲他操办吉祥基金会的进展。虽不是公募性质，还是有一大套程序要走。原始基金盘、民政登记、理事会、章程什么的。他经常发很长的语音给王桑，或者忙里偷空，跨着摩托车过来聊几句，兴奋得气喘吁吁。

兴奋什么呢？他说，原来不太了解这个，此番稍作深入，才觉得有总如此处置毕生的家当心血，实在是，怎么讲呢，是特别"有总"的一个路数。绝对的，比直接传给他们几个，要好玩得多，也厉害得多。

本质上说，还是有总的那一套滑轮原理，通过方向与力量的若干组合递进，最终达成更高的综合功效。当然这要看河山的本事，看他这个幕后军师的本事，还得看理事会的本事——作为发起人，谢老师是老实不客气地把自己定位为秘书长了，理事会成员可以有三分之一为捐赠者家属或亲友，不顾王桑反对，也拉了他进去。别的那些成员，王桑不太熟，据谢老师讲，他是用"有总的眼光"选的——如果他们这帮子人足够能干，不仅可以对原始基金做增值运作，使得钱再生钱，还可以自己开发公益项目，慈善再生慈善，项目再生项目。要是一帮没本事的狗熊呢，就靠利息和管理费维持基本运转，左手接善款，右手捐善款，也行。总之，弹性极大，可上青云，可伏草根。

"你看看，有总真是太厉害了，太妙了……没有人能够想到这么远。"谢老师是佩服死了的口气。王桑倒是觉得不足为奇，这些丝丝入扣的算计，本就是父亲骨子里的天性，是他的本能运转和顺势而为罢了。

他心里真正所感触的，是从头到尾，父亲这个奔向死亡的漫长过程，无论是怒气冲冲地争取着名声、血脉与孙儿，或是又打雷又闪电地算计他财产的去留，或是颠来倒去地回忆他与何吉祥的恩与罪，其实都是在盘算和考虑他的死亡，一直到昏迷，到他寂静无声地躺在薄被子之下，仍在手脚并用、一寸一缕地攀爬他的死亡之峰。

王桑直到现在才慢慢回味出来，正是伴随着父亲这一路的死亡，他才真正感受到穆有衡的生之历程，而这种伴随，不觉中又在他自己身上形成各种各样的投射与体察。关于怯弱，怯弱中的激起，关于隔阂，以及隔阂中的爱，对某样事物的纵身投入，关于做事成事的起伏不测，关于物质与非物质，关于先人与后人。父亲所经历的人生，他仍在经历，他意识到自己是"一个儿子"，同时，他要做"一个父亲"，这最原始不过的血缘关系仿佛包含天地大义，一代又一代人生死相连，一脉流传，浩浩荡荡……

他没有跟谢老师说这些虚头巴脑的，谢老师可要忙各种结结实实的事。尤其是最近，他刚刚搞定"吉祥某某基金会"中的这个"某某"，也即将来的公益方向。搞什么呢，谢老师实事求是，咱们这个基金会，跟外头一比，实在是小巫中的小小巫，大家也不要贪大求高的，最好像有总那样，做些眼见为实的好人好事。他随即用稍许神秘的口气，提到有总的追加遗嘱。记得吗？他说过他帮一个老婆婆坐飞机，为什么帮？琢磨琢磨，这有点儿意思的。试问，哪个人不想飞，整个人类都想飞呀，飞到天上不说，还要飞到太空，飞到宇宙。这是什么，可不就是梦想吗？别以为有总是随口提的，这其实是他的一个信号和指令，我看，不如就叫——"梦想基金会"怎样？听来可能有点儿俗气。可咱们有总，啥时不俗气过？你们想想，他以前还专门玩过神仙佬儿突然降临的把戏。包括给穆沧征友时，他也交代了，要一个个地问，假如有钱了想做什么，听听，这就是有总最关切的事情……谢老师爽朗一笑，那种最有发言权的笑。这样一来，咱们基金会的涵盖面就比较灵活了，可锦上花，可雪中炭，通过不同的分支项目来实现……此计一定，谢老师只用两天半就走完程序。

也就是说，吉祥梦想基金会实际上已正经成立，只等一个吉日对外宣布、开门纳善。不正巧嘛，借着青山堂画室义拍一起做，多漂亮。甚至可以说，哪怕就是为了这个基金会成立，特地张罗一个慈善活动也是应当的呀。

王桑把这主意跟河山摊开来细讲："义拍现在这么火，我还不乐意把风头给老金呢，他退得好，正好吉祥梦想基金来接手。我们先宣布穆有衡的财产全额捐赠，吉祥梦想基金会就此亮相，随后领衔搞慈善拍卖——我敢保证,谢老师要乐坏了。你不是怕梦想基金小里小气吗,有这青山堂义拍作为第一宗项目,调子绝对很高了。看到没,不仅没砸,还是天大的利好。"

"……我也想过这一招。可是,你想,如果不是穆老爹正好走了,指定了这基金会,谁来替我托底?天下哪有这么好的托底?"河山非但没给劝住,反而哭得更凶,"多想把穆老爹给揪回来问问,他真觉着我能行吗?还是只因为以前那些破事情。我最讨厌当可怜虫,一步步都靠施舍,我真的是被施舍够了……"她越发地绝望,"吉祥,多好的名字,正经八百的基金会,穆老爹一辈子的金银财宝。等着看吧,所有好东西都会被我搞砸的。"她越蹲越低,像被什么大东西给压住,压得狠了,无法动弹。

王桑由着她哭。这场痛哭也许早就该发作出来,医院的那个清晨,父亲的追加遗嘱播放出来,所有财产都被指认到她头上,以生父吉祥之名……从那个时候,她就被这庞大的信任和托付给压坏了。新鲜的痛苦,老的痛苦,摞在一起,即便她已铁血独行这么多年,也是吃不消的。

王桑还记得,在那个守灵夜的终了,早晨六点还不到,通知要把逝者移至太平间。谢老师和丁宁皆在熟睡之中,肖姨还没来。他们谁也没惊扰,两个人送了父亲最后一程。

蓝色屏风后面的几筐大冰块已经融化殆尽,整个区域带着湿漉漉的凉意,像突然踏入初冬的野地。从头覆到脚的白色床单,起伏不大,略带阴影,眯眼看去,像被水雾气笼罩的微观平原。王桑身上短衣薄衫,忍不住打一个寒噤,鼻头都有些红了,流下清涕。河山从边上轻轻拍他:"这下子,我们一样,都成孤儿了。可怜的老穆沧。"王桑忽觉一暖,觉得河山这脱口而出的安慰里,也流露出她本人的惜别之意，她在父亲这里，多少也是有过被佑之感的吧。

她此刻的大哭里，可能也有这个意义上的追念吧。王桑递去纸巾，不打算说什么了。痛苦从来都是这样，没法靠大哭一场去彻底清算，万象更新。哭吧，然后继续承受。

等她稍许平静下来，王桑索性跟她谈起具体事务来，是不错的消息："木良那边有几个老戏迷，下南洋、去澳洲的，人在国外养老了，可还念着这边，他们会委托连线举牌，这也算一个媒体点。我甚至觉得，那老金，回头一看这阵仗，悔大了，知道对你是误解了，恐怕还要上赶着来给吉祥梦想基金会捐款呢。你也别担心善款太多，木良那边可正搓着手，眼巴巴等着呢，我们的项目计划书，可都是现成的。"

河山听着，偶尔还在抽搭，脑子却是一步没落："别老跟我昆曲不昆曲的，你可真是一个人都不放过，搞得沧都听起那玩意儿，算你有本事。"

"是昆曲有本事。我还打算请他到凹九看看现场呢，你正好陪陪他，没准昆曲把你也收了。"

"不行不行，那玩意儿嗯嗯啊啊的听得我浑身不耐，瞌睡虫立刻上身，每回都比他睡得还快。"

"嗳，你跟沧一起听睡前故事啦？"王桑脱口而问，当然，他并没想到别的。

河山愣了一下，脸上闪过迷惑，随即抽抽鼻子，也有点儿发笑："这听起来是不是挺那个的，孤男寡女深更半夜的。最近不是奔来奔去地忙吗，经常要起大早见人，我租屋那么远，就睡他客厅沙发了。没办法，只得也一起跟着，听你那劳什子昆曲了。不过小公子哥儿啊，我可跟你说清楚，一码归一码，不论为着谁或为什么事，要花吉祥梦想基金会的钱，可得走理事会一条条打分评估，咱得按规矩来。"能说什么呢，当然点头。他可太愿意看到这样认认真真的河山了。父亲看人不会错的，河山总有一天自己也会确认，她从来都不是可怜虫，她是壮丽河山。

3

谢老师打算把这边作为吉祥梦想基金会的办公场所，他拉着王桑四下指点，药草疗浴室改成贵宾接待室，客房和棋牌室打通了给财务用，阳光房做会议室，以后就在这儿开理事会，将来有了荣誉，或者有人送锦旗，就挂四面墙上。谢老师开起玩笑："有总就喜欢这种土土的装饰！"

两人在书房待了会儿，谢老师打开几个柜子抽屉，净是些雕花木盒，明黄衬里，大红绒布什么的，原先包裹纪念品和奖牌的。谢老师伤感地抒情："看，名与利都不在了，只遗下了它们的壳。虚无吧，肖姨还舍不得扔呢。"书房桌子上，还有一个台历搁着，王桑凑近去看，上面画写着乱糟糟的字迹，随即注意到，这是一九九五年的。"那可是我搬纸箱下楼时，偷了一本揣在怀里的。"王桑翻看了几页，辨认。赵妻手术6号下午。订红木？台湾老陶、中医（重要）。全面实行双休，休闲项目！语焉不详，有的打了五角星，有的写了又画掉。"要吗，给你做个纪念。"王桑想了想，摇头。

"那正好，我就给河山留着，这里给她当办公室，就当是有总的'传帮带'吧。最好，她也弄这么一本老式日历搁着，继续翻下去，嘿嘿，利是大发！你下次再过来，这里肯定会重新铺排得满满当当！"谢老师这会儿可一点儿不虚无了，复归良相重臣，一番要搞大事业的语气。

最后,他们还是回到客厅,阿难造像边上,收拾出一个红木高案,父亲的相片就放在上面。"这里,就都不动了。"谢老师小声说。王桑扫视一圈,灰皮沙发、木茶几、窗台、花架、紫水晶隔断、假墙、看不见的保险箱。

衣衫不整一身酒气,烂泥般躺倒在地。把手拢在耳边,说他能听到"嘣嘣嘣"钱在敲门。亲热地冲手机里称兄道弟,忽而嘎嘎假笑,道出一个龌龊的要挟。就某则艺术界丑闻,对王桑进行无情而精准的讽刺。拍打着沙发背,煞有介事评点政界的高层人事变动。与老松果气喘吁吁扔球取乐,腰部晃荡着衣褶似的皮肉。歪着嘴角压着笨重的相机,镜头冲着楼下的垃圾箱。半卧半坐,似醒似睡,似一片搁浅的扁舟。愤然而娴熟地摇动轮椅,推动那一堆咯咯作响的老骨骼……一边勾勒,一边散落,如灰如沙如雾,浓墨渐淡中消弭。

谢老师默然站着,好一会儿才搓搓手:"我也是,总能看到他歪坐在这里,下巴冲茶几上一抬,不耐烦地冲我发号施令……"谢老师这样,简直叫王桑想到《九莲灯·闯界》里那位义仆老苍头,虽不至为主人闯阴府下地狱,可这股子事死如事生的劲儿,也差不离。有时一个再简单不过的小事,谢老师仍会拿父亲的眼光来比画,左右手互搏一通。比如基金会的牌子,有总会喜欢老式镀金铜牌,还是都会气派的白金镀铬。比如注册日期,要不要择个黄道吉日去拜拜香?他到底还是有小迷信,那时家里还没设佛龛,每到下面公司开张或是新项目上马,前一天他必要悄悄跑一趟栖霞寺。欧阳夫妇的二女婿也想加入基金会理事会,要不要念这个旧?其实有总经常六亲不认的,反而对生人会突生柔情……

每到抉择不下之时,谢老师便会给王桑呱啦呱啦讲些旧事,以寻求意见。虽是琐琐碎碎的，王桑还蛮乐意听的，脑子里那些疏空的轮廓，就此添了血肉。谢老师呢，显然也有点儿借题发挥，他享受这些独有的记忆，也享受由他来这样讲述和定义："他这人，忽冷忽热，亦新亦旧的，替他办事，可真遭罪。放心，也就私下跟你讲讲。等我将来写出来的有总、河山、丁宁，包括你，绝对都是另外的样子，连你们自己都认不出，哈哈。等着吧，等忙完这一票，我就要正式开写了。"

4

义拍正式开始之前，请木良的剧团来了一段折子戏。

其实只是暖场的意思，可木良还是像宝钗给贾母点戏似的，想着要热闹喜庆，又想到座中客，半为商贾，半为文艺名流，场面上最好能有些大的开合，又不能失了雅致清隽。更何况，那几家直播平台的流量，数字太大了，瞧着怪吓人的，比他过去十年来各处"送演上门"的总人数，还翻出百十倍的跟头，正是他最渴望的"满坑满谷"的人哪。他思虑重重地跟王桑商量了好几回，最终还是王桑让他放松些，不要做一役功成之想，就来个熟脸熟戏、生旦各半的《琴挑》正好。

静场定音、弦动丝行之后，木良悄悄隐在台侧幕后，两道幕布间的拐弯缝儿里，能看到一大半的台下观众。木良满足地、轻声地说："我最喜欢站这里了。"王桑便也陪着他立在幕畔，往台下觑看。

舞台素简，离观众池很近，开幕大亮、渐暗转场，其光亮便直接投映到座中，光影闪动，节奏徐缓的古奥唱词中，人在看昆，昆也在看人。这些悬浮在舞台暗光下的面孔，稍带一点儿茫然与失魂之态，尤其到精微之处，他们拉直的视线有如箭矢，密密地向舞台中央发射而去，紧紧勾连着台上台下，浑然一体为庞然大物，在无边际的时间浪涛中，起伏飘摇，如鲲如鹏。

木良突然用手肘顶顶王桑，他那双略微吊起来的老目猛然撑得大而圆："还真的睡着了，戏这才开始呀。"王桑顺他眼睛看下去，睡觉的人很好找，就坐在第二排最左边头一个位置。那是河山。脑袋上刘海耷散着，正倚着身边人的肩膀，嘴角微张，双目合拢，睡得熟乎乎的。台上幽光在她脸上明灭，像是祖先的炉火跳跃。也难怪她，这些时日，连日的疲劳加焦虑，此际大幕拉开，只能礼貌枯坐，而慢悠悠的水磨腔一起，她听不懂也耐不得，能不睡去吗？打个盹也好，她的大戏还在后面呢。可她这，是倚着谁呢？

王桑当然一眼就看到了，可他有意慢慢地把自己的眼光往边上拖，只见那人脸上微微笑着，稳坐如钟，把一只肩膀给牢牢端住，脸上朦胧着发呆，像在听他独个儿的睡前故事。他俩就那样无意识地依靠着，亦梦亦真，瞧着还挺合适。心里不觉想到谢老师快要开笔的书，嗯，等会儿跟他说说，最后要能这样结尾也不错。

瓦猫

【授奖词】

　　《瓦猫》是一部岁月更迭中的匠人笔录，也是一部历史与时代之下的家国之书。尘封的旧物打开时空之门，战火纷飞的抗战时期，西南联大的师生与当地瓦猫匠人的后代共同谱写了一曲荡气回肠的革命与爱恋之歌。小说由一封书信勾连起历史与现实的盘根错节，一座座瓦猫见证着世事变迁。时代的洪流里，技艺的传承使得人们得以和时间抗衡。葛亮以他古典又现代的文学叙事语言，传承着中国小说的文脉与传统，他笔下的人物，闪耀着浓厚的家国情怀和理想之光。

　　有鉴于此，特授予葛亮《瓦猫》第二届曹雪芹华语文学大奖·中篇小说奖。

作者简介

葛亮，1978年生。先后就读于南京大学、香港大学，文学博士。现任高校中文系教授。著有小说《燕食记》《北鸢》《朱雀》《瓦猫》《七声》《戏年》《问米》《浣熊》《谜鸦》，文化随笔《小山河》《梨与枣》等。作品被译为英、法、意、俄、日、韩等国文字。曾获"中国好书"奖、"华文好书"评委会特别大奖、首届香港书奖、香港艺术发展奖等奖项。长篇小说代表作两度获选"《亚洲周刊》年度十大小说"。曾获颁"海峡两岸年度作家"、《南方人物周刊》"年度魅力人物"。

大阔嘴，旗杆尾。

钟馗脸，棉花肠。

大肚能容乾坤会，

梁上驱邪吓退鬼。

——滇区童谣

1

说起来，那次去云南，完全是为了卡瓦格博。

可是到了香格里拉时，我因为高山反应，引发了急性肠胃炎，已经不能动弹了。这对我的确是一次意外。因为仅在一个月前，我从利马直飞印加古城库斯科，一路辗转上了马丘比丘。在海拔三四千米的地方，身体并没有任何反应，甚至未服用类似红景天的高山反应药物。可这次云南的行程，尽管做了充分的准备，却事与愿违。

但我还是坚持随队上了德钦。到达驻地，便开始发高烧。

大约折腾到了半夜，人才睡了过去。第二天醒来，已是接近中午时候。照顾我的是当地的藏民德吉大婶。她会的汉语不多，但表达却很恳切，因此足以交流。我喝了一碗她为我熬制的鸡汤，据说里面放了当地的藏药草，对缓解高山反应有神效。这滚热的鸡汤喝下去，立时感到好了很多。

有人敲门进来，是拉茸卓玛。她是我们队里的人类学家雷行教授的研究生，也是当地人。卓玛看见我的样子，似乎很高兴，一边说，昨天看您脸色煞白的，吓死我了。今天就这样好了，是有卡瓦格博保佑呢。

然后她便热情地用藏语和德吉大婶交谈。我才知道，大婶是她的"阿尼"，也就是姑妈。

没待我问起。她便告诉我，同伴们都去了附近的白马雪山垭口。回程的观景台，据说是看卡瓦格博最好的地方。我在心里叹口气，觉得这一场病十分煞风景。

卓玛大概看出了我的失望，说，毛老师，我陪你到村里走走吧，远远地看雪山也很美。

卓玛没有说错。在这个村落的任何一个角度，都能看到卡瓦格博。

她站在一块高岩上，高兴地指给我说，我们的运气不错呢。是的，大约是季节将将好，并没有搅扰视线的云雾，"太子十三峰"看得十分清晰。峰峰蜿蜒相连，冰舌逶迤而下，主峰便是卡瓦格博。

我远远望去，不禁也屏住了呼吸。雪峰连接处，是终年覆盖的积雪与冰川。这样盛大而纯粹的白，在近乎透明的蓝色的穹顶之下，有着不言而喻的神圣庄严。

我静静看了一会儿，说，这村叫"雾浓顶"，今天倒是给足了面子，一丝雾没有。卓玛便笑了，说，老师，您这是作家的说法。我们这"雾浓顶"，其实是藏语的音译。"雾"是菩萨的意思，"浓"是下去了，"顶"和"邸"一样是高地，合起来就是菩萨下去的地方。

我问，菩萨下去了哪里呢？

卓玛遥遥一指，说，村里老辈人说，那边有个水塘，现在已经干了。菩萨被一个女人惊动了，从那里下去，飞去峡谷对面的飞来寺了。

这村落里错落着民居，都分布在山坡上。卓玛说，整个雾浓顶，也不过二十多户人家，从她记事时就是这样。

白色房屋掩映在层叠的青稞地里。冬天的田地，是土黄色的，远望广袤无边。大约因为刚收获过，近观不很丰盛。有些野雉在地里啄食，并不怕人，看到我们过来，也没有退避的意思，反而好奇地昂起头，看着我们。看够了，晶亮的眼睛一轮，又低下头，在地里刨生计去了。

在一处空旷的田野里，我看到了一尊精美的四面佛像，晾在天棚下面。说是精美，是因形容笔绘端穆。但身体还有镶卯拼合的痕迹，应该还未来得及塑上金身。我正看的时候，卓玛接到了电话，她说，老师，我姑爹请我们去他家里坐一坐呢。

我便随着她，走到一幢半坡上的房子前，门口蹲着一只黑狗懒懒地晒太阳。看到我们，立即站了起来，大声地吠叫。卓玛对它说了句什么。它便又顺从地趴了下去。我们就看见德吉大婶迎了出来，手里还端着一只竹匾，里面金灿灿的，是新收的玉米。

这房子如同村里多数的民居，白墙灰瓦，有个坡屋顶，大约用来晾晒，各色粮食在阳光底下纷呈，煞是好看。相对先前所见，干打垒的外墙算是朴素的，并无浓烈修饰，只开了几扇黄绿的藏式方窗。屋子边上就有白塔和焚松枝的香炉，院外整整齐齐码着木柴，是为过冬备的。

德吉大婶领我们走进门，是个过厅，穿过去豁然开朗，是挺宽敞的客厅。靠窗一长排藏式长椅和茶几。午后浅浅的阳光，恰照射进来，落在墙壁上。挂着斑斓的壁毯，是藏传佛教的故事绣像。迎面则是木雕佛龛、壁柜。房间正中的炉里生着熊熊的火，坐在炉上的水壶正咕嘟咕嘟地冒着热气。一位面色栗红的老人，看着我们，高兴地道一声"扎西德勒"，便站起身来。我也双手合十与他还礼。

之后便充分领略到了藏人的好客。这位朗嘎大叔，似乎将家里好吃的东西都拿了出来，甚至包括刚熏制好的藏香猪肉干。当然少不了的是酥油糌粑。卓玛大约看出我一瞬的犹豫，便和她姑爹说了句藏语。然后对我说，老师，您肠胃还没恢复，这个难消化。不用勉强。

朗嘎大叔哈哈大笑道，你们城里人……

然后他也放下碗,脸上是一言难尽的宽容表情。为了不让他失望,我立时模仿他,将奶茶倒了小半碗,依次倒进了酥油、炒面、曲拉、糖,用手指拌匀,捏成了小团。味道竟是出乎意料地好,有一种馥郁的芳香与酸脆。又学他灌下了一杯青稞酒,热辣辣的。

朗嘎大叔格外地喜悦,眯起眼睛,对我竖起大拇指。他的话也多起来,原来竟能讲很不错的汉语。他说,我能来他很高兴,可以和他说说话。村里农闲,整个雾浓顶已经没什么人了,都去转山了。

我便问,您为什么没有去呢?

他眼里的光便有些黯淡,告诉我说,他的风湿病犯了,走路都很困难,最近越来越严重。

看他低头不语的样子。卓玛便用藏语和他说了什么。大约是在劝说,他便渐渐神色缓和,又和我们谈笑风生。我们临走时,他拿出了弦子,引吭为我们唱了一首德钦本地的民歌。因卓玛的翻译,我依稀记得其中的一句歌词:"我是雪山上的雄狮,没有了洁白的雪山和冰川,雄狮怎能存活?"

大叔拄着拐把我们送出来。走出了好一段,我们回过头,看他还站在高坡上目送,卓玛叹息一声,说,其实姑爹这样的康巴汉子,不能去转山,是很折磨的事情。

我想想说,老人年纪确实也大了,在外面万一有个闪失……还是在家里放心。

卓玛摇摇头道,我们藏人对生老病死,都看得很开。能在转山路上死,在卡瓦格博脚下死,是很幸福的。姑爹苦的是,身体上不了路。

我们在回程途中,看见一座小房子,孤零零地坐落在路边。与雾浓顶普遍两三层的屋宇相对,它显得尤为低矮。只开了两扇窗,也没有装饰。倒是屋后有一座很大的白塔，耸立着。比起房屋，白塔更为洁净，像是有人着意打理。上面飘着经幡，在太阳底下若隐若现地闪着晶莹的光。

而吸引我的，是这房子的坡顶上，有一尊雕塑。这是周边其他房子上所没有的。它黑乎乎的，像是某种图腾。在我有限的关于藏传神佛像的知识储备里，似乎了无印象。它更像是一只动物，确切地说，是一只老虎。它虽体量不大，但有双怒睛，突兀地张着大嘴，面目可称得上狰狞。

这时，一股山风吹过来，吹进了我的领口，让人一个激灵。我回过头，问卓玛这是什么。

卓玛脸上有迷惑的神色，愣愣的。这时她回过神来，说，瓦猫。

瓦猫？是种……神兽？我问。

她说，是，但不是我们藏族的。这些年我跟着教授，在大理、玉溪、曲靖考察时都见到过。在呈贡马金堡也有，叫"石猫猫"。但这一只，应该是昆明龙泉的形制。

我说，你不讲的话，我还以为是老虎。猫兼虎形。

她点点头，说虎也不错，"降吉虎"驱邪嘛。它是云南汉族、彝族和白族的镇宅兽，自然是模样恶一些。多半是在屋顶和门头瓦脊上。这大嘴是用来吃鬼的。大门对着人家屋角房脊，一张嘴吃掉。要是向着田野，有游魂野鬼，也要安一只镇一镇。

我说，这样说来，还真是只霸道神兽。

她说，可是……究竟不是我们藏族的东西，我不记得以前有。这房子，是村里五保户仁钦奶奶的。

可能是听到了我们的声音，门这时打开了，有人探出了头。是个很老的老太太，身着一件很厚的氆氇藏袍。她佝偻着身体，抬起头看

047

着我们，说了句什么。我看到她一只眼睛里有白色的翳障，应该是看不太清楚。另一只眼睛，却透着有些警惕的鹰隼般的目光。卓玛走近了，和她亲切地交谈。她这才点点头，看着我，眼光柔和了，竟然绽开了笑容。黑黄的脸上，沟壑般纵横的皱纹也因此舒展开来。她掀起衣襟，擦一擦眼睛，似乎想要仔细再看看我。

卓玛走过去扶着她，说，我跟她介绍说，您是城里来的教授。奶奶可喜欢读书人呢。

她于是指着屋顶上的瓦猫，跟仁钦奶奶说了一会儿。

奶奶沉吟一下，点点头，对卓玛说了句什么。卓玛就笑着对我说，奶奶问，您是从哪里来的？

我想起此次云南之行的起点，不假思索答道，昆明。

这一回，奶奶好像忽然听懂了。她走近我，仰起脸，望着瓦猫的方向，开始用极快的语速说话。我自然是听不懂，看我茫然，她改成用手比画。因为她过于急切与激动，卓玛已经来不及翻译。奶奶一跺脚，直接捉住我的手，就将我往她屋子里拉。

我们走进去，屋子里的光线十分昏暗。漾着一股气味，是酥油混合着年迈的老人特有的气息。墙上是一幅班禅喇嘛的画像。佛像前摆着三枚铜碗，里头盛放的是给佛的供奉。

奶奶跪坐在火炉后的壁柜前，一只只打开来翻找，同时嘴巴里嘟嘟囔囔的。良久，终于有了发现。她小心翼翼地将手伸进去，拿出了一样东西。是一个牛皮纸的信封。她站起身，将这只信封塞到我手里。

信封上印着"迪庆藏族自治州文化馆"的字样，一角已经磨损了。借着微弱的光，看到上面用钢笔写着一个昆明的地址，字体很工整，但有洇湿的痕迹。没待我细看，她又开始很快地说话，间或我只能听见她在重复"昆明"二字，然后用热切的目光看着我。卓玛说，老师，奶奶拜托你把这个信封，亲手交给地址上的人。

卓玛想想，跟奶奶说了几句话，想将信封从我手上接过来。

奶奶似乎生气了，使劲儿拨开了她的手，执意将那封信放在我手里，让我牢牢地攥住。我将手也放在她的手背上说，奶奶，您放心。

她便又绽开了笑容，如同初见我时。而后想起了什么，打开炉子。我知道，这是要打酥油茶，要做糌粑招待我们。

我们离开的时候，仁钦奶奶手里执着一串佛珠，踉跄地跟了几步，嘴里依然喃喃念着什么。卓玛说，奶奶在给我们祈福呢。

我连忙对她双手合十。奶奶的面目忽然严肃了，指指我手中的信封。

待我们终于走远了，卓玛像有些抱歉似的说，其实我刚刚和奶奶讲，您是远道来的香港客人。可能没时间去帮她送信，不如交给我邮寄。可是她怎么都不听，老师，给您添麻烦了。

我说，没事。我返程还要在昆明待个几天，再回去。难得奶奶相信我这个陌生人，定不辱使命。

第二天，我们驱车去了明永村。招待我们的是雷行教授的一位旧识，村主任大丹巴。大丹巴头发花白，也是个老人，但却是十分强干的样子。穿着一件迷彩服，脚蹬解放鞋。足下生风，说起话来，也是掷地有声。看他挺直的身板儿，问起来果然有过参军的经历。

"明永"，在藏语里是"神山卡瓦格博护心镜"的意思，近年因为附近的冰川观光而声名大噪。这个五十多户居民的小村落，深居山坳。过去交通十分不便，游客从布村过澜沧江大桥后，得跟随马帮步行翻山才能到达，路途艰辛。当地的旅游事业，自然不成气候。后来因为德钦到明永的简易公路修通，游客蜂拥而至。村民靠为旅游者牵马和门票分成，赚了不少钱。

我们等村主任时，看见村口的白塔旁，一些村民三三两两或站或坐，男的在抽烟，女的手里没有闲着，在做些针织的活儿。他们眼睛不时望着大路，身后的几匹马，也懒懒地吃着草料。自从公路通了，每天都会有几批观光客。村民们便轮番牵马送上冰川去。这时候，就看见一辆摩托疾驰而来，村民们一拥而起，七嘴八舌。牵马的牵马，鞴鞍的鞴鞍，更多的是召唤彼此。没过多久，就看一辆中巴车进入视线，停在了白塔边上。十多个游客陆续下了车。这边厢，村民们便迎上去。女人们和游客讨价还价，未几便谈好了。男人们便服务客人上马。整个过程行云流水，看出来已经相当熟练。

大丹巴见有新客，便问我们要不要上冰川一游，他来安排。雷教授便说，今天时间紧，就不来凑你这个热闹了。还是跟你去家里，我做新纪录片，要补几个镜头。

我们走在路上，看到一个半大的小子，跟在马后头，和身边的伙伴起了争执。伙伴嬉皮笑脸，他倒有些气急。听他们说话间，不断提到"甲炮"这个词。我便悄悄问大丹巴，是什么意思。

村主任哈哈一笑，说，怕是刚才分马的时候，觉得自己吃了亏。这个词呀，得分开念。"甲"在藏语里头，是指外乡人。这"炮"是胖的意思。

我抬起头来看，果然坐在马上的，是个体态丰满的先生。他自己左顾右盼，是怡然之态。身下的马，蹄子深深陷进泥里，大约有些吃力。

他们现在可精，就怕分到胖子。客一来，赶紧就要抢小孩儿和小个子女人。

这时候，摄影师打开机器拍马队。一只野虫飞舞着，落在镜头上。摄影师驱赶虫子，有些手忙脚乱，吸引了众人的目光。先前那个半大小子，干脆将头伸到了镜头前，脸上是好奇之色。

村主任便呵斥他，洛桑，人家在拍电视，捣乱想要挨揍！

他用的汉语，倒像是当着外人面训孩子的家长。这孩子便嬉笑地躲开了。

雷教授便说，这来看冰川的人，比我上次来，又多了好多。

大丹巴叹口气道，越来越难管。抢客不行，抽签也不行，都怕吃了亏。

卓玛道，这条路是当年跟"斯农"抢来的，也难怪他们。

村主任说，一九九八年通路，这一晃二十年过去了，家家做牵马生意。地不耕、羊不放。

雷教授说，做旅游还是有风险，望天打卦。我老家在粤北，也是自然村，跟风搞古镇游。一个非典、一个金融风暴，就伤筋动骨了。现在老老实实回去种地。

村主任连连点头，说，这我可说得不算。你回头见我家小子说说他，这一窝蜂都是他带起来的。现今村里，连好好的松茸都没人去采了。

沉默了一下，他又说，教授，我其实一直没想通。你说那场山难，十七条命没了，来的人却越来越多，这算是怎么一回事。

我们进村的路上，有一条贯穿全村的水沟。一路都是潺潺的流水。这水沟引来山泉的工程，是大丹巴很引以为豪的事，因是在他任期内完成的。他说以往的明永人喝水靠的是混浊的冰川，许多人得了大脖子病。

这沿水而建的明永当地的民居，的确比雾浓顶的村舍，又有排场了许多，可以看出富裕的气象。有的除了保留了藏窗的样式，建筑风格已经极为现代。甚至一所楼房，除了传统的藏画，外墙上竟绘制了鳞次栉比的摩天大楼。

这楼房的对面，有一棵巨大的柿子树。上面还结着未及掉落的秋柿子。大约经历了风霜，这些柿子都并不很饱满了。我注意到，树下靠坡一侧，有块巨大的山石，上头生了青苔，布满了经年的藤蔓。再仔细一看，原来上面大隶镌着字，"勇士，在此长眠，2006年10月"，底下有同样的格式，刻着日文。

这是一座石碑。在这石碑的顶端，有一尊塑像。虽在藤蔓遮盖下，我还是看清楚了。一只动物，似猫非虎。是的，这是一只瓦猫。

我立即拿出手机，打开了图片簿。定睛望去，不禁深吸了一口气。

大丹巴见我呆呆望着，便说，这座碑，是在最后一个日本队员的遗体找到时，才立起来的。

我回身看他，说，这只瓦猫，我见过。

我将手机给他看。是的。黑色，怒睛巨口，与在仁钦奶奶家屋顶上的一模一样。

大丹巴撩开藤蔓，仔细地辨认。半晌，才喃喃道，我想起来了，他去过雾浓顶。对，他临出发去转山前，说过，要去那里找个人。

我问，他是谁？

村主任说，做这只瓦猫的人。仁钦奶奶和你说了什么没有？

我说，奶奶交给我一个信封，让我带到昆明，交给地址上的人。

大丹巴沉吟一下，慢慢说，那要保管好，亲自交给他。

2

三天后,我回到了昆明。本地的朋友晓桁,当晚请我在石屏会馆吃饭。对我说这是个有来历的地方,很适合请我。

我说,哈哈,不讲来历,能有个地方祭五脏庙,就心满意足。

其实我对这里,连一知半解也谈不上。大约只知道门口题字是状元袁嘉谷的手笔,加之是个吃菌子的好去处。

会馆邻近翠湖路,结庐在人境,果然算是个闹市里的桃花源。觥筹之下,宾主尽欢。我忽然想起了,就把信封上的地址给他看。

晓桁看一眼说,龙泉镇?那地方可都快拆完了,哪里还找得到。这人怕是很难寻了。

我说,那我也得去看看。

他说,这一片都划到北市里去了。你看这地址,还写的官渡区,如今早归盘龙区管了。听说开发了几年,都没个动静。主要是业权复杂,有些名人故居什么的,都混在城中村里。一涉及文保,动辄得咎。

我说,这石屏会馆也是文保,不是处理得妥妥当当的?

他摇摇头,说,你呀,还是读书人的思维,哪那么容易?这样吧,明天我开车送你过去。咱们碰碰运气吧。

第二天下午,我们上了北京路。这条街道堂皇得很,是昆明的主干道。大约二十多分钟,便到了龙泉镇。

但我看去,不见什么村镇的景状,只是一个热火朝天的工地。推土机、货车穿行其间,沙尘滚滚。

晓桁停了车,倒是熟门熟路,穿过了工地,一路向前走。我跟着他，渐渐豁然开朗。这满目喧嚣后头，竟然是个集市。在沙尘中，各类摊档井然有序地摆成了两列。晓桁转过头，对我说，没想到，拆成了一片，这"乡街子"竟然还摆着。

他见我茫然，笑道，说起来，我在这里算是个土著，小时候就跟我爷爷住在麦地村。每周三，龙头街上摆集市，叫"乡街子"。不过，几年前我爷爷去世，就很少来了。

这集市的热闹，大大超乎我的想象。大约以手工制品为主，竹编笸箩、各色织物、整盘的水磨。看起来，满眼是附近的乡民，衣着都是浓彩重绿。一个穿着白族服装的大爷，大约在卖整捆的晒得明黄的烟叶。他半坐着，手里有一支长长的水烟筒，支在地上，是个怡然的姿势，发出咕嘟咕嘟的声响。见我驻足，很殷勤地招呼我试一口。

他的背后，就是兴建中的司家营地铁站。打桩声不绝于耳，他倒是听不见似的，仿佛将这声音完全屏蔽了。

我说，还真是不知有汉，无论魏晋。

晓桁远远地喊我，声音很兴奋。看他站在一个凉棚底下，三四把小桌板凳横七竖八地摆在凹凸不平的石子路上。极其浓郁的羊肉味传过来。原来是个羊肉米线档。我们坐下来，看大铁锅正冒着煞白的热气。老板给我们盛了两碗出来，晓桁用本地话和他说了句什么。老板掂起大勺，又往我碗里加了一大块羊肉。他对我说，快趁热吃，鲜掉眉毛。自己埋下头，呼啦啦喝了一大口汤。我学他的样子，汤味还真是浓酽得很。晓桁说，这个羊肉摊，打我记事，一有集市就摆在这里，几十年过去，雷打不动。倒是稀豆粉油条、牛扒烀、油炸洋芋，如今都看不到了。我说，那这集市也老得很啦？

那可不，打有昆明城，这集就有了，他说，老辈儿说昆明有龙盘，龙头就在这儿。明末建了驿道，就是这条龙头街。有这条街，就有了云南的马帮集散、歇脚。这镇子也就热闹起来。关键是，南来北往的消息，也从这儿走呢。

他叫我将那牛皮纸信封拿出来，拿去给老板看。老板看一看，说，司家营早就被扒得底都不剩了。

那人还找得到吗？

老板说，要去瓦窑村碰碰运气，这姓荣的，多半是开窑的。如今镇上的龙窑，十有九废。年前迁走了一批，差点动上了刀子。说不好，真的说不好。

旁边的老者看一眼，道，荣瘫婆家，造瓦猫的？

镇上现今唯一一个做瓦猫的，就是他们家。听说他们家二小子，给人做白事。神龙见首不见尾，得去碰碰运气。

他又眨眨眼，说，要说难，可也不难，守着那几座"一颗印"。你敢过去动动土，他们可不就立时出来了。

走在路上，忽然下起了雨。我们紧走几步，躲到了一处屋檐下避雨。这好像是个寺庙，因为门口的白墙上，写着"南无阿弥陀佛"。门两侧各画了两个天王。只是其中一侧已经脱落了颜色，漫漶着曲折的污秽水迹，但我仍然可以辨认出那笔触的精致与细腻。门头立有一红匾，书"兴国禅林，康熙丙申仲春之吉"。

门是紧闭着的，看不到里面的状况。我才注意到建筑的外侧，不起眼的地方，镶嵌了石碑，上面刻着"昆明市级文物保护单位，兴国庵，中国营造学社旧址"。

与此同时，我发现了这幢建筑的孤立。因为雨越下越大，四周的工地已暂时停止了劳作。大颗的雨点击打在地上，竟然激起了一片烟尘。雨倾盆而下，将这些烟尘压制，洗刷。视野慢慢澄净了。没有建设中的喧嚣的干扰，原来我们已处在了一片空旷的中心。除了远处的摩天大楼造就的天际线，和散落的零星的推土机，四周是没有遮碍的。我们置身的这座庵庙，像是这荒凉原野中的孤岛。

这场景未免有些魔幻。我的头脑中忽然一闪，想起了宫崎骏的经典之作《哈尔的移动城堡》。

当雨停了，我们踩着泥泞走出去。我回身望去，不禁有些瞠目。我在这座古庙的墙头上，看到了一只动物，那是一只瓦猫。它虽不大，在这败落坍圮的围墙上，雄赳赳地坐立着。在雨水的冲刷下黑得发亮。我赶忙拿出了手机，打开图片，确定这只瓦猫的模样，和我在德钦看到的一模一样。

我们辗转找到了龙泉街道办事处的负责人。这是个模样恭谨、戴着眼镜的中年人，脸色是肾亏的灰黄。他面前是一个巨大的玻璃水杯，里面泡着枸杞与胖大海。他瓮声瓮气地问我们找谁。晓桁说了几句话，他立刻变得十分热情。我们说明了来意，并将地址给他看。他确定半年前已经拆除。我问他是否认识地址上的人，他说，荣瑞红……这就难找了。这里几条村都姓荣。

我就将刚才拍的照片给他看，我说，我想找做这只瓦猫的人。

他看了立即说，咳，猫婆家的哑巴仔。

见我茫然，他打开了水杯，咕嘟地喝了一大口。我看见他吞咽的动作，那口水顺着他的喉结起伏，顺利地流动下去。让我也感到如释重负。

他说，别看这个镇不大，却有十多处文保。多是西南联大时期的。

我问，西南联大？

他说，对，别的地方拆迁，最怕钉子户。这是最让我们头疼的。这里从九十年代开始说搞开发，因为这些文保，拉锯了二十多年。去年算出台了方案，整体搬迁。

我带你们去转转，就晓得怎么回事了。

我得承认，接下来的这个黄昏，完全颠覆了我对这个小镇的印象。马主任带我们在泥泞中穿行，驾轻就熟。他时而回头让我们看路注意安全，时而碎声抱怨，他说着话，因为周遭暂时的安静，在这天地的空旷间，莫名有了回声。

准确地说，是在他的引领下，我们在这古镇的村落间穿行。尽管它们现今的面目已是大同小异。不见荒烟蔓草，雨后空气中荡漾着浓郁的土腥，击打着我们的鼻腔。在任何一个角度，都是无垠的黄色，将所有的旧掩盖在了下面，伸展向了远处雾霭中新的昆明城的轮廓。然而，如同此前所见的兴国庵，我们看到了一些矮小颓败的建筑，间杂其间，像是一些岛屿。我需要纠正方才孤岛的说法，因为它们以奇异的方式，呼应，彼此连接、伸延，形成了一张出人意表的网络，有如大海中的群岛。

在某个不起眼的角落，镶嵌着式样雷同的蒙尘名牌。上面分别写着，"中央研究院历史语言研究所"旧址、"北平研究院史学研究所"旧址、"中央地质调查所"旧址、"北大文科研究所和史语所"旧址、冯友兰故居、陈寅恪故居……

我们在一处土木结构的小院前站住，门牌是龙泉镇司家营61号。大约因为它难得的完整，让我们驻足。马主任说，这是"清华文科研究所"。当年是闻一多租了下来。你看他的眼光多么好。"三间两耳倒八尺"，典型的"一颗印"房子。他自己住在南厢房，北厢住着朱自清和浦江清。

并不意外地，我又看到了檐头的瓦猫。是的，所有的，我们经过的这些老房子，都有一只瓦猫，或在墙头，或在檐角。太过颓败的，则在门口端正地立着。它们一式一样。面目狰狞，勇武，似小型的虎。而宽阔的眼皮，又有一丝怠懒，仿佛是小憩后的猛醒。

马主任说，猫婆家的瓦猫，在那里，谁都不敢打这些房子的主意。也蹊跷得很，之前中标的地产公司，让人移走了这些瓦猫。经了一夜，第二天，新的就回到了原处。村里的龙窑，早就扒掉了。谁也不知道是在哪里烧的。说来也怪，那个公司的老总，当月就被调查了；女儿在国外读书，出了车祸。以后就没人敢再动。

我说，这个猫婆，住在哪里？

马主任摇摇头，她们家不属于回迁户。拆迁时，也没和政府谈过条件，就签了字。家里也就她和孙子两个，谁也不知道他们现在住在哪里。

我说，我听说，他孙子帮人做白事。

马主任仿佛想起了什么，说，对对，这小子也挺邪的。嘴巴不会说话，倒哭得一口好丧。说起来，现在村里的老人十之八九，说没就没了。也是人心不古，外头的年轻人，都不愿意回来。没个孝子贤孙摔盆打幡不像话，就让哑巴仔顶上，他那一哭起来，地动山摇的，让丧家还真是有排场。

我说，见怪不怪。现今的白事，礼仪公司都包这项的。

马主任摇摇头说，他哭不收钱，只求人买他扎的纸人纸马。倒是也不贵。扎得好，到底瓦猫手艺的底子在那里，人是灵巧的。你这么说，我倒想起来，明天下午棕皮村的郭大爷设灵。你们二位，要不怕忌讳，兴许能在那碰上哑巴仔。

后来，我和晓桁交流过。都觉得荣之武的模样，和我们想象中的不太一样。

其实，对于去参加陌生人的丧礼，我心里有些障碍。但是晓桁告诉我，他们龙泉的人，丧事是当喜事来办的。尤其是对年纪大的人，丧事的排场与敞亮，是生者的面子。他向我描述两年前他祖父丧礼的场景，讲各种规矩与程序，脸上并没有哀戚之色，甚而有些眉飞色舞。听他说完，我渐渐明白，或许对于已经都市化的昆明人而言，乡下长辈的丧事，成了他们长期压抑的矜持之下释放情绪的出口。所以，各家各户会赛着大操大办，形成了某种新时代的风气。

在这样的心理建设之下，当我来到了郭大爷的丧礼现场，仍然有些惊心触目。实在说，这么个陌生的地方，并未让我们好找。因为刚到棕皮村村口，便传来响亮的《月亮之上》的歌声。这支"凤凰传奇"的名作，实在熟悉不过，毕竟是每个小区广场舞的神曲。我很快注意到，之所以有铺天盖地、绕梁三日的幻象，是因为丧家从村口到每个路口都架设了扩音喇叭。这乐曲便类似于无所不在的引路人，实在也是很聪明的做法。因此，没费什么力气，我们就找到了丧礼的现场。

这应该是一个废弃的小学校的操场。两边的篮球架上，挂着巨大的挽联。而灵棚也正是因地制宜，有一根钢索在篮球架之间牵引而搭建。

我们到的时候，正有几个身着民族服装的年轻汉子和女孩儿，和着这支流行曲的音乐在载歌载舞。晓桁说，这是白族的服装，大概是呼应了老爷子的原籍。

他们的舞蹈并不算曼妙，但十分投入。民族服装并没有拘束他们，舞姿中有一种挥洒荷尔蒙的力量感，粗犷而磅礴。在挤挤挨挨的绚烂花圈的背景中，洋溢着怪异的欢腾的气氛。

我相信了晓桁的话，是我多虑了，的确体会不到任何的哀戚。两个同样穿得花枝招展的小孩儿，将一些用五色的毛线扎好的点心，分发到来者的手中。他们脸上的喜悦与祥和，也让我产生了婚礼花童的错觉。

这时候，音乐忽然换了，换成了《小苹果》。在缺乏思想准备的情况下，台上舞蹈的女孩儿，忽然齐刷刷地撕开了她们的民族服装，将头饰也豪迈地掷到地上。是的，我没有看错，她们摇身一变，成了一群比基尼女郎。尽管环肥燕瘦，但的确是穿着整齐的、荧光的比基尼。人群中爆发出欢呼声。她们在乐曲中抬腿、扭腰，向台下抛着香吻。

我感到了一阵晕眩。

待这一切都平静下来时，比基尼女郎从两侧分开，出现了一袭黑衣的男人。他是丧礼的司仪。他的出现，让我觉得仪式终于进入了正轨。他站定，很潇洒地扬了一下手。音乐便又响起来，是《二泉映月》。而他的脸色，便从泰然切换到了职业性的悲凉。他手中举着一张纸，口中抑扬顿挫，我相信是在念悼词。用一种我完全听不懂的方言。但是时而低回，时而澎湃，即使不知内容，因为节奏的恰到好处，也足以共情。我感叹这终于是个像样的丧礼。他又一抬手，有一种很尖厉的乡野乐器的声音响起，那应该是本地吹鼓队的唢呐。唢呐声中，一些穿着重孝的人，簇拥着从人群中出来，然后一步一跪地爬向了灵堂。他们号哭着，女人们在哭声中，发出了吟唱的歌诀一样的声调。站在最前面的，看身形是个壮实的男人，他忽然扑通一声跪下。

当他开口时，让我心下一惊。那是一种难以名状的哭声，不像是人发出的，初听像是牛哞一样。浑厚，壮烈，中气十足。他哭得越来越响，像是在胸腔中的共鸣不断集聚、放大、交响。这声音渐渐盖过了所有的声响，吹鼓的乐声，以及其他人的哭声，让这些声音都显得卑微与琐碎。虽然不着一词，这哭声中的悲意，却随着些微的递进式的节奏而益加浓重，如黄钟大吕，以一种肃穆而深沉的方式，将所有在场者裹挟。我不禁有些发呆，不知不觉间，情绪像在迟缓地坠落进了一个无底的黑洞。

当摔盆的仪式结束后，这哭声才渐渐平息。我看到他回过头来。这是一张无表情的脸。但是净白、丰满、端穆，五官有一种奇特的雍容与出尘。这张气质古典的脸庞，让所有的喧嚣退后成了背景。仿佛丧礼成了他一个人的戏台。

我看他慢慢地站起来，穿过了人群。他走到了刚才的司仪身旁，旁边的壮大男人将一个信封递到他手中，拍了拍他的肩膀，又让了一根烟给他。他推开了，没有说话，开始打起了手势。手势的匆促，让他的模样没有方才从容。他的表情渐渐显得有些执拗。男人，应该是丧礼的主家，摇一摇头，脸上是某种宽容的笑。他似乎有些着急，一转身挤出了人群。在不远的地方，停着一辆三轮车。他抱起了车上的东西，又重新挤进人群。那是一些纸人纸马。他抱着它们，艰难地挤过人群，走到了主家面前，以不容置辩的坚硬表情，将这些纸扎的丧仪在灵堂里认真地次第摆开，丝毫不理会旁边的人与声响。摆好了，他又回到了主家面前，深深鞠了一个躬，便又转身穿过了人群。

我远远望了一眼，跟上了他。我知道，他就是我要找的人。

在他要登上三轮车时，我拦住了他。

他脸上似乎并没有诧异，是个处变不惊的表情。他做了几个手势，我们表示不懂。

他从怀里掏出一个笔记本，拿出笔，在上面写了几个字。

"我收钱，是纸扎和元宝的。哭丧不收钱。"

字竟然是十分端丽工整的楷书。我明白了，他是将我们当作丧家的人了。我从包里取出了那个信封给他看。

他看了一眼，只一眼，神情忽然变了。他愣住，良久，开始急切地打手势，用质询的目光看着我。我看出其中的焦急与热切，但我不懂。他一把抢过我手上的信封，在信封的名字上重重地点下去。然后拍一拍车座，又拉了一把，让我上去。

我们会意，坐上了三轮车。他立即使劲地一蹬，稳稳地车就走了。

我和晓桁不禁有些面面相觑。看到前面蹬车的人，宽阔的肩膀，因为用力，透过衣服仍看见背上的肌肉在有规则地颤动。我们都不再说话，仿佛对于这个天生无言的人，说话是一种冒犯。尽管载着两个人，车却行进得很快。进入乡野的路上，并无任何的景致，似乎绿色都很少见。偶尔遇到坎坷不平，或者是昨夜积雨的水洼，他会慢下来。我们可以感觉到他的细心，便也抓住了三轮车的两边，克制着颠簸带来的不适。前面的人，在半途中脱下了夹克，我们看到里面的白衬衫，已经完全汗湿了。

这样也不知过了多久，路上已经不见人烟。三轮车终于停下来，在一处看上去像是仓库的地方。

我注意到，四周并没有其他的建筑。除了近旁有一座寺庙，也是老旧的。但上面写着"弥陀寺"三个字。没待我看仔细，哑巴仔便对我们做了个"请"的姿势。

我们走进去。仓库的库房，大半都是空的。空气中飘荡着某种浓郁的铁锈的气味。我看见其中的一个打开着，黑黢黢，能看见的似乎是大型的机床的轮廓。而库房外的墙上，有业已斑驳的标语的痕迹，能辨认出，"要斗私批修！"后面是个红彤彤的触目的叹号。

我们一直走到了库房的尽头，是一个低矮了许多的、像是靠墙僭建的房屋。上面是铁皮的屋顶。我注意到的，是在这房屋门口的空地上，晾晒着许多的黑色的陶罐。

哑巴仔在门口，"啊吧啊吧"地叫了一声，这才推开了门。我们随他躬身进去。

屋子里的光线，十分黯淡。唯一的窗户照射进了一束光，可以看见光束中有灰尘在飞舞。哑巴仔伸手拉了一下近旁的灯绳。

屋子顿时被不强烈的灯光充满。我回了一下神，才看见面对着我们，端坐着一个人。

这是个十分老的妇人。她坐在轮椅上，膝盖上裹着很厚的毯子。说她老，是指她的样貌与姿态。那样深刻而纠结的皱纹，几乎令她的面目扭曲，整张脸像是植物失水的茎脉。她摆在膝盖上的手，也是干枯的。然而，她的神情柔和，面对我们，有一种和哑巴仔相似的处变不惊的仪态。她穿着一件陈旧但洁净的夹袄，已不丰盛的头发，一丝不苟地梳成了发髻，紧紧地盘在脑后。

她的眼睛并不混浊，甚至很明亮。她看着我说，你好。

我顿时注意到，她说的是十分标准的普通话。

哑巴仔急切地对她打手势。她微笑地看着我们，一边简短地对哑巴仔做了一个手势。

哑巴仔立刻变得神情有些紧张。他看着我们，以抱歉的目光。他指指老人，又对我们指指外头，意思是让我们在外面稍等。我意会，赶紧出去了。

在外面，我又看见空地上的那些黑色的陶罐。不知是做什么用场，但却觉得似曾相识，它们整齐地排列着，在夕阳最后的余晖里，反射着沉厚的微光，像是肃然而列的兵士。

这时，远方飞来不知名的群鸟，在这库房的上空飞翔、盘旋，但迟迟都没有落下来。我抬头定定看着它们。

这时门响了，哑巴仔走了出来，脸上仍是抱歉的神色。他示意我进去。

这时，我看到老人坐在一个较矮的凳子上，那凳子显然是特制的。有一根布带将她的腰固定在了靠窗的一端。她的人，就恰恰被笼罩在了那更为微弱的一束光里。那光将她的侧影勾勒了出来，毛茸茸的一层，她的轮廓便因此而丰满了一些，不再是干枯的。我看见她的面前是一台转动的机器。因为我上过速成的陶艺班，知道那是拉坯机。随着轮盘的转动，她的手灵巧地摩挲与动作，手中的泥坯慢慢形成了一只罐子的形状。

我注意到，她的脚边，还有许多这样的罐子。有的和门外的一样大小，有的稍扁或圆一些。

我恍然，便试探地问，这些，是用来做瓦猫的吗？

她笑了，说，后生，好眼力。大的是身子，小的是头。连在一起，就有了一个形。

她擦擦手，又说，刚刚怠慢了客。人有三急，老了就不中用了。不小心就是一裤子，全指望我这个孙子给拾掇。

她说得很慢，是对我方才等待的致歉，但其间并无面对陌生人的尴尬和难堪，仿佛只是在描述某一桩日常。她的手也并没有停下，一边将一小勺水加入了脚边的瓦盆。

我这才看到这个屋子里，几乎没有什么陈设。除了沿墙摆了两张床、一张方桌、两把椅子和一个橱柜，便是窗台下的类似作坊的一角。一侧放着一个水泥袋子，另一侧挤挤挨挨地堆着扎好的纸人纸马。

我说，老人家，我是从德钦来，有件东西，托我转交给荣瑞红。

不知是不是您家的。

老人听到了这句话，手停住了。她抬起头来，看着我。

我从包里拿出那个信封。再次问道，荣瑞红，是您家里人吧？

她咳嗽一下，用干涩的声音说，是我。

我把信封放到了桌上，但又拿起来，交给身边的哑巴仔。哑巴仔走过去，弯下腰。老人将手使劲在围裙上擦一擦，才将信封接了过去。她慢慢地将信封一点点地撕开。伸手掏出的，是一本红色的笔记本。

这一刹那，我看到她手的抖动。她打开了这个笔记本。本子里掉出了一沓照片，落在了地上。我弯下腰，帮她捡拾起来，放在她手里。我看到其中一张照片上，是一个青年和仁钦奶奶的合影。他的目光沉郁，但是手势却很活泼，对着镜头比出"V"字。他的身后，是那幢低矮的藏式民居，覆盖着厚厚的雪，背景是飘着经幡的白塔。屋顶上隐约可以看到一只瓦猫。即使室内光线昏暗，我仍然看到这青年的面目，与哑巴仔有着惊人的相似。

老人将眼睛凑得很近，一张张地看着这些照片，忽而愣住了，大放悲声。

待她终于平静下来，她把笔记本递到我手里，问我说，后生，你能给我读一读这本子上写的字吗？

3

2004年4月1日，星期四，晴

我最喜爱的颜色是白上加上一点白，
仿佛积雪的岩石上落着一只纯白的雄鹰。

> 我最喜爱的颜色是绿上加上一点绿,
> 仿佛野核桃树林里飞来一只翠绿的鹦鹉。
> 我最喜欢的颜色是红上加上一点红,
> 仿佛檀香木上歇落一只赤红的凤凰。
>
> ——德钦"弦子"摘录

这是我来到德钦的第三天,高山反应渐渐消退了。大丹巴对我说,身体强壮的人,有时高山反应更严重;体弱的和女人,反而会应付自如。

大丹巴说要我住在村委会旁边,好照应。我说,我还是想住在小学校里,他就把一间仓库收拾了出来,给我住。这间小屋旁边,有一株梨花树。很大的树,我就想起,黑龙潭的唐梅、松柏和明茶。一树的花,夜里下了一场雨,第二天早上起来,掉了一地的白。一辆拖拉机开过来,开过去,白上就是两列车轮的印子。

从我的窗子望出去,能看见明永冰川,有点儿发蓝。我知道冰川的事,我知道卡瓦格博的"扎吾"。

宁怀远从蒙自刚来到昆明时,在翠湖边上看到一株梨花。很大,风吹过来,就落了一地,好像雪一样。后来,他无数次对荣瑞红说起这株梨花树。荣瑞红说,我们龙泉镇,什么花都有,就是没有梨花。

后来,宁怀远在滇池边上,听一个拉胡琴的唱:"万紫千红花不谢,冬暖夏凉四时春。"他又想起这株梨花,想起满天飞的白,却怎么也记不起树的样子了。

荣瑞红倒记得清清楚楚。那年夏天,蓝花楹开得正盛。黄昏时候，村里头来了一个人，敲开他们家的门。荣瑞红应了门，见是个高个儿中年人，穿着青布衫子。蜡黄脸，满脸胡须。这人操官话，有两湖口音，口气温和，问荣瑞红家里头有没有要出租的屋子。荣瑞红就喊她爷爷。荣昌德老汉走出来，敲着烟袋锅，眯眼看来人胳膊底下夹着两本书，就问，先生，你是昆明城里来的教授吧？

那人点点头，说，小姓闻。荣老爹回，我们家的耳房刚租了出去。最近来我们镇上问的，都是昆明城里的教授和学生。日本人的飞机，把读书人都折腾坏了。全城都在跑警报。走，我陪你去问一问。

荣老爹带着这个先生，顺着金汁河畔的小路，挨家挨户一路问过来。天擦黑了，这先生在一户人家门口停下，抬头看看说，这房子好，"三间两耳倒八尺"。荣老爹说，可不，正正经经的"一颗印"。

敲开了门，一看，小院干净开阔，房子也通透。用的石材、木料都考究得很，楼板和隔墙板还未装栅，眼见是新起的房子。闻先生怕人家是不舍得，但还是说了来意。屋主说，好。钱不打紧，您看着给。这屋子刚建好，您不嫌弃，下周就能住进来。

闻先生看他爽快，也很高兴。屋主说，不瞒您说，论起来，内人和袁嘉谷沾亲带故。我们云南，就出了这一个状元，可历来爱重读书人。都说昆明城里造了新大学，来了许多教授。北方要是不打仗，我们请也请不来你们。

荣瑞红才知道，这个闻先生，不是替自己找房子，是要替他们大学找个地方，盖个研究所。后来，她问宁怀远什么是研究所。宁怀远就说，是做学问的地方。教授做出学问来，他们跟着学。

要装修这个房子，镇上不缺人手。这些年，昆明城里闹得慌，人都不怕多走个十几里，往北郊来。有住下做长远打算的，也有那过一天算一天的。本来龙泉一带多的是马帮。滇越铁路一开通，又多了来往的工人。一时间，镇上起什么房子的都有，两层的木楼，土坯墙小院和因陋就简的毛坯房。可这闻先生，一个瓦匠窑工也不请。他和另一个姓朱的先生，撸起袖子，带着几个年轻人，自己干。

荣老汉就说，他们开不了伙。红妮儿，新烧的饵块，给他们送些去。

荣瑞红就拎着一只篮子、几个碗给他们送过去。闻先生客气，要给她钱。她躲过去。先在炭火上细细烤了，香味密密地溢出来。年轻人们不客气，拿起来就吃，不用筷子不用碗。其中有一位说，你会做米线吗？

荣瑞红就说，怎个不会？

他就说，那有文林街上做得好吃吗？

荣瑞红就说，城里的东西，减料偷工，好吃有限。

那青年也就看着她笑，笑得灿烂，明晃晃的。

当天晚上，她便制了米线和卷粉。第二天，用清汤煮了，从菜地摘了西红柿和白菜，搁上爨肉、葱和香菜，用鸡油封了汤头，送过去。几个年轻人正干得热火朝天，远远闻到香气，大约也是饿了。打开篮子，捧起碗就喝。打头的那个，烫得直吐舌头。

荣瑞红就笑，说，皮凉心滚，来了昆明这么久，都不知米线的吃法。

几碗米线下肚，荣瑞红问，比那文林街的怎么样？

昨日那青年便远远地喊，朱先生，我们以后再也不跟你去"味美轩"了。

说完了，对她眨眨眼，又笑了。露出了两排白牙齿，笑得明晃晃。

待装修好了，闻先生请村里的木匠，刨了一块木板，刨得又平又光。他对青年说，怀远，去龙头村的弥陀寺，找冯先生，给咱研究所题个名。

半晌，青年回来了，说，冯先生不在，"史语所"的傅先生给题的。

闻先生便说，也好。他就拿一柄凿子，照着那题字，一点点地镌了上去。

黄昏的时候，"清华大学文科研究所"的牌子就挂起来了。

屋主来了，看了又看，说，这字可真好。可这屋上了椽子，要住人，其实还缺了一样。

闻先生说，愿闻其详。

屋主笑笑，这得麻烦您，找荣老爹问一问。

当天后晌，宁怀远第一次见到了瓦猫。

他看见荣家老爹，捧了一只黑黢黢的物件走过来。走近看，是个陶制的老虎。那老虎身量小，但样子极凶。凸眼暴睛，两爪间执一阴阳八卦，口大如斗，满嘴利牙，像要吞吐乾坤的样子。

老爹捧得稳稳的，神色也肃穆。宁怀远记起朱先生讲应劭的《风俗通义·祀典》，引《黄帝书》，里头有神荼郁垒执鬼以饲虎的一段，说虎能"执搏挫锐，噬食鬼魅"。他想，这大概是一只和房宅相关的神兽。

他便大声感叹说，好凶的镇宅虎哇。

旁边的荣瑞红手里拿着红绫子，本也是肃然的，听了怀远的话，倒扑哧一声笑出来，说，读书人的见识大。阿爷的瓦猫，变了老虎。

荣老爹回头瞋她一眼，说，死妮儿，不说话当你哑巴吗？

这时，在宅前的端公，是本地的巫人。穿玄色的长袍，头戴锦帽，手里执了木剑。他捉来一只毛色绚亮的雄鸡，口中念念。旁人听不懂，大约是消灾瑞吉的咒语。随即出其不意，低头猛咬住公鸡的鸡冠。血便由肥厚的鸡冠流淌下来。端公唤来荣老爹，协他把住挣扎的雄鸡，将鸡血一一滴在瓦猫的七窍，眼、鼻、口、耳等处，又在那大嘴里放入松子、瓜子、高粱、枣子、根子，所谓"五子"，同时烧祭黄纸，一边再念咒语，在院落乾、坎、震、坤、兑、离、巽、艮位——泼洒符水。划地为野，点地为星，便在脚下的星位，置了一只香炉。

这端公即刻手势利落，将鸡宰杀了，在院内的锅里烹煮。半个时辰取出，直立于钵中，这鸡头需仰视屋宇檐角。端公遂点香祭之良久。最后，踏梯上屋顶，恭恭敬敬，才把瓦猫安在脊瓦上。

宁怀远看这端公，一场"开光"下来，大汗淋淋，像是脱了形。瓦猫坐在房上，凛凛地望着他们，竟让人有些敬畏。当地的人，经过了倒都要驻足，合掌默立。半晌，向主家道喜，才离去了。言语间皆轻声细语，像是怕惊动了什么。看得宁怀远心里也穆然起来。屋主帮着他们一一安置好了，这才和闻先生告辞。一边说，先生，这屋子就交给您了。临走时，他又点上三支香，插在香炉里，阖目拜了一拜，才道，这瓦猫既上了房，逢农历初一、十五，点香祭供，先生莫要忘了。

从清华辗转运来的书，陆续都安置在了正房。因为没取道四川，直接从马道入滇，书籍竟没有什么损失。满满当当的十几架，看着也十分喜人。书架有的是从附近的人家征来的，有的是小学校的奉献。

有木头也有洋铁制的，其间高低错落。荣瑞红没有走，帮几个年轻人擦洗摆放，不言不语的。旅途积在书上的尘土，这时终于飞扬起来，倒让人打起了喷嚏，跟传染了似的。大家都笑起来。打完了，荣瑞红定定地看，嘴里喃喃说，真像啊。

宁怀远就问她，像什么呢？

她就说，像你说的研究所。

宁怀远问，你又见过研究所是什么样子？

荣瑞红说，我没见过，可满眼的书，就觉得这是研究所的样子。

闻先生带着太太孩子，就在这屋子的南厢房落脚。

当晚上，闻太太将冯太太从弥陀寺请过来，说一起包饺子，庆乔迁之喜。见冯教授没有一起来，闻先生就问起，所长怎么没来。冯太太就说，抱歉得很。他说近来镇上乔迁的太多，一个个贺不过来，自家人就不拘礼了。由他去吧。写他的《贞元六书》，饭也不吃。写到第四部了，说是停不下。我带了些麻花卷，刚炸出来的，你们趁热吃。

青年们都喜不自胜，说，冯师娘的炸麻花在镇上可有名呢。

冯太太摆摆手道，我是小打小闹，如今钟璞、钟越都长大了，靠他那点儿工资是不成了。我也是为了补贴家用，好在近旁的小学生喜欢，卖得不错。倒是梅校长家的咏华和潘、袁两家的三位太太，制的"定胜糕"，名头越来越大，现在都进了"冠生园"了。

闻一多在旁边叹口气道，也真是为难您。惭愧得很，如今持家，要靠你们这些教授太太十八般武艺，也真是巾帼不让须眉。

冯太太便说，我们既肯跟了你们来，这些都算不得苦。

闻太太便笑，对那几个青年道，你们都听好了。将来呀，娶妻当如任叔明。

宁怀远说，那可好，天天有油炸麻花吃。

大家便大笑。说话间，一锅饺子翻滚上来，熟了。闻太太盛上了一大碗，看着热腾腾的水汽，袅袅升起，又在屋子里头弥散开来，也很感叹。她声音咽咽地说，东奔西走这些年，囫囵总算是有个家了。

冯太太说，大普吉还住着许多人呢，都说那附近不太平，闹狼。走回城里上课都胆战心惊的。闻先生先前也是龙院村住着？

闻先生说，对，先住在惠我春家里。后来舍弟家驷来了，到大普吉，两家太挤，又搬去了陈家营。今年初，听说华罗庚在昆华农校的房子给炸了。他腿脚不方便，孩子又小，日本人飞机来了，跑不了警报。我就邀他们一家同住。

冯太太说，这我知道，华教授还作了首诗。在学生里头传开了。我只记得两句"挂布分屋共容膝""布东考古布西算"。

闻太太笑道，可不就是"挂布分屋"吗？两大家子，十四口人，一间偏厢房，中间挂个布帘。到了半夜里，两个当家的，一个趴在黄木箱上考古，写《伏羲考》；另一边华先生骑着门槛，架张板凳当桌子，就着外头月光，算他的"堆叠素数论"。倒也各安其是。

冯太太说，唉，也真是不容易。好在是过来了。

闻太太将一簸包好的饺子，又下到锅里，说，你那边住得可好？等我这忙完了也去看看。

冯太太说，我本来不信鬼神，可那山坡上孤零零一座庙，住着总是不踏实。我们住的北房是个仓库，东厢住一对德国犹太人，说是男的以前在德国外交部当官，被希特勒赶出来的。我们相处得不错，最近也搬走了。他们临走，把护院的狗送给我了。白天孩子上学，家里就我一个人。这个"玛丽"也算陪陪我。

闻太太说，你还是常来走动，跟我做伴，也多个照应。

冯太太叹口气道，不是我迷信。我倒听说，这村里的房子除了庙，都要请尊瓦猫，才算清静了。我刚一进门，看见你们房梁上坐了一尊，那叫个威风。

闻太太便将荣瑞红推到跟前。冯太太说，哟，这是哪一家的姑娘，这俊俏，眼熟得很。

闻太太便笑说，我们家的瓦猫哇，就是从她爷爷那儿请来的。

荣瑞红也笑，说，这整村的瓦猫，都是我爷爷制的呢。

朱先生和几个研究生，就都住在另一厢房。里头有个广东人，便给这房起了个雅号，美其名曰"一支公"。这其实是揶揄的话，在粤语里是"光棍汉"的意思。几个单身小伙子，都不善打理自己。闻先生拖家带口的，太太再三头六臂，也究竟照顾不周全。特别是伙食，以往在城里，下馆子打牙祭是常有的事。如今在镇上，大约就是赶那"子""午"日的乡街子，究竟非长久之计。

几个人合计，便用陈岱孙教授在北门街宿舍"包饭"的规矩，找了个当地人，集了资叫他做饭。可这厨子以往是给滇越铁路的工人做大锅饭的，并谈不上什么手艺。每餐大约就是两样，炒萝卜和豆豉。人又很刚愎，在烹饪方面，是不听这些读书人劝的。自己的口味重，无论荤素菜，都少不了要放茴香、花椒、辣椒，吃得小伙子们急火攻心。晚上睡觉辗转难眠，起来水喝个不停。

后来，他们就对宁怀远说，那个荣家的姑娘，菜做得好吃，不如请她来给我们做包饭。

闻先生听见就说，你们少撺掇怀远。人家姑娘家，来伺候你们一群单身汉，成何体统。实在不行，还是让你们师母辛苦些。

闻先生走了，恰巧荣瑞红上门，来给闻太太送滇绸的图样。宁怀远就当真跟她说了。荣瑞红摇摇头，说，一两顿饭可以。可我天天来做饭，谁帮爷爷做瓦猫。

小伙子们就起哄说，宁怀远哪，人家手艺都是传男不传女，荣老爹可缺个正经徒弟。

不知为何，荣瑞红脸飞红了一下，转身就走。宁怀远倒跟了出来，问她，荣老爹不肯收我吗？

荣瑞红轻声道，你一个读书人，哪里做得来这个。

她步子便快了些。宁怀远也不说话，倒跟着她。这时候是黄昏，太阳浅浅地照在石板路上，也不热了。金汁河的水，潺潺地流。走到了拱桥，他们看到桥底下有几个妇人站在齐膝的河水里，正在洗衣服，一边说笑着。小孩子们在河里扑腾洗澡。宁怀远看见有一个人捋起袖子，正举着棒槌，在岩石上使劲捶打着衣服。这正是闻太太。经了这两年，她劳动的样子，已经很娴熟了。

宁怀远站定就喊，师娘！

闻太太听见，转过头，看他，一边用手背擦一把汗。刚要说什么，却看见他前面的荣瑞红，愣一愣。即刻便笑一笑，对他扬扬手，叫他莫要停。

宁怀远抬眼一望，荣瑞红的步子却慢下来，目光落到了河对岸去。就见岸上有一对男女，肩挨肩走着，似乎在说着话。两人衣着都是齐整体面。在这村子里，像是一道风景。说实在的，经过这些年的纷乱。从蒙自到昆明这一路来，联大上下，其实都有些入乡随俗。教授们多半穿着粗布大褂。有极不讲究的，像是化学系的先生曾昭抡，半趿着一双鞋，脚指头和后跟都露着，被学生们戏称作"空前绝后"。女眷们也如闻太太，大多是本地妇人净简朴素的打扮。

而这两个人，男的西装革履，戴眼镜，含着烟斗。他身旁的妇人，也像男人穿了衬衫和齐腰裤装，举止间，是极飒爽的样子。

宁怀远说，梁先生。

荣瑞红便跟他说，旁边的，是梁太太吗？

宁怀远想想说，对。林是她本姓，我们也尊她作林先生。城里联大的校舍，是他们俩合力设计的。

荣瑞红眼里有光，对宁怀远说，这样，女人嫁了人，还可以用自己的姓，真好。

宁怀远说，他们夫妇两个，都是很有本事的人。当年为校舍的事，梁先生差点儿和校长吵起来，设计了好几稿，从瓦顶到铁皮，最后变成了茅草顶。

荣瑞红喃喃说，是呀，茅草顶的屋子，怎么上瓦猫呢。

宁怀远说，我们T字班出来的，都知道这事。学校没有钱，也是太难为他们。

荣瑞红说，我常看见他们两个在镇上走，看村里的老房子。你们的教授，来得久了，就和我们无分别。他们两个，样子还是他们的。当初却落手落脚，在龙头村自己建起了一幢房子。建得像我们这里的房子，又像是洋人的房子。有一次我遥遥地看，觉得那房子真好看，可是正对着大片的野地，缺个瓦猫吃邪呀。我就对爷爷说，我们送个瓦猫给那个眼镜先生吧。可爷爷说，我们的瓦猫不能送，只能人家来请，是规矩。

宁怀远说，我也听说了。那幢房子，用去了他们所有的积蓄，每一颗钉子都是省出来的。

看两个人渐渐走远了。宁怀远说，神仙眷侣。

荣瑞红就茫然，问他，什么神仙？我们村里哪有神仙？

宁怀远就笑说,怎么没有?最欠也有一对土地公和土地婆吧。

荣瑞红知道被打趣了,便不理睬他,倒已经走到了家门口。

荣瑞红便推了门进去,看见荣老爹正在当院儿。他弯着腰,在院子里摆着一排瓦罐,整整齐齐的。

抬头看见宁怀远,便说,后生,不在你们那个什么所好好读书,到老爹这里寻热闹吗?

没等他答,荣瑞红朗朗接口道,阿爷,是有人听说你老了,寻思该收徒弟了!

4

2005年6月2日,星期四,晴

不必刻意双手合十,
满山的香柏树已在礼拜,
不必可以供奉清水,
遍地山泉已献上净水。

——德钦"弦子"摘录

昨天"六一",送我的学生去县里参加歌咏比赛,居然得了个第一名。过些天他们就毕业了。我教的小学只能读到三年级,他们以后就要去隔壁村的学校读书了。

天忽然放晴了。回程的时候,在车上,就着落日,能清晰地看到卡瓦格博。孩子们都把脸贴到车窗上,放声唱我教给他们的歌,把

《水手》唱了一遍又一遍。唱累了，他们就偎在一起睡着了。阳光忽明忽暗，照在他们身上，也照在司机有点儿疲惫的脸上。他叼着根烟，漫不经心地开车。车子在澜沧江山腰上盘旋，隔着玻璃，都能听到山风的声音。

一转眼，我在这个小学，已经教了一年了。两个老师调走了，现在三年级我一个人教，语文、数学和英语课。我带来的手风琴，也派上了用场。前几天，我写了一份申请，托校长递到县里去，希望他们拨些钱买两台电脑。最好能够顺利批下来吧。

荣老爹看着宁怀远，像望着件稀奇物。他索性在堂屋门槛上坐下来，将烟袋锅使劲在鞋底上磕一磕，然后重新装上烟草。点上，使劲抽了一口，咳嗽了两声，才开口道，你要跟我学做瓦猫？

宁怀远点点头，自然不好直接道出来意，便说，是呀，看了就是喜欢。

老爹便又问，是喜欢瓦猫，还是咱龙泉的瓦猫？

宁怀远一听，自然答得飞快，喜欢龙泉的瓦猫。

老爹便笑，那我问你，咱龙泉的瓦猫和旁的瓦猫，有什么不同？

宁怀远想想，便说，龙泉猫，威风了许多。

老爹站起身，将烟袋锅往腰间一插，背过手去，说，妮子，送客。

宁怀远这一听，心说不好。赶紧老老实实，将"包饭"的事情和盘托出，说"一支公"既借了荣瑞红的手艺，却怕耽误了老爹制瓦猫。

老爹沉吟一下，说，后生，不是真有心学，什么也学不好。

宁怀远说，我有心学。技不压身，给老爹打打下手也好。

老爹冷冷地看他，说，下手？当年我给我爹打下手，错一步，柴火棍子就在我手上抽一下。晚上吃饭，筷子都握不住，你可受得了？

宁怀远一犹豫，轻轻点点头。旁边荣瑞红抢道，阿爷，你可是一下都没抽过我。抽个细皮嫩肉的书生，你下得去手？

这话戗得老爹一时没个言语，半晌狠狠道，死妮儿，不说话没人当你哑！

说完了，自己的口气倒也缓下来，说，这下手活，那我就考考你，答得上再说，不然请回。

宁怀远赶紧称是。老爹就指指院儿里头，问他，这罐子是用来做什么的？

宁怀远看那陶罐，看得出是刚做成的坯，因为在墙的影子里头，有些还未阴干，罐底便是一个湿印子。依着土墙摆成了两排，排得整整齐齐的。一排长高，像是大肚瓶子，一排像球似的浑圆。

宁怀远看了又看，说，这长的，是瓦猫的身子。圆的是脑袋。

老爹点头道，对。

然后说，你就给我做个瓦猫脑袋吧。

他就跟老爹进了作坊。作坊的陈设很简单，靠窗摆了一个青石轮盘。老爹便坐下来，将近旁的窑泥在一个木台上用拳头砸了几下，使劲地揉，再又摔打。那泥团在摔打间渐有了韧力。老爹看他一眼，说，加了黄沙的泥，上盘就出坯。

老爹便取了一支长木棍插进了石头轮盘上的坑眼，使劲摇动，石轮便转动起来，他将刚才揉好的泥团放在石轮上，自己扎了马步，抱住那泥团，在泥团上抠出一个窝来。一手窝边，一手窝外，两手四指里外挤拉。在转动中，那团泥渐渐站立起来，生长出优美的弧度，有了罐子的雏形。老爹粗大的手,此时与窑泥浑然一体,泥坯仿佛在他的手心舞蹈,越来越圆润。这圆润中,呈现出了一种光泽,在昏黄的光线里,由呆钝变得灵动。

一切都太过迅速,让宁怀远看得也有些发呆。这时,石轮戛然而止。老爹从腰间抽出一根丝线,在泥坯底下一割,一个罐子便捧在了他手中。

他走到宁怀远跟前。宁怀远诚惶诚恐,伸出手,正要接住。老爹却故意手一抖,那罐子遽然落在地上,刹那间,就是一摊泥。

宁怀远心中一疼。只觉得成了形的一团希望,莫名便跌落在地了似的,不由冲口而出,可惜了。

老爹冷冷一笑道,这就可惜啦?那日头底下晒过了劲儿不可惜,出了窑烧裂了不可惜?上了房没搁稳摔成了八大瓣不可惜?你倒是可惜得过来。真可惜,就将地上的泥拾掇起来,给我重做一个。

宁怀远当真蹲下身子,将那团泥一点点捡起来,捡了满捧,放在木台上,再去捡。捡净了,便学了老爹,团成了一团,使劲揉。

老爹坐下来,点起烟袋锅,看着他问,会?

宁怀远笑说,小时候家里蒸馒头,帮我妈揉过面。

可他越揉,那团泥倒好像扶不起的阿斗,松身打缕,不成个景。老爹冷眼看他,道,后生,我问你,这面揉过了,要成形靠什么?

宁怀远说,得醒面,靠酵母头。

老爹说,醒好了呢?

宁怀远说,得下锅蒸,靠蒸汽。

老爹说,你手里这团窑泥,是掺了酵母头,还是要下锅蒸?

宁怀远手停住了。

老爹抬起手,用烟袋杆在他屁股上就轻轻打了一记,日脓拔翘①！给我使力气摔打呀，没力气怎么站起来。泥不摔不成器！

待他真是摔打成形了，学老爹转了石轮，将窑泥捧上了去，中间抠一个窝。眼见着在老爹手中轻轻松松地成了形。他倒也扎了马步，全神贯注的。可那团泥在他手里，却是东歪西倒，跟个醉汉似的。宁怀远越急越是不听使唤。他身量又高大，渐渐膝盖都打起了抖。一个不小心，那泥团便豁出了个口，一团泥竟飞了出去，恰落到他脸上。

他用手使劲在脸上一擦，却忘了手上也是满手的泥。这一上一下，狼狈劲头儿，自然是别提了。宁怀远沮丧得很。

荣瑞红在旁边站了半天，大气不敢喘。看到这时，终于一横心，从襟子上掏出手帕，要递给宁怀远。

岂料老爹伸出烟袋锅子，在他俩中间一拦，说，死妮儿，我教训徒弟。你可别管闲事。

两个青年人一听，立马都杵着了。荣瑞红看着阿爷，眼里有光，张一张嘴，却无话。

老爹不正眼看她，对宁怀远说，手莫停！

他又望望外头的天色，对荣瑞红道，还愣着干什么，闻先生屋里整窝大肚蝈蝈等着喂。烧一锅饵块，昨天我钓了几条鲫壳，做个八面鱼，给几个后生打牙祭吧。

此后，每个黄昏，荣瑞红去为"一支公"的小伙子们做包饭。宁怀远则跟着荣老爹学做瓦猫。

除了这劳力的交换，老爹始终未说过收他为徒的原因。

---

① 日脓拔翘：方言，指傻瓜。

他不是个笨人，甚至可以说，相当聪慧。在半个月后，荣瑞红已见他可以手势娴熟地拉坯，再半个月，看他亲手做出了第一只瓦猫。看他为它粘上上下眼皮、泥球样的瞳仁；在瓦罐上挖出大口，安上四颗利齿；在脑袋顶上，粘一个"王"字，便有了虎似的威猛；在柚木的模具里印出一个"八卦"。而上釉、入窑则还是由老爹来代劳。

荣瑞红陪他，到金汁河下游的浅滩收塘泥和黄沙，又去河边青晏山脚去挖陶土。这些都是做瓦猫的材料。野旷无人，他们一同体会着劳作的辛苦与快乐。开始是默默的，两个人都没有说话。金汁河上漾起的气息，是泥土的浅浅的腥，混着水藻生长的味道，有些醉人。这时候，走来了一队马帮。人和马都要歇息。人引了马和骡子，到河边喝水。骡子不及马听话，打了个响鼻，拧着脑袋不肯喝。荣瑞红便悠悠开了声，唱起了一支"赶马调"：

我头骡要配白马引中雪盖顶，二骡要配花棚棚，
三骡要配喜鹊青，四骡要配四脚花，
前所街把骡马配好掉，又到马街配鞍架……

也是怪了。这骡子支起耳朵，像是听了她唱。听完了，往前挪了几步，到了她近处。倒真的垂下头，咕咚咕咚地喝起水来。喝完了，又打了一个响鼻，仰起脑袋使劲一抖。那鬃上的水花，便飞溅出来。猝不及防，落到了荣瑞红的身上和脸上。荣瑞红一边畅快地骂着，一边笑着擦。宁怀远也不禁伸出手，为她擦那脸上的泥水。手指触在她脸颊上，一阵凉滑，却酥酥顺他指间爬过来。他忙抽开了手。荣瑞红愣一愣，低下头，从河上掬起一捧水，洗洗脸。

脸颊上的红云，便退却了。

回来的时候，经过龙头街，看到花花绿绿，是一片热闹。才想起了这是午日，摆了乡街子。从这里沿着金汁河岸，从麦地村、司家营一直摆到了龙头村。这集市是镇上的节日，四面八方的人，都赶了来。他们竟又看见了方才遇见的马帮，正靠着驿站补给。马锅头坐在木鞍上，伙计便卸货，大约是盐巴和碗糖。那大骡子吃着草，仿佛也认出了他们，长长地嘶鸣。

丘北的辣子，文山的三七，昭通的天麻，江津的米花糖，腾冲的饵丝，武定的壮鸡，宣威的火腿，似乎天下的好东西，都汇集在了这里。

两个人东张西望，荣瑞红便在一处烟草的档口停下来，细细挑拣，大约是为阿爷。她用彝语和那阿婆讨价还价。宁怀远便说，老爹的瓦猫要是在这里，定可以卖个好价钱。

荣瑞红听了，望一望他，脸色倒沉下来，说，宁怀远，你既做了阿爷的徒弟。还说这种话，瓦猫是能卖的吗？

宁怀远兴冲冲的，这时却语塞，见荣瑞红却是认真了。她烟草也不称了。自己一个人直愣愣地往前走，不理人。宁怀远跟着她，这时市集上飘来了香味。原来是到了食档口。铜锅鱼、酱螺蛳、竹筒饭、羊汤锅，都是馥郁的味道，浓烈地勾引着人的食欲；宁怀远这才觉得，腹中辘辘。荣瑞红只管在汤锅前坐下来，叫了一碗，看着宁怀远，默默又叫了一碗。一碗羊肉汤下肚，两个人的心情便好起来。荣瑞红问，羊汤好喝吗？宁怀远点点头。她又问，有我熬的好喝吗？宁怀远一愣，又使劲摇摇头。她便哈哈大笑起来。笑声引得周街的人都看她。

快走到麦地村时，他们看到一双背影。尽管是背影，他们还是认出来，是梁先生夫妇。身形都很挺拔。梁先生穿了宽大的衬衫。林先生这日倒穿了裙子，是当地落靛的扎染。她头上包了一块头巾，也是同样的扎染。荣瑞红见她在一个卖竹编的摊头上停下，弯下腰，和摊主交谈。谈好了，便浅浅地笑，脸上是明亮的表情。摊主为她挑了一只篮子。又抽出了一条竹篾，三两下便编好了一只蚱蜢，给她别在篮盖上。林先生便又笑，望望梁先生，笑得孩子一样。他们便挎上篮子走了，梁先生将那篮子从太太手中接过来。另一只手，执上了太太的手。

他们走得很远，荣瑞红还引着颈子看着，直到快看不见了。两个人往前走了几步。她回过身，望一眼宁怀远。怀远觉得她眼睛里头有小小的火苗，目光炽炽的。忽然间他的手，就被牵住了。

三天后，宁怀远又见到了梁先生。梁先生来找闻先生，求一枚图章。

关于闻先生挂牌治印，算是联大不得已的一桩美谈。大约要说到教授们的处境，彼时昆明通货膨胀得厉害，他们的工资，渐入不敷出，不免要各谋出路。最普遍的是去邻近云南大学、中法大学或昆明的中学兼课。像闻先生这样，在昆华中学兼课的报酬，每个月可得一石平价米外加二十块"半开"，按理还不错的。但家中人口众多，还要贴补"一支公"的研究生们，开支上远远不够，犹复不敷。到头来，终于重拾铁笔，好在同事们帮衬，算是抬了轿子。"一支公"的老弟兄浦先生做了润例。包括两位校长在内的十二位教授，具名推荐。闻先生擅长钟鼎，在美国又读的美术，自然不同俗笔。人又很谦谨，用墨上石，皆自尽心。云南地区素行象牙章，质地坚硬。闻先生刻得食指磨损出血，仍一日未辍。

梁先生看他手指间的厚厚老茧，也很感慨，便道，家骅兄，我听说你难。倒不知是这样难。前些天，盛传贵系刘姓教授为人写墓志铭，得资三十万，以为你们教文科的还稍好过些。

闻先生苦笑，这事不提也罢了。如今好过的，又有几个？当年梅校长让你用茅草顶盖校舍，独留了铁皮屋顶给教室，如今连铁皮都卖了去。人各有命，我除教书外，大约就是做个"手工业者"。

这时宁怀远进来，手里执着一枚信封，兴奋地说，老师，《国文月刊》回信来了，刘兆吉的那篇文章，要发表出来了。

他见有人在，再一看是梁先生。梁先生看看他，说，小兄弟，我们见过的。

宁怀远跟他问了好。他说，那天在金汁河畔，还有一个姑娘。内人说，你的样子，是中古人相，和姑娘的骨相一样好。

闻先生大笑道，还有这回事。宁怀远，说的莫不是荣瑞红姑娘？

又回过头说，是我们这里的大厨，做得一手好龙泉菜。

梁先生便道，有机会要领教下。我们到了云南就东奔西跑，其实没吃上几顿安生饭。复社时候，原先在循津街"止园"，倒是有家馆子不错的，和刘敦桢他们几个常去。后来去了山区，当地的乡民做的菌子，真是美味。那阵子也是居无定所，整天背着帐子，随身带着奎宁和指南针。回到昆明刚安顿下来，"史语所"就搬了，我们也就唯有跟着搬。前几天，"学社"的章子落在地上，碎碎平安。这不是求您来了嘛。

闻先生道，这个好说。你后天跟我来拿吧。

梁先生谢过说，有空也来我们那里坐坐。自从盖起了屋子，慧音说又有了北平的沙龙的样子。钱端升、李济、思永、老金我们几个常聚，也挺热闹的。

闻先生笑道，你们两个设计房子的，倒真是第一次给自己盖了一个。

梁先生说，可不是！样样要自己落手落脚，从木工到泥瓦匠，越到后来，钱越不够用。你想，我们刚来时候，米才三四块一袋，如今都涨到一百块了。连根钉子的钱都要省，好歹费正清他们两口子，给我们寄了张支票来，可真救了急。唉，慧音到底累倒了，在山区落下的病根儿。近来的身体大不如前。

宁怀远蓦然想起了荣瑞红的话，便脱口道，梁先生，你要不要请一尊瓦猫回去。

梁家的瓦猫上房那天，是荣瑞红亲手给系上的红绫子。瓦底下除了放上了笔、墨、五子五宝，还有一本万年历，压六十甲子。

梁先生搀着妻子。林先生靠在他身上，身着家居衣服，披着披肩，笑盈盈的。虽笑得有些发虚，但人明亮。她抬起头，看那瓦猫，眼里头有光。

5

2005年12月3日，星期六，晴

在中甸的草原上骏马成群，
一百匹马配一百个宝鞍，
一百匹马要离开，
马鞍不带走，留下做个礼物。
商人骑着骏马，
他不会住下，他要离开。

把最好的衣裳留下，给你做个纪念。

——德钦"弦子"摘录

今天认识了一个新朋友，山本长智。

云南德钦这边的藏人，管外族人叫"甲"。最早来这里的"甲"，是传教士，是个法国人。还有个探险家亨利王子，他从越南出发，从澜沧江进入怒江流域，再上溯到独龙江。我翻到一本《德钦县志》，从一八四八年至一九五一年，共有十六个洋人来德钦传教。其中有个穆神父，溜筒江的铁索桥是他设计的。他们还给当地人看病，藏人认为这是法术。说他们会施邪恶的法术，让明永的冰川融化。我见到个英国的老传教士，八十多了，听力不好，但说很好的汉话，好到像个中国老头拉家常。

我见过的"甲"，还有一个东南亚人，穿一双露脚跟的靴子，头发披散在肩上。见到他的时候，他说，今年转山，转了第三圈。他对我说，转山要转单数，双数不吉利。还有个美国摄影师贝贝坎，走南闯北实践他的拍摄项目，Repeated Photography。找来德钦的老照片，在同一个地点重拍，我想要和他学一学。他和我同一个属相，他说，卡瓦格博也是这个属相。

山本和他们不同。他们来了，他就走了。山本每年都会来。每年来，他会带来几个那年山难登山者的家属，来朝拜雪山。大丹巴说，山本在德钦的时候，会住在他家里，跟他一起上山，搜寻遇难者的遗骸。

我今晚，开始重看《消失的地平线》。大丹巴给我讲过二十世纪三十年代曾经有架飞机，撞在了卡瓦格博的岩石上。村民们把飞机的铁背回来，找村里的铁匠打了好多把刀。用到现在，都说铁真好。

荣瑞红这辈子，第一次看电影，就是在昆明最大的南屏电影院。

那是个外国的电影。她看见银幕上出现几个洋人，其实心里有些慌。这几年，镇上有些洋人来了，手中都拿着相机，见人就拍照。她看见他们拿相机对着自己，也有些慌。

她心怦怦跳，想着将这慌张掩饰起来，故作镇定地挺直身子，坐好。但黑暗里头，有只手，握住了她的手。宁怀远的手，手心很软，暖乎乎的，让她心里安定了。

如今荣瑞红想来，电影的内容，其实是不太记得。大约是个玩世不恭的美国男人重遇昔日情人的故事。外文她是不懂。"演讲人"的翻译，虽是入乡随俗，但又确实不着四六，令人摸不到头脑。

那时的昆明上映的外国片子，是没有英文字幕的。便出现了一种奇特的职人。他们多半是本地人，粗通英文，坐在银幕前，给台下的观众现场翻译。在联大的师生来之前，他们在当地算是权威。因为没有人会质疑他们，便更为信马由缰地发挥。他们会根据只字片语去揣测，这样翻译出来，往往驴唇不对马嘴。

这天的演讲人是一个留着山羊胡的长衫老先生，带有很浓重的呈贡口音。他端着一杯茶，说几句话，便呷一口，全场都能听见茶水在他喉头的激荡。然后他咳嗽一声，继续往下说。他用很干涩的声音，在诠释剧情，将男女主人公的对话，翻译得如同在"乡街子"讨价还价。

和台下的观众一样，荣瑞红因此也看得一头雾水。但是她有一种天赋，这种天赋或许来自少女的想象。她用想象完善了这部电影的剧情，也因此体会到了它的美好。她想，这个故事一定是关于爱情的。这个女人背叛了男人，在异乡重逢后，又得到了他的原谅与和解。这个男人虽然长了花花公子的模样,但实际上是个情种。这样看下去,她越发觉得电影好看了。

剧情发展到,这个美国人,看着另一个男人走进了他的酒吧,明显表现出了敌意。老先生拖着长腔,用呈贡话为他配音:"拐求喽,你来做咋子?"

没待他为另一个男人回答,台下响起了声音:"我来培养一下正气。"

话是用很不标准的昆明话说出来,却引起了哄堂大笑。本地人都知道其中的促狭。因为正义路近金碧路西有一家店子,没店号,门口挂了块硕大的匾,上书"培养正气"。这店子呢,其实是以卖气锅鸡闻名。老昆明人,一说起"我要培养正气",就知道是要吃气锅鸡打牙祭了。

这一笑,却激怒了演讲人。他站起身来,叉了腰,叫将大灯打开,对台下道,哪个说的?!

台下的人嚓了声,却还有窃窃的笑。这笑是荣瑞红的。她自己没想到,宁怀远还能整了这一出来。她的手,还在他手里,此时出了薄薄的汗。宁怀远倒是正襟危坐,面目无辜,好像个没事人似的。

待灯重新灭了,宁怀远悄悄拽一下荣瑞红,引她出去。出来后,两个人都深深吸一口气,又呼出来。外头刚下过雨,涤清车水马龙的尘土,空气中便是好闻的清凛凛的味道。宁怀远说,我是真受不了这呈贡味儿的《北非谍影》了。

荣瑞红说,那我们去哪儿呢?

宁怀远嬉笑地用半生不熟的昆明话说,要不,我们去培养一下正气?

荣瑞红朗声大笑,笑够了,倒正色道,我想去你们大学看看。

荣瑞红没有想到,宁怀远读过的大学,是这样的。

一色土坯房,上面盖着茅草顶,甚至还不及龙泉临时搭建的铁路工人宿舍体面。地是沙土的,因为下雨而泥泞。一个洋人吹着口哨,身后跟着穿着短衫短裤的男孩子们。他们奔跑着,都是雄赳赳的。她又看到了许多的青年人。男的穿着宽松的土衫子、有些肮脏的飞行夹克,在校园里走动。有一个先生模样的,竟套了本地赶马人的蓝毡"一口钟",因为他步态的挺拔,便有一种侠客的感觉。

一些女学生,结伴经过。她们穿着阴丹士林的旗袍,外面罩着红色或者深蓝的线衣。手中则都携了书。脸上表情一律是明朗而怡然的。其中一个,和宁怀远打了招呼。她们便也望向了荣瑞红。不知为何,面对这些女学生,荣瑞红忽然感到有些羞惭,也竟不敢回望。倒是宁怀远大大方方地执起了她的手。一边问她们是上谁的课。她们说,上金先生的逻辑课去。

宁怀远便哈哈大笑,回头记得在路上捡几个金戒指。女学生们便都笑着走开了。

他们走到了凤翥街上,林立着茶馆。走进一个,人声嘈杂。原来是有人在唱围鼓,便退出来。走进另一个,也十分热闹,多了许多年轻人,都是大学生模样。这一家墙上贴了"莫论国事",老板袖着手,靠在柜台上打瞌睡。倒是有个白胖的女子,很殷勤地走过来,手里是个食篮子。一开口,竟是江南口音,口气倒与宁怀远熟稔。宁怀远便从她篮子里拿出一碟芙蓉糕、一碟萨其马和桃酥,然后说,老例儿。待她走了,宁怀远对荣瑞红说,老板娘是绍兴人,远嫁过来,这里的点心都是她自己制的,好吃得很。

等茶汤端过来的工夫，有人远远喊宁怀远的名字。待他回头，是几个小伙子，说，学长，来一局。

原来是在打桥牌。宁怀远看荣瑞红一眼，摆摆手。荣瑞红便说，你去吧。难得进城来玩一玩。他犹豫一下，便过去了。

老板娘过来，搁下茶，对荣瑞红说，这个后生好。

荣瑞红便笑问，怎么个好法？

老板娘便轻声说，以往他来，只管看书、跟人打牌。有姑娘进来眉毛都不动一下。他现在，眼里头只有你。

荣瑞红不语。老板娘又说，这些孩子，远远地过来，除了读书不知以后的着落怎样。听口音你是本地人，就照应他多一些。

荣瑞红愣一愣，说，往后的事，谁又知道呢。

老板娘叹口气，也说，是呀，这一打起仗来，谁又知道呢。

这时候，外面有人进来，大声喊，警报了。茶馆里头的人，倒好像没听见似的，喝茶的喝茶，打牌的打牌。一个人挠挠脑袋，头也不抬地问，五华山挂了几个灯笼啦？进来的人便说，一个。那人便肩膀一耸道，不着急。

过了一会儿，又有人进来，大声喊，警报了，警报了。

刚才那人又问，几个灯笼啦？

回说，两个了。同时间，荣瑞红听到了外面的汽笛声，一短一长，尖厉地啸响。茶馆里的人，才动起身，有的还将桌上的瓜子和点心，都有条不紊地包了起来，装到了身上。跟老板娘打了声招呼，气定神闲地出去了。荣瑞红感到一只手牵住了自己，快步往外走。

街上倒是人多了起来，宁怀远两人便跟着人群。看着沿途的店铺，三两地关了门。也有不关的，老板坐在门口，抽旱烟，饶有意味地看他们。这一路上有学生，有当地的老少，还有马帮。这里本就是他们的必经之路，联大大西门往前走，有条古驿道，石子铺成的小路，通往乡野。尽管空袭频仍，锻炼了人们的心智，究竟还是慌乱的人多。马帮有他们自己的节奏。人不乱，马便不乱，任凭人流在身边穿梭、奔跑。马锅头唱起呈贡调子。有人一愣，刚驻足来听，继而便被人流裹挟着往前去了。

就这样跑了一会儿，人越来越多。惊起了近旁松林的一群休憩的飞鸟。它们使劲地往天空中飞去，继而盘旋，却不敢再落下来。有风簌簌地刮起来，空气中飘荡着清凛的松针的气息。然而周遭的人，热浪一样，将这气息霎时间吞没了。

经过了一处荒冢，宁怀远拉着荣瑞红，和其他一些人都跑了下去。他跑得很快，在坟茔间穿梭，齐膝的野草与乱石，都丝毫没有让他犹豫，像是驾轻就熟。他跑了许久，才停下来。在背阴的地方坐定，头竟就靠在了墓碑上。荣瑞红到底是有些忌讳，他便一把拉着她坐下。说，怕什么。以往跑警报，我都到这里来。这个坟头就是我的，叫宾至如归。

荣瑞红坐下来，觉得身下凉丝丝的。更多的凉意，顺着身体蔓延上来，让她倏然一个激灵。看宁怀远，倒是坦然的样子，口中衔着一茎草梗，远远地望着山外的夕阳。夕阳沉降，在血红的落照里头，还可以看到拥簇的人群，像连串的黑点一样移动。

荣瑞红站起来。宁怀远说，别动。你不动，日本人的飞机，就不会炸这里。

荣瑞红说，我没跑过警报。但我们龙泉能听到昆明城里头的警报声。有一次赵太婆家的枝子，到城里头置办嫁妆。遇到警报，舍不得手里头买下的杭绸。回去拿，跑慢了，就给炸死了。尸首被发现时，还把自个儿的嫁妆抱得紧紧的。

宁怀远说,我们从蒙自跑到了昆明,也跑累了,跑疲了。我同学里头,有不跑的。别人跑,他们在开水房洗头,煮红豆汤。也都想得开,说要是真给炸了,就干净地做个饱死鬼。其他人也不知道为什么要跑,只是跟着跑。教授也有不跑的。刚才遇到那些女生,说上金先生的逻辑课。那年昆师被炸,别人都跑了,金先生不跑。南北两座楼都给炸了,死了好多人。警报完了,他一个人愣愣地站在中间。后来就跟人一起跑,每次跑都带着自己的书稿,就像是闺女抱着嫁妆。有次跑到蛇山,警报过去,一阵风几十万字的书稿就全没了。对他来说,那还不如丢了命。

这时候,一只野兔,贸然地闯入了他们的视线,晶亮的黑色眼睛,定定地望着他们。忽然竖起耳朵,站起来,是对峙的姿态。宁怀远倏地也站了起来,那野兔猛然地被吓着,仓皇地逃走了。宁怀远狠狠地说,我不明白,在咱们自己的地界上,为什么要跑?

荣瑞红说,你得好好活着,仗打完了,就回家去。你爹妈都等着呢。

宁怀远苦笑一下,蹲下身,问荣瑞红,你说,我为什么每次跑警报,专拣了这座坟来躲?

荣瑞红望那坟茔,周边长满了萋萋的草,坟头上倒是干干净净的,好像被人打理过。她想,在这兵荒马乱的年月,倒是还有孝子。

她说,这坟有排场。

宁怀远便执起了她的手,沿那墓碑上的一个字,一笔一画地写过去,问她,这是个什么字?

荣瑞红瞋他,你知道我不识字,来触我的霉头。

宁怀远说，你记住，这是个"宁"字，是我的姓。这上头写的是，"先考 宁若成，先妣 宁胡氏"。这是夫妇两个，底下有生卒年。男的比我爹大一岁，女的比我娘小两岁，两人比我爹娘晚死了十几年。我第一次跑警报，跑到这个坟头。有个炸弹落下来，落在另一个坟头上，把我同学炸死了。我被这坟头挡着，一点儿事也没有。从此我就当这坟里头的是我爹娘。每次跑，都憩在这里。每次来，就给他们清清草，掩掩土。

听到这里，荣瑞红直起身，一把将宁怀远的头揽入自己怀里。紧紧地，她只觉得心里疼得慌，疼得椎心。这男人毛丛丛的头发带来的温暖，让她好受一些了。

回到镇上，荣老爹等得望眼欲穿。

他闩上大门，将宁怀远关到外头。他叫荣瑞红跪在地上，拎起了烟袋锅却打不下去。他一转身，从地上拎起一只陶罐，摔在了地上。这陶罐因为只晾得半干，落在石板地上，声音并不脆响，反而是沉钝的，像是个生闷气的人。

荣瑞红见老爹胸腔里呼哧呼哧的，便想站起来，给爷爷顺顺气。老爹只喝一声，跪着。

她便跪着。老爹说，你一个姑娘家，和群小子整天混在一起。镇上的风言风语我不管，可是，飞机炸弹不长眼！连命也不想要了吗？

荣瑞红嘟囔说，姑娘怎么啦？我在城里看见的女学生，都是姑娘，都跟后生们在一起。

老爹说，那都是在学堂里读书，学识了几个字给害的。你爹就是因为进昆明读了书，才认识了作孽的女人。

荣瑞红抬起头，目光灼灼的，说，爷爷，我就是我娘这样的女人，就喜欢和读书人在一起。

老爹说，一个外乡后生，你难不成要嫁了他，还是他能做上门女婿？长了翅膀的雀子，说飞就飞。

荣瑞红说，我凭什么不能嫁给他？

老爹也气，喝她道，你凭什么嫁？

荣瑞红一咬嘴唇道，就凭我和他一样，无爹无娘。

老爹被他说得一愣，焦黄的脸泛起了青，张开嘴却说不出话来。荣瑞红站起身，一声不吭地走进了小作坊，关上门不出来了。

以往只有犯了大错，荣老爹才将瑞红关在作坊里。小时候，一关她，作坊里没有灯，乌漆麻黑。荣瑞红怕黑。怕了，就哭。哭上一阵，老爹心软，就放她出来。可她长大了，再关，坐在黑暗里头，拧着颈子不哭。老爹也倔，不放她出来。久了，彼此都觉得没意思。

老爹就问，妮儿，想不想出来？

她在里头答，不想，里头阴凉，舒舒服服，好着呢。

老爹想想，得有个台阶，就说，你也别闲着，在里头给我做六只瓦猫。就放你出来。

荣瑞红便答，六只太少了吧。我还想再待上一时半会儿呢。

老爹吹胡子道，美得你！你以为我让你做咱自家的瓦猫吗？除了龙泉的，各地统共给我做六只。有一分不像，不许出来。

荣瑞红在暗处扁扁嘴，不声不响，开始和陶泥。泥巴摔在木台上，摔得地动山摇。老爹听了，狠狠吸上一口旱烟，心满意足地走了。

说起来都是瓦猫，但云南之大，各族纷纭。这猫也是一猫一态。荣瑞红小时，老爹便带她去周边看人家的瓦猫。要看的，自然是和自家的不同。荣老爹打四十岁起，便连续在五年一度的瓦猫赛上称霸，业界以"猫王"誉之。后来老了，便有些隐退江湖的意思，但仍然带着荣瑞红看，看人家怎么做，有什么长进。这也是教她"知己知彼，百战不殆"的道理。

有一次，荣瑞红说，这只太丑，我不要学。

老爹说，你觉得丑，为什么别人要放在屋瓦上敬着。你眼里的丑，是人家的光鲜。说到底，是你眼界浅。

这时候，荣瑞红坐在黑暗里头，手在娴熟地动作。作坊里有蜡，她不点。一团泥，像是长在了手上。手指动作，跟着心走。心想到哪里，手就跟到哪里。她想，原来眼睛是多余的。眼睛有用处时，是因为心未到，手也未到。

待两个时辰过去，作坊里头没有一丝光线了，漾着泥土温暖后冷却的气味，砥实而清冽。她顺着这些做好的瓦猫的轮廓摸过去。圆润，部分有棱角，也有着陶土特有的细腻的颗粒。她一个一个摸过去，用手指辨识，在某个细节上停住了。爷爷常说，做手艺人，便是一艺在手。手比眼准，用手触，便是看。任何一处不对，在手指间便会放大，你便知道不是拾遗补阙的事儿，是从根儿错了。

她便重新制了一只瓦猫，这才点上蜡，眼扫过去，舒了一口气。爷爷说得对。眼看见的，都是相，方才在自己手里，到最后合为一个。现在通亮的，却是百态。哪怕都是出自呈贡的，也因族而不同。彝族无釉猫，背部有龙刺，身为鳞纹，尾长盘向身前，耳朵高竖，眼睛大而外凸，是个机警的样子；汉族黑釉猫，身如筒，尾巴上翘卷曲，胸前有"八卦"，耳尖立，鼻成三角凸于面，胡须贴在左右脸颊，口大张，牙齿突出，仰天状；鹤庆白族猫，四肢粗壮有节，横站于脊瓦，尾巴直立上翘，嘴大如斗，上颚出奇大，下颚小，口内有四齿，舌头外伸，眼睛鼓暴，耳朵竖立，怒目而视，凶煞十足；文山壮族的上釉猫，身子似小陶罐，头呈倒三角，耳尖直立，眼睛大睁，瞳仁点黑釉，嘴高阔，上下牙齿四颗，脖子系有铜铃，前腿合并，后腿分开，倒算是一副乖巧模样，是最接近家猫的样子。

荣瑞红看着它们，稳稳地坐着，心想，说是万变不离其宗，但爷爷这么多年，带她云游，要看的，却是各种"变"。看多了，看久了，便越发守住了自家龙泉猫不变的根本。

这时候，外头响起了一阵咳嗽声。有人驻足在作坊的门口，在门上似乎敲了一下。荣瑞红站起来，也走到门口，可忽然心里发了堵，梗了梗脖子，不吭声，仍是一动不动地坐在了黑暗里头。

6

2006年1月7日，星期六，晴

> 我亲手栽下一株树苗，
> 等小树长大，我用它建桑耶寺。
> 没有吉祥的桑耶，
> 那么多树怎么聚在一起。
> 我亲手搜集各种石子，
> 我用它铺一块黄金地。
> 没有吉祥的桑耶，

那么多石头怎么聚在一起。

——德钦"弦子"摘录

今天去看望谢老师。

谢老师退休两年了。我去的时候，他在屋顶上堆柴火。他请我去他的书房。他桌上摆着一幅花鸟，还没干。墙上有四君子条屏。他说小时候，他阿爸给他买了册《宣和画谱》，他就临着画，所以墨竹他最拿手。后来做生意，教书，就搁下来了。现在退休了，没事就捡起来。每天就画画，看书，干干农活。

谢老师是我们小学的老前辈，教了几十年书。祖辈是巍山彝族。他爷爷辈从西藏跑虫草买卖。阿爸在芒康认识他阿妈，他妈是藏族。后来他们家就在德钦做起杂货生意。谢老师其实只读过完小，但他古文底子极好。我在我们小学看过一些汉文文件，用字很讲究，都是他写的。大丹巴说他是县里的秀才。我在他家里看到版本很老的《昭明文选》和《尺牍清裁》。他对我说，是他阿爸留下的。

我问他，那你怎么做起了老师来？他说新中国成立后改国营，家里生意做不下去了。他先是参军，后来转业回来，县里的代表让他当教师，帮着办小学。那时候啥也没有，就在明永的公房里上课，自己编教材，还得帮孩子们烧饭，工资一个月十八块。他因为写了封信，给打成了"右派"，快五十岁了才摘帽。

他说现在他们全家都在当教师，姑爷用的，还是他当年写的教材。我给他看照片，问他，认不认识一个做瓦猫的人？他摇摇头说，你在哪里看到这只瓦猫，德钦怎么会有瓦猫呢？

宁怀远在马头桥边，遇到了梁先生夫妇。

当时他正走得失魂落魄。暮色里头的金汁河，凛凛发光。河边上飘起了水藻的腥气。他不禁站定，呆呆地望着。

这时听有人唤他，小兄弟。

他回身，看是梁先生。

他勉强笑一下，梁先生将他介绍给了自己的妻子，说是闻先生的研究生。因他脸色是青白的，就问他可好。

他说，还好。下午从昆明城里回来。

梁先生说，听说午后城里又有了空袭，飞机从海防过来，轰隆隆的，我们这里都听得到。你安全回来了就好。同行的人都没事吧。

他冲口而出，我是和荣瑞红一同去的。

梁先生关切地问，荣姑娘也回来啦？

他沉默了半响，跟着就将来龙去脉跟梁先生说了，说瑞红回去，老爹让她跪在地上，凶神恶煞的。大门一关，不让他进去。他在门口站了两个钟点，叫门又不开，不知道里头发生了什么。

林先生问，可是和爷爷送瓦猫给咱们的姑娘？

梁先生说，是呀。

林先生眨眨眼睛，说，那就好了。你放心回家去，明天黄昏，我保准你能见着她。

第二天后响，老爹听到有人敲门。他仔细听，敲门声音斯斯文文，慢悠悠，可不是那小子的莽撞。

他开了门一看，原来是龙头村住着的先生。他想，这梁先生是洋派的白面书生的样子，架着金丝眼镜。那天瓦猫上房，他一个人抱着，顺着梯子往上爬，倒比猴子还灵巧。老爹看他稳稳地将瓦猫放在了屋瓦上，一颗心落了地，想，都说人不可貌相，这先生看着文弱，其实是个练家子。

梁先生身旁的女先生，今天的精神似乎好了许多，笑吟吟地看他。他想，这女先生不是村里女人形貌，那天自己抽洋烟，也请她抽。她说她抽不惯。

他呆愣愣的。梁先生说，老爹，那天辛苦您过来送瓦猫。我们是来回礼的。

荣老爹才恍然，让开了身子，请他们进来坐。

三个人在院子里坐下来，梁先生手里举着一个纸包给他，说，老爹。知道您抽旱烟，我们前几天赶"乡街子"，给您带了些来。

老爹接过来，也不客气，打开闻一闻，笑了说，青马坝的烤烟，正宗得很哪。

他脸色也就好了些。林先生望望院子里，整整齐齐地晾着两排瓦罐。她便说，老爹的陶烧得好。我常爱去瓦窑村，看那里的老师傅制陶。有个建水来的师傅，说是烧三百个陶罐，只裂过一只。

老爹磕下烟袋锅，清清喉咙，你说叶三器吗，外来的和尚好念经。我们龙泉的龙窑建得好，谁制的陶都烧不坏。

这话噎人，两下未免有些话不投机。梁先生与太太对望一眼，笑笑说，听说您最近收了个徒弟？

老爹脸上些微的笑容也收敛了，面色冷下去，将那包烟叶子往梁先生怀里一杵，说，是那小子让你们来的？

林先生见他摆出了要送客的架势，忙说，是我们自己要来，又要央您件事。我们呢，晚上家里来客人，要置些菜。可您知道，我这笨手脚，哪里应付得来。瑞红姑娘可是远近都知的好手艺，想请她来家里帮忙，不知合不合适？

老爹一梗脖子道，我训她的手艺，都用来做瓦猫了。她给我做那饭菜，也就毒不死个人，谈得上什么好！您二位请回吧。

这时候，作坊的门"呼啦"一声开了。瑞红从里头走出来，眼睛望都不望她爷爷一下。她掸掸身上的尘土，大声道，瓦猫我摆在窗台上了。林先生，我跟您去。

荣瑞红挎了一只篮子，沿着长堤，一直走到了棕皮营。堤上一路都是桉树。桉树的叶子散发着浓郁清澈的味道，与金汁河里水草的腥香，混为一体，让人醒神。夕阳远远地下沉，一点一点的，是红透了的颜色。由远及近，余晖洒在河面上，也是金粼粼的。

邻近水塘，有一片修竹。梁家的房子，正在这修竹的掩映中。瑞红老远便看到屋上的瓦猫，这是她自家制的。此时它稳稳地坐着，目望着远方的田畴。这屋也是"一颗印"的样式，坐西朝东，清瓦白墙。下段用碎石土夯筑而成，上段用土坯砌筑。但与邻近乡间的其他屋宇还是不同的。它有两扇阔大的菱形花窗，从外头看，能瞧见里面的人影。从里头往外看，远山近景，便是如画了。

此时，林先生引了荣瑞红在屋内参观。看她呆呆地立在窗前不动了。荣瑞红说，以前不觉得，透过这窗子看，原来我们龙泉竟是这样美的。林先生说，是呀，我和思成两个，平日看书写字，都抢着要在这窗子底下。写累了，往外头眺一眺，整个人的心都亮敞了。

荣瑞红说，听宁怀远讲，这整间屋子，都是您和梁先生盖的。

林先生说，是呀，我们两个一起设计，落手落脚地盖。后来他带队去了四川看古建，就我一个人来。你看看，这个壁炉，可是西式的呢。用青砖砌好，我得意了许久。等你冬天再来了呀，我们就可以对着它烤火了。

荣瑞红望一望林先生，看她可亲地对自己笑。觉得她瘦弱的身体里有一种能量吸引了她，让她们之间又近了一些。

这时间，一个小男孩儿欢笑地跑进来，身后又跟着个小姑娘。他们一进门就脱掉了鞋，撒丫子跑。倒是小姑娘看到荣瑞红停住了脚，眼睛晶亮地看着她。林先生从门边拿过拖鞋叫他们穿上，说，快穿上，地板凉脚心。

她又追上男孩子，给他擦鼻涕，笑着说，他们爸爸老在外头，我一个人真管不了。满山遍野地跑，以后回了北平，想野也野不起来了。

荣瑞红听到"北平"，觉得是个很遥远而盛大的地方。她其实很想问一问，因为那里是宁怀远以往上学的地方。但终究没好意思问。这时，小姑娘很好奇地看着她手中的篮子，问，姐姐，这里头是什么？

小姑娘的声音脆亮的，很好听，用的也是国语，和宁怀远一样。

荣瑞红说，是干巴菌。

小姑娘又问，干巴菌是什么呢？

荣瑞红说，是一种菌子，不好看，但是很好吃。生在松树底下，要清早去采，太阳出来就萎了，看不见了。

小姑娘问，有没有鸡好吃？

荣瑞红就笑着点点头。小姑娘兴奋地说，姐姐，那你下次去采菌子，要叫上我一起呀。

林先生便摸一摸她的头说，姐姐到咱们家做客，还要给你们烧菜吃。还不快谢谢姐姐。

小姑娘正正经经，给荣瑞红道了个万福。

林先生笑说，我这个丫头子，嘴巴可刁着呢。你这么好手艺，怕是往后都不愿意吃我做的菜了。

荣瑞红也笑。看这小姑娘，和林先生一样，生着圆润宽阔的额头和略尖的下巴，已初具了美人的样子。她和她的母亲一样，也有着明澈烂漫的眼神。她看母女二人的眼睛，仿如复刻一般。这无关年纪，似乎是自身在岁月中的定格。一刹那，她觉得自己生出了盼望，也想有一个女儿了。

原来，林先生在屋后垦了一畦菜园，种着时令的蔬菜。说是时令，昆明四季如春，果蔬本是可以长种的。园子虽不规则，但是因地制宜。什么都种了一些，豆类、青椒、韭菜。荣瑞红陪林先生割鸡毛菜，看她戴着围裙，撸起袖子，是利落落的农妇形容。夕阳最后的光线，照在了搭架丝瓜的老藤上。丝瓜老了，干了，在微风里头微微摆动，渗着金灿灿的光色，竟有些丰收的景致。另一些，透过叶子照在了林先生的面上，是个毛茸茸的轮廓，有着优美的弧线。看得荣瑞红屏住了呼吸，她不禁再次地想，这个女人多么美呀。

她们便在厨房里头忙碌，一个择菜，一个洗菜，竟然配合得天衣无缝。林先生说，前些天，老金从城里带来一只宣威火腿，炒你的干巴菌正合适。一边说，我再去园里摘些青椒来。

荣瑞红掌勺，这干巴菌下了锅，混了火腿的咸香，满厨房竟然都是馥郁鲜美的味道。林先生不禁感慨说，用我们北平话，这东西生得寒碜，可真是菌不可貌相。荣瑞红说，入了口，才知道它的好。就像是人，哪有一眼就看出来的呢。

她便做了一个素菜。是昆明人极喜欢的，青蚕豆和蒜薹放在一处清炒，青翠欲滴，有个好名字，叫"青蛙抱玉柱"。园里的蚕豆很鲜嫩，连着豆皮炒，更为入味。林先生笑问，宁怀远喜欢吃什么菜？荣瑞红脸一红，想想说，他们"一支公"的几个后生，饭量大，最爱能下饭的。那我就再做个"黑三剁"吧。

这三剁呢,说的是剁肉末、剁辣椒和剁玫瑰大头菜。咸中带甜,开胃得很。

待她利索做好了这一道,林先生说,你先帮我把菜端进屋里去。

她一进屋,就看见了宁怀远。宁怀远站在窗边,也愣愣地看着她。梁先生便在旁说,傻小子,看着瑞红姑娘忙不过来,也不搭把手。

宁怀远赶紧才过去,帮着荣瑞红端菜。两只手却碰上了,险些碰掉了盘子。荣瑞红连忙闪了一下,瞋他说,越帮越忙!

屋子里的人,便都笑起来。梁先生便给他一一介绍,看起来都是面貌很体面庄重的先生。一个是梁先生的弟弟;一个姓钱,是法学院的教授;姓李的,是考古学的教授。荣瑞红对这些"学",自然似懂非懂。但又介绍一个,说是姓金,戴着一副眼镜,自报家门自己是教逻辑学的。荣瑞红便笑道,先生,我知道你。

众人皆惊。梁先生便道,不得了哇老金,你的大名是传到龙泉来了。

荣瑞红便接口道,你就是那个金戒指教授。

大家会心,便哈哈大笑起来,屋子顿然有了快活的空气。金先生便也明白,和自己有关的掌故被宁怀远说给了这姑娘。金先生教的研究生中,出了一位别出心裁的有趣人物。联大常常要跑警报。这位仁兄便做了一番逻辑推理:"跑警报时,人们便会把最值钱的东西带在身边;而当时最方便携带又最值钱的要算金子了。那么,有人带金子,就会有人丢金子;有人丢金子,就会有人捡到金子;我是人,所以我可以捡到金子。"根据这个逻辑推理,每次跑警报结束后,这研究生便很留心地巡视人们走过的地方。结果,真的给他两次捡到了金戒指!他便将这收获归功于金先生的逻辑课。

金先生耸耸肩道，我自己倒是一次都没捡到过。可见这课是益人误己。

这时候林先生进来，说，我一时不在，你们倒是说的什么好笑话。梁先生扫一眼她手中的盘子，说，你们几个可有口福了。内人轻易不下厨，这是拿了看家本领出来。当年这道"豉油煮笋"，连我老丈人都赞不绝口。

林先生便道，我们可真是靠山吃山了。门口这大片竹林子，是既饱了眼福，又饱了口福。这炒鸡丁的菱角，是隔邻的大嫂采了送过来，还带着水清气呢。一同还送了一条乌鱼，我们前些天吃了"东月楼"，正好学着做一做"锅贴乌鱼"。老金，你的火腿派上了大用场，正在平底铛温着。

李先生就说，我可是也有贡献的。这景谷酒，我跋山涉水从民乐镇带过来，也算是美酿配佳馔了。

梁先生便说，老李，你倒是好意思说！哪有送人的酒，自己先打开喝的。

李先生便投降道，是真的没忍住。没有功劳，也有苦劳吧！

大家哄堂大笑。林先生看着也笑，她对荣瑞红叹一口气，轻轻说，这真让我想起在北平的日子，大家聚在一起。现在能说话的人，都天各一方了。前段正清和慰梅写信来，我一时都不知怎样回。

这时的林先生，换下了家常的衣服，着一件丝绒的旗袍。在这里，本是有些隆重的。她坐在桌前，却将这屋中的气氛，带出了几分先前未有的情致。

大家有些沉默。金先生说，今天高兴，说什么天各一方。我们几个在，都住在这龙头村，不就是天涯若比邻嘛。

还有我们呢！外头响起洪亮的声音。众人循声望去，走进来一队青年，皆是英挺的模样。一色都穿着空军的军装，脸上明朗的笑容，将屋子顿然点亮了。走在前头的那个，手里举着一瓶香槟，遥遥地便对林先生展开了臂膀，喊了声"姐"，两人便紧紧拥抱在了一起。

荣瑞红看出，这个青年在一班孔武的同伴中，眉眼是清秀些的，与林先生有些相似。林先生回过头来，将他推到众人面前说，这是我小弟林恒。这些，都是我的弟弟。今天是个大日子，聚会的主题，是为他们的。他们从空军军官学校毕业了。

林先生此刻脸上的表情与平日的宁静不同，是有些激昂的。

这些青年面对着她，站定，立正。其中一个领头的，大声说，敬礼！他们便齐刷刷地叩了军靴，端正地对林先生敬了一个标准的军礼，一边说，家长好！

这话在旁人听来，似乎是谐谑之语，但看他们个个面容肃穆，才知道是实情。原来，这些青年在昆明都没有亲属。梁先生夫妇是他们的"名誉家长"，梁先生方才还在空军军官学校的毕业典礼上为他们致辞。

倒是林先生连摆手道，吴耀庆，怎么到了家里，还这么多规矩呢。

这领头的青年才让同袍们脱了军帽，在席间坐下来。坐下来了，仍是笔直的。倒是金先生举起了酒杯来，说，思成你倒说句话。对着这两排兵马俑，我可真是动不了筷子。

大家一阵哄笑，他们这才松弛下来，恢复了年轻人该有的样子。梁先生倒上一杯酒，说，我今天上午已经说过。明天，你们就要上战场了。这杯酒是我做家长敬你们的，等你们凯旋。

钱先生便道，思成，哪有上来就喝送行酒的，"风萧萧兮易水寒"吗？既然是庆贺毕业，应该要喝香槟！

听到这里，这些士官生有了大男孩儿的活泼，忙着开香槟，看瓶塞噗的一声射出去，都兴高采烈起来。

菜都端齐了，吃到一半，上来了一盘油淋鸡。鸡是林先生自家养的。今天早上现杀，十斤的鸡公刚贴了一季的膘，正是好吃的时候。大块地生炸，高高堆一盘，也是蔚为壮观。这群小伙子，可是放下了刚来时的矜持，你争我抢地，蘸花椒盐来吃，顷刻盘子便见了底。林先生问他们好不好吃。有一个便叹道，比"映时春"的还好吃。这"映时春"，是武成路上的一家馆子，做油淋鸡是最出名的。

林先生说，今天你们有口福，我请来了咱龙泉的大厨来。她就也端了酒杯说，我们也该敬瑞红姑娘，为这一餐毕业饭，陪我忙活了一个后晌午。

荣瑞红不羞不臊，倒也爽利利地站起来，端起酒，一饮而尽。一个男孩儿见了，拍起巴掌，说，真是个女中豪杰。比我们翻译科那些扭扭捏捏的小姐强多了。

林先生说，那大家说，我们瑞红手艺好不好？

众人道，好！

林先生又问，那人生得俏不俏？

有人又用云南话大声答，老是俏！

刚才那个男孩儿，带着几分醉态道，这就是人常说的"入得厅堂，下得厨房"。姑娘，等我把小日本的飞机都打走了，就回来找你！

林先生将一块卤牛舌放在他碗里说，樊长越，就你口甜舌滑。这块"撩青"当给你吃。我们瑞红名花有主，等不得你。

刚才还沉浸在这快活的空气中，瑞红此时心里忽然轻颤了一下。她不禁抬头，望一望宁怀远。林先生对着宁怀远说，怀远，我人给你带到了，你可是要争一口气。

刚才那个叫长越的男孩儿，颤悠悠地站起来说，秀才，你遇到我们这些当兵的。是要比文,还是比武?

林若恒拉住同伴。他却一把挣脱开,说,我们这一去……你们,有几个还准备从天上回来的。怎么,还不许老子过过嘴瘾……

这戏言,忽然让在场的人都沉默了。每个人,似乎都静止在了方才刹那的言行中。这沉默,在每个人心里都似乎过于漫长。在沉顿了数秒后,他们都听到了一阵音乐声。是莫扎特的《小夜曲》。这声音开始仿佛是幽微的,似乎在微妙的节点上试探,渗入这沉默。慢慢地,延展、宽阔、丰盈,渐渐将这房间填充起来。是那个叫吴耀庆的年轻军官,手中持一把提琴,在靠近壁炉的角落里,旁若无人地演奏。

众人无声地听,看这军装青年,侧着脸庞,沉浸在他自己的动作中。那臂膀屈伸的优雅,仿佛软化了军人坚硬的轮廓。而他身躯的剪影,被灯光投射在了壁炉上,也是高大而柔软的。

一曲奏罢,他轻轻躬身向他的听众行礼,仿佛在乐池中郑重。

众人鼓起掌来。荣瑞红说,真好听。

林先生说,我许久没听到耀庆奏这一支了。这是我和这些弟弟结缘的曲子,我从未和人说过这个故事。

林先生在椅子上慢慢地坐下来,说,日本人轰炸长沙的时候,我们乘汽车取道湘西,到昆明来。走到晃县,已经没有车了。我的身体不争气,又得了急性肺炎,发着高烧。这一个小县城,到处都是难民。我们抱着两个孩子,一路探问旅店,走街串巷,竟然连个床位都找不到。天下起雨,越来越大,我止不住地咳嗽。这时候,忽然听见在雨声里头传来一阵小提琴的声音,正是这首《小夜曲》。在这边城,有这样的乐曲,让我们心里都安静下来。思成冒着雨,循着琴声找到了一所客栈,敲开了门。里面是一群穿着航校学员制服的年轻人。那个拉着小提琴的正是耀庆。他们赶紧将我们迎进来,给我们腾出了房间,又给我找来了医生。我们这才安顿下来。

所以往后,我听到这首曲子,就会想起那个雨夜。我和这群弟弟,是以琴声相认的。后来,我们来到了联大,他们也来到了昆明,大约注定是要重聚。他们给孩子们做飞机模型,还带来子弹壳做的哨子。再后来,我将若恒也送进了航校。他们现在都要飞走了。

荣瑞红看出她有些伤感,便逗她说,他们都是老鹰,老鹰就是要往高处飞的。不飞走,难道留着下蛋吗?

林先生听了,勉强地笑了笑,说,是呀。他们驾驶的是"老鹰式七五"。他们都是老鹰。

看着耀庆举着琴弓,遥遥地抬一抬手,乐曲便又响起了。在这低回婉转中。林先生站起来,吟诵道:

别说你寂寞;大树拱立,
草花烂漫,一个园子永远睡着;
没有脚步的走响。
你树梢盘着飞鸟,
每早云天,吻你额前,
每晚你留下对话,
正是西山最好的夕阳。

梁先生走到了太太的面前,将手背到了身后,屈下身,做了个邀舞的动作。林先生便将手放在他的手中,两个人在乐曲中起舞。这舞的好看,是荣瑞红从未见过的。不同于云南的各种舞蹈,它既不慨然,也不激扬。而又说不出地曼妙,让两人浑然一体。林先生此时,大约将一个女人的美，体现到了极致。而荣瑞红却又觉出了乐曲的似曾相识。她回忆了许久，终于想起，这正是她和宁怀远在城里看的那出电影里的歌曲。她记得非常清楚，唯有那时，因为没有"演讲人"的打扰，她完整地听完了这支歌曲。

这对主人舞蹈着，渐渐走到了屋外，走进了更为广阔的园地里。乐曲便也追了他们出去。这时竟然有很好的月光，洒落在他们身上。他们的背景便扩大了，近处的竹林，在微风中簌簌作响。远处的山峦，幽深的轮廓，似乎也在跟着音乐起伏。荣瑞红想，他们多么美呀。

这时，一只手牵上了她的手。是宁怀远，将她的另一只手放到自己的肩膀上，然后轻轻搂住了她的腰。她低声斥他，我不会跳，你让人看我洋相！

他轻轻说，跟着我。

她便跟着他，听着他轻声地在她耳边打着拍子。她渐渐地跟上了，她觉得自己也舞起来了。身体变得轻盈，像是被这夜里的风托举起来。她跟着音乐，而耳边的其他声音也因此而放大。金汁河潺潺的水声，草间的鸣虫，不知何时归家的牛低沉地哞叫。她将眼光收回，看着眼前青年，此时也正专注地看着她，似乎有些忧心忡忡。她抬起头，猛然看见，屋瓦上还有一双眼睛。那是阿爷亲手制作的瓦猫，在暗夜里，守护着这房子，也看着她。

他们将这些空军毕业生送走了。青年和梁先生夫妇，一一拥抱作别。除了那个叫樊长越的男孩儿，他已经不省人事了。李先生带来的长谷酒，后劲是很大的。众人目送他们，看他们远远地走入了乡间的小路，消失在了夜色里。但是忽然，从远方传来了响亮的歌声。开始是齐整的，但后来，有的小伙子唱得声嘶力竭，仿佛还带了哭音。但这声音仍然穿透了暗夜，也洞穿了荣瑞红的耳鼓，在她头脑里久久不去。

"得遂凌云愿，空际任回旋，报国怀壮志，正好乘风飞去，长空万里复我旧河山，努力，努力，莫偷闲苟安，民族兴亡责任待吾肩，须具有牺牲精神，凭展双翼，一冲天。"

林先生说，这是他们的校歌。

7

2006年6月25日，星期日，雨

> 念青卡瓦格博多吉祥
> 神山扎那雀尼多吉祥
> 红坡护法神灵多吉祥
> 房顶五彩经幡多吉祥
> 灶神如意宝贝多吉祥
> 日松贡波三角多吉祥
>
> ——德钦"弦子"摘录

今天，他们告诉我，最后一具登山队员的遗体被发现了。

我赶到的时候，正看到大丹巴和山本长智从冰川上下来。他们手里还拿着塑料袋和钉锤。大丹巴在水渠边用水冲洗解放鞋上的泥。山本将铁钉的脚掌从高帮的登山鞋上取下来。

我问山本，确定身份了吗？他点点头。他说，遗体已经送去大理火化了，已经通知了家属。他从口袋里取出一张照片，上面是个戴着黑框眼镜的年轻人，对着镜头微笑着，笑容十分纯净。山本说，柳上健吾。最后一个失踪的日本队员找到了。他的任务也完成了，要回日本了。

从1991年的那场"扎吾"发生，七年后，遇难者遗体才陆续在明永冰川上被采草药的藏民发现。

多年以后，荣瑞红收到了那张照片。她未想过，这会是那个聚会最后的定格。照片是林先生的女儿寄来的。每个人都笑得如此粲然，带着一种坦白的明亮。除了林先生的两个孩子，宝宝和小弟，他们在大人们中间，似乎有些不知所措。孩子脸上的茫然与迟疑，是面对镜头的，或许也是面对他们所难以预知的未来。

收到照片时，恰逢镇上的蓝花楹盛放，一如她遇到宁怀远的那个夏天。她想，很多事情，早一些或者迟一些。大概都会不一样了。

在那次聚会半年后，荣瑞红觉得，宁怀远忽然有些不一样了。

他似乎经历了一些成长。以荣瑞红的见识，不足以判断这成长的性质。但是，这却是来自一个女人的直觉。

此时的清华文科研究所，搬来司家营后，已取得了很大的建树。闻先生所带的研究生里，有季镇淮、施子愉、范宁、傅懋勉等人。而这群"一支公"里，大约最受其器重的，便是宁怀远。跟闻先生习学，需要一股子倔劲每日孜孜同上古文献打交道，这宁怀远有。但宁怀远对荣瑞红说，仅仅这样还不够，还要有科学的精神。荣瑞红问他什么是科学精神。他便同他讲了"赛先生""人类学"与"理性"。荣瑞红就更加听不懂了。他便说，他很佩服闻先生，说闻先生写过一篇《伏羲考》，考证出龙是由蛇变来的。他滔滔不绝地说了很多。荣瑞红便有意扁扁嘴，说，这也需要考证吗？就好比我们的瓦猫，这样凶，

111

一望即知是老虎变来的。怀远并不生气，只笑她，说倒是给了他灵感，将来自己要写一篇民俗学的文章，研究研究瓦猫。他又说起闻先生的博学与宽容，说自己曾经想写一篇文章，证明屈原在历史上的不存在。这有点冒天下之大不韪，没有了屈原，《离骚》《九歌》便没有人写了。闻先生并不斥他，而是开出了一系列文献，说，你先读了这些，读完了再决定写不写。他读完了，汗颜自己的学问浅薄，也打消了念头。荣瑞红听了，恼他道，还亏有了闻先生，你若是敢写，别说是我阿爷，连我都不让你进家里的门。

屈子在滇地的名望，并不输于三湘。荣瑞红说，若是没有了屈大夫，每年端午时候，那千百个投到河里的粽子，不是都白投了。你一篇文章，就毁了这么多人的念想，难道不是罪过吗？

宁怀远便望着她笑，眼光却是郑重的，不当她是无理取闹。而荣瑞红，镇日听他说着自己听不懂的话，内心里却是欢喜的。她觉得，他明知道她听不懂，还要说给她听，便是心意了。

然而，近来，宁怀远却不和她说这些了。他甚至不怎么到家里来。连荣老爹都忍不住，说，什么有心跟我学瓦猫，三天打鱼，两天晒网！

荣瑞红便跟他辩白，说，怀远要毕业了，要写论文。

荣老爹说，什么文，能厉害过我们袁状元的文吗？写出来，能有人给他颁个"大魁天下"的牌匾，挂在聚奎楼上？

荣瑞红心里头很不服，觉得爷爷倚老卖老，拿前朝说事。刚想辩，又怕他说自己胳膊肘子外拐，便哼一声道，厉不厉害，写出来才知道！

这一日，荣瑞红黄昏过去给"一支公"做饭，却听见了堂屋里头的争论。竟是闻先生和宁怀远。闻先生是个严师，口气一向刚硬。可宁怀远历来都是个面脾气，何曾说话这样火气过。

她终于忐忑起来。旁边的一个研究生就说，我这个师兄，怕是疯了。红姑娘，你可要好好劝劝他。

说起事情的原委，原来宁怀远将毕业，闻先生专程致信梅校长，在联大为他争取到了讲师的位置。信中写"宁君毕业成绩，为近年所仅见"，可谓是力荐了。但是聘书下来后，宁怀远却自作主张，报考了昆明的"译员训练班"。

荣瑞红喃喃问，这训练班是做什么的？

那人便说，是为了飞虎队吧，也帮忙训练中国军队。训练班是国民政府军委会设的，在昆华农校，办了许多期了。不知师兄怎么忽然报了名。学完了，一批到前线，听说还有些发往了印度去。

这时候，就见堂屋的门响了，宁怀远急急走了出来。走到了大门口，嘴里狠狠地蹦出一句："百无一用是书生。"

荣瑞红的心，倏地一紧，然后一点点地凉了下去。她想，这么大的事情，宁怀远从来都没有和她说过一字半句。原来，他，就要离开龙泉了吗？

荣瑞红便追出去，将自己拦在宁怀远身前，定定看着他，也不说话。宁怀远也看着她，不说话。两个人就这样对望着，不知过了多久，宁怀远脸上因激动而泛起的红才一点点地消退下去。

他忽然执起了荣瑞红的手，拉着她，快步地往前走了几步。忽然间，他跑起来。他拉着她，跑得越来越快。他们沿着金汁河岸一路向前跑。渐渐地，荣瑞红看见，沿途人和风景都模糊了。人们看着两个青年人在跑，前面是个学生装的后生，后面竟是荣老爹家的孙女。有些小孩子，欢呼着，跟他们一起跑。终于跑不过他们，被远远地甩到后面了。他们就不知疲惫似的，越跑越快。荣瑞红听到耳边的风呼呼地响。高大的槐树，结着成串的槐花，那清澈的味道也在空气中飞快地流动，好像在跟随着他们一起奔跑。

他们的眼前，终于开阔了，看见了青晏山。金汁河也在这里宽阔了，有了浩浩汤汤的样子。他们还是跑，山起伏着，远远地被他们甩在了身后。水流淌着，高低、弯折、腾挪，不放过他们似的。此时正是雨水丰盛的时候，在下游形成了一个瀑布，瀑布跌落的尽处，便是一汪清潭。他们终于在潭边停了下来。气喘吁吁的，你看看我，我看看你，不禁大声地笑了起来。

他们在潭边的草地上躺了下来。两个人，面朝着天空。天上有游云，那样的大而白，一层叠着一层。荣瑞红辨认着它们，那前后相接的，像是马帮的队伍。打头的是手持马鞭的马锅头；那点着脑袋的，举着烟杆的，像是麦地村专帮人说媒做营生的六婆；那在云里隐现的阳光，忽然变得浑圆，像是滚动的龙珠；端坐在云端的，有些凶的像老虎，将这龙珠衔在了嘴里。不是，哪里是什么老虎，这就是我家自己的瓦猫吧。

风吹过来，是青草味，是草被晾晒了一天冷却下来的清爽。身下的草地是毛茸茸的，隔着衣服密密地渗着皮肤，有些舒适的痒。她深深地吸了一口气，然后将眼睛闭上了。这时候，她的唇忽然被捉住了。她在慌乱间张开了眼睛，看见了宁怀远也在看着她。他眼中，并没有焦灼和欲望，是牛一样温厚的目光。这让她安心了。她忽然捧起他的脸，也吻了回去。这男人的唇，很柔软，有一种令人心醉的暖意。她觉得她的身子也软了，甚而骨骼也一点点地化了下去。在融化的边缘，她忽然打起精神，挣扎地问他，你，不会走吧？

男人愣住了，有些紧促的呼吸一点点均稳了下来。他翻过身子，像方才一样，和她并排躺下来。他们仰面躺着，不再说话，看着天一点点地黯淡下去。然后暮色浓重地将二人包裹进去了。

是这个秋天，林若恒的中正剑，被送回了梁家。

龙泉人，不喜热闹，各家各户都安静地过日子。对于白事，他们却看得很重。"号丧"是一种传统，是对逝者的敬。说是号，其实是唱，大声地唱，唱得一波三折。生人唱，唱给去的人，也唱给自己。唱去的人的一生，唱完了，便是断了阳世因缘。从此生者平静地过自己的日子。

还有的，就是要在去者的碑头，安一只小的瓦猫。保佑他阴宅德厚，不受魍魉牵绕。猫头要向着他生前所住的方向，在泉下庇荫在世亲人。

荣瑞红从未经过这样朴素的丧仪。

她看见屋瓦上的那只瓦猫也望着她。大约经历雨水与风化，颜色竟已有些苍青了。秋风吹拂过屋顶，将焦黄的叶子扫下来。这些枯叶又被风扬到了空中，飘几下，终于还是落在了地上。

一只白灯笼吊在屋檐底下。那菱形的窗格上，缀着白色的流苏。她捧着瓦猫走进去，不见设灵。在壁炉的方向，有一丛菊花，是极淡的青绿色。两边挂着一副篆书挽联，"星沉瀚海，风逐青天雨落泪；月冷关山，露沾碧岭竹吟声"。

这联是金先生的手笔。宁怀远手中抱着一只相框，荣瑞红走过去，见是一幅炭笔的画像。画像上的人，正是那个仅谋一面的青年人。有着和林先生一样宽阔的前额，与一双典秀的眼睛。这些飞行员，首次上天前，已经拍好一张照片。大约是做好了准备。此时你便在这眼睛里可以看到许多的东西，甚至还有一分不舍。

梁先生看了看，终于说，罢了，还是别挂了。我怕慧音受不了。

几个人，便都在堂屋里坐着。屋里极静，除了一只西洋座钟的声

115

音。钟摆左右摆荡，大约到了正点，忽然当的一声响。在所有人的心头，猛然击打了一下。

金先生站起身说，还是叫她起来吧。

梁先生说，再让她睡一会儿。天蒙蒙亮的时候，才睡着。

这时，他们却都听见卧室的门开了。林先生站在门口。她的脸色虚白着，眼睛有些浮肿。人们不知她是何时装扮的，穿了黑丝绒的旗袍，头上梳了很紧的发髻，胸口别了一小朵白绒花。她将自己的身体挺得直一些，但大约撑持不住，手扶住了门框。荣瑞红连忙迎过去，想搀住她。她对荣瑞红说，不要紧。

她走向壁炉。那丛菊花遮盖下的，是一只黑檀木的盒子。她愣愣地看着，然后说，思成，再打开给我看看吧。

梁先生犹豫了一下，说，慧音，你答应我的。送上路前，不再看了。

林先生不说话，只是径直自己伸出手，要将那盒子拿下来。

梁先生拦住她道，这又是何苦？

他却终于小心翼翼地将那盒子捧住，然后端在了桌子上，打开。

荣瑞红看见，盒子里，摆着一摞信封，还有各式琳琅的物件。

林先生的手抚摸上去，在这些物件上流连，最后落在了一本英文的诗集上。她抬起头，望着众人，竟然牵动了嘴角，有一丝惨淡的笑意。她说，自打咱们离开北平，我时常说，人总是聚不齐。这不到一年，他们兄弟八个，倒是聚齐了。

她转过脸，看着荣瑞红，说，红姑娘，这支钢笔，是樊长越的。就是说胜利了要回来找你的人，你还记得吗？他是第一个走的。飞机刚上了天，轰的一声，人就没了。这副羊皮手套，是路易南的，湖南人，那天可爱吃你做的黑三剁了。一个个的，都走了。走一个，就寄给我一回。我的心就死一回,没等活过来,下一封就又到了。这张威尔第的唱片,还是我送给耀庆的。他和阿恒搭着伴儿走的,一前一后。两架飞机坠到了一处,还分得清谁是谁呢。

阿恒,你有这群兄弟陪着,姐放心一些。你从小就怕孤单,怕黑,我们都说你像个小姑娘。我问你在天上怕不怕。你说不怕,你所有的胆量,都留给天上了。

林先生举起那把中正剑,忽然紧紧地贴在脸上,久久地。然后,她脸上的肌肉,忽而抽搐了一下。她将这柄剑郑重地放回到盒子里,将盒子盖好。瑞红看到,她眼里头方才有一丝光,这时也一点点地熄灭了。

林先生说,不早了,我们走吧。

一行人捧着这只黑檀木的盒子,走向青晏山脚下的墓地。弥陀寺的方丈,请来堪舆师父,在面阳背阴地寻了一处良穴。除了樊长越,青年们都没能找到完整的遗体,这便只是一个衣冠冢。方丈说,我龙泉也算是有幸,青山埋忠骨。

岚气袭人,催着他们的步伐不禁也就快了一些。

荣瑞红远远地看见爷爷,原来在等他们。他捧着云石雕的一只瓦猫,沉甸甸的。

安葬好后,他们仍在原地站着。看荣老爹将瓦猫小心地镶嵌在墓碑上。碑上有四列方块字,是八个人的名字。荣瑞红认真地看,却无从辨认。她从未为自己不认识字而懊恼过,此时却觉得心里无端地一阵空,空到竟至疼痛。她只认识自家的瓦猫,虽然小些,看上去却是一样的勇猛,会长久守着这些名字。

第二年的秋天，宁怀远报名参加了青年军。

这一年，日本在太平洋战争中已处于劣势。为支援被困在东南亚和滇缅边境的军队，日本亟须打通从中国到越南的交通线，因此在豫、湘、黔、桂发动迅猛进攻，从五月开始，洛阳、长沙、梧州、柳州、桂林相继沦陷。入冬，日军又攻陷贵州独山，直接威胁贵阳，重庆、昆明均感震动。同时间，罗斯福对蒋介石保留自己实力的避战态度相当不满。为在中缅印战区夹击日军，罗斯福致电蒋介石，敦促他加强在缅甸萨尔温江的中国兵力和攻势，如若贻误战机，需蒋承担责任并将断绝对蒋的援助。在这双重压力下，国民政府于1944年10月提出"一寸山河一寸血"的口号，发动十万青年从军运动。

闻先生和钱先生在校内发表了动员演讲，有两百多名联大学生报名参军。

年底时学校举行欢送同乐会，联大剧团演出夏衍、于伶、宋之的三位合作的话剧《草木皆兵》。

荣瑞红跟宁怀远看完了剧，对他说，闻先生告诉我了，你要走。你带我来看这出剧，是告诉我，我想拦，也是拦不住的。

宁怀远问，你不想让我走吗？

荣瑞红向前走了几步。她想，两个人，怎么就来到了翠湖岸边了呢？

那阔大的水上，升起了一轮巨大的圆月，静得不像真的，倒像是方才舞台的布景。有些捕鱼的水鸟，翅膀在水面上掠过，激起了涟漪，一圈圈的。这静中的动，却又是真实的。

她想起了宁怀远的话，便问，你说翠湖边上有一棵老大的梨树，是在哪里？

宁怀远说，等着我。等我回来了，我们一起去看。

8

2006年7月2日，星期日，晴

> 我往高高的山上走，
> 遇见小小的菩提树，
> 树儿发出淡淡清香。
>
> 我点燃香火烧得旺，
> 大地才能风调雨顺。
>
> ——德钦"弦子"摘录

十点多钟，我到了九龙顶，藏语意为"有很多杨柳的地方"。可是，我并没有看到一棵树。这里位于澜沧江边的山崖，夹在卡瓦格博和四千多米的扎拉雀尼雪山之间。峰峦叠嶂，直插入江。这里是茶马古道上连接德钦和云南内地的通道，也是去卡瓦格博的朝圣者外转经的必经过之路。

到了朝阳桥，那里有个转山接待站。我放下东西，跟转经人去支信塘。在小庙里烧了香，点了酥油灯，取了进山钥匙。接待站的人说，这回来转山的，多半是本地的藏族人，还有四川甘孜来的。我看看他们带的东西，其实很少。主要都是食物，酥油、糌粑、琵琶肉、青稞酒。有个康芒来的老人看我一眼，说，你的鞋子不行。我看他穿的是高帮的解放鞋。他说，现在是雨季，山上到处都是水坑。你的皮靴湿透了，重得走不动路，解放鞋走走就干了。他看看我的脚，从自己的背囊里拿出了双解放鞋叫我换上。我一穿，居然正好。我要给他钱，他摆摆手，好像生气的样子，很快地跑走了。我走了几步，脚下果然轻快了不少。

宁怀远再回到龙泉时，是大半年后了。

他是悄悄回来的，没有告诉荣瑞红。

这时候日本已经投降。联大的学生们大多都回来了。他们所属的青年军二〇七师炮一营，就此解散。这个营隶属辎重兵第十四团。在印度东北部阿萨姆邦密支那附近的兰迦基地，他学会了驾驶。然后上史迪威公路执行运输任务，这也是他执行的唯一一次任务。

因为闻先生全家与朱先生已经搬回了城里。司家营的文科研究所忽然空下来了，只余下"一支公"几个还未毕业的兄弟。他们将宁怀远安置在了北厢房的阁楼上。那里很僻静，扰不到人，也没有人扰。

但一周之后，荣瑞红便知道了。她跑去北厢房，几个箭步便上了阁楼，使劲拍门，大叫，宁怀远，你给我出来。

厢房里没有动静，她又说，好好的，"一支公"谁会让我在黑三剁里多放辣子。我知道你在里头，是人是鬼，你应一声。

里头还是没有回应。她却听到"吱呀"一声，像是床板的响声。

她便推开门进去了。

阁楼只有一扇很小的天窗，光线昏暗。大约因为刚才推门掀动了空气，那束光里边有许多尘土在飞舞。只片刻，这些尘便纷纷落在了地上，光束便又通透了。她的眼睛已经适应了房间里的幽暗。穿过这光束，她看到床上坐着一个人。

她迟疑了一下，慢慢地走过去。这个人，留了一口大胡子。但是她还是一眼就认出，是宁怀远。刹那间，这男人用胳膊肘挡住眼睛。

荣瑞红想，他是不想看到光，还是不想看到自己。

她走到床边，说，宁怀远，你看着我。

宁怀远没有动，但他的嘴角抽搐了一下。

荣瑞红忽然间捉住了他的胳膊，要拿下来。这男人将身体缩一缩，蜷在床头，同时更紧地护住了眼睛。

荣瑞红拖着他，将他往床下拖。她不知道哪里来的这把子力气，狼一样。她不管不顾，将这男人硬是拖下了床。宁怀远一个趔趄，高大的身形，曲折地晃了一下，摔到了地上。他艰难地想要站起来，却徒劳。荣瑞红看到，他的右脚已变了形，翻转着，在地上轻微地抖动。宁怀远在挣扎中，胳膊落了下来。他用手撑着地，同时在右脚上使劲砸下去。

荣瑞红看见了他的脸。这时候，宁怀远恰好身处在从天窗投射进的那束光之中。荣瑞红看见了他的脸。

她捧起了这张脸。

宁怀远下意识地又要挡住，被荣瑞红死死地压住了胳膊。

这张脸上，一只眼睛，在瑞红的目光里躲闪。另一只，只有一个黑洞。

这黑洞，已经干涸了。能看见一丝丑陋的黑红的肌肉，缠绕着，从眼睛里贯穿下来，到鼻梁，便成了漫长的疤痕。蜿蜒着，如同一条在皮肤下爬动的蚯蚓。

渐渐地，宁怀远不再躲，他终于迎上了荣瑞红的目光。他轻轻说，一车人，就活了我一个。当时要是选了另一条路，就不会碰上那些地雷了。

荣瑞红看见这只眼睛里流出了一滴泪。也仅有一滴而已，沿着脸颊流淌下来,沿着粗糙的皮肉,却在另一处嘴角的疤痕停住。

荣瑞红伸出手指,将这滴泪拭去了。她将男人的头慢慢地揽在自己怀里。她没有再说话,他也没有。这时候,他们头顶的那束光,因为夕阳的移转,也黯淡下去。黑暗浓厚了,将他们包裹了进去,藏得一星也看不见了。

荣瑞红把宁怀远接到了家里来。

她在瓦猫作坊里,架了一张床,让他睡。

荣老爹终于气得说不出话了。荣瑞红站在跨院里,和阿爷吵,吵得惊天动地。

他用烟袋锅子点着荣瑞红,说,一个没过门的黄花闺女,将个男人养在家里头,你让我老脸往哪里搁?!

荣瑞红听到了外头有聚集的人声。她索性打开了门,走了出去。看到她出来,人们便退后了一些。她站定了,面对黑压压的人群,大声地说,我荣瑞红要跟这男人结婚了。来看热闹的,都说句道喜的话吧!

又过了一年,宁怀远能在村里走动了。

虽然还是一瘸一拐,但外翻的脚,硬是被瑞红矫正过来了。她学了洋大夫打石膏的法子,用陶土为宁怀远打了副,给他固定在床上。隔半个月就换一副,开始时钻心地疼。宁怀远不喊不叫,荣瑞红便让他攥着自己的手。一个时辰下来,再看她的手,沿着虎口到手腕,都是青紫的。这样一副,又一副,慢慢地就养好了。可是脚踝,已经变了形。能下地走路了,就是身子有些拧。

老爹也去了,已有小半年。没病没痛,就是有一天,荣瑞红早上起来喊不应。走进去，人已没气了。脸相很安稳，寿终正寝。

算起来，虚岁八十五，也是喜丧。村里老人摇头，这一家人，一年里头先办喜事，又办丧事。喜事办了个不伦不类，没按公序良俗，在村里头落了说法，丧事也就不好铺张。有人议论说，荣老爹规矩了一世，行善积德，就为个好名声。临到了，自己却没个风光的后事，也是各家人各家命啊。

到了宁怀远能跟上自己的步子，荣瑞红便硬将他推出门去。带着他，见人就打招呼。怀远有些闪躲，打招呼的人便也很不自在。但是荣瑞红便还是要他出去，一句句地教他龙泉的地方话，要他自己开口唤人。

这样久了，他似乎已没有了名字。镇上的人，都叫他瑞红家的。他走到街上，后面有小孩子跟着，学他走路的样子，跟着他大声喊他"跛子"和"瞽子"。龙泉这个地方颇奇怪，民间的语言是极为古雅的，就连骂人也是如此，却不会减轻攻击的分量。"跛子"是笑他瘸腿，不良于行，这个字的狠恶之处在于它多半用来形容牲口。而"瞽子"，自然是说他瞎了一只眼。

自小到大，他未感受过这样的恶意，于是感到屈辱，不愿意再出去。但是荣瑞红倒不为意。她问，他们说错了吗？你自己说，你是不是又瞎又瘸？

宁怀远猛然被将了一军，有些吃惊地看着荣瑞红。荣瑞红将一块泥坯狠狠地掼在木台上，用胳膊肘擦一下额头的汗。她说，待他们说烦了，说腻了，说到舌上生茧了，自然就不说了。

不管这其中的是非，老荣家的龙泉瓦猫，依然是一块招牌。这是荣老爹留下来的好基业。镇上的人，渐渐知道了荣瑞红一个年轻女子，可以独当一面。龙泉这地方的人，内里是厚道的。这体现在不计前事，看的是眼前的理儿。他们想，这一家做事虽不循例，但并未伤到谁。如今难了，是应该帮一帮的。

于是，跟老荣家订瓦猫的人，又多起来。谁家开宅起基了，做白事了，甚而老人合葬迁坟了，便都找他们。渐渐地，生意甚至比先前老爹在世时还更好了些。

荣瑞红呢，就将这送瓦猫的活，都让宁怀远去。宁怀远不想去，她就逼他去。镇上的人，开始时有说法。他们看他瘸着腿，端着瓦猫，颤巍巍地在路上走。身形从背后看，也是扭曲的，多半觉得有些凄凉。那瓦猫上的红绫子，有次缠住了他的腿。按规矩，送瓦猫的人，半路上是不能停的，更不能将瓦猫搁下。他整个人就更为狼狈，路过的人帮他，心里也说荣瑞红有些狠。这样的人，怎么能当个人用呢。更担心的，是他手脚不利索，将那瓦猫给摔了。这在当地，是很不吉的。

但是过了段日子，他们发现宁怀远走得虽慢，步伐并未有懈怠与毛糙。甚至经过了时日，走得越来越稳了。他们就看出这人，内里是很要好的。对他也就和善了起来。说到底，对有难的人，心里总是不忍的。人们便想，乱世里头，龙泉留下这么个外乡人，也是造化吧。

有不懂事的小孩子，仍然跟着宁怀远，耻笑辱骂他。倒是旁边的大人追过来，作势打孩子，给他赔礼。此时，宁怀远倒真的也不在意了，竟然回过头，冲孩子们做了个鬼脸。

斗转星移，谁说时间不是个好东西呢。宁怀远渐渐也明白了，日子是过给别人看的，最终还是过给自己。这样朴素的道理，荣瑞红早就看得比他明白了。他再去送瓦猫，脊梁便挺得直直的。"自重者人恒重之。"读书读来的话，他也才算真正懂了。请瓦猫的主人家，对他客客气气的。他本来就是个有礼数的人,又有读书人的书卷气,是很让人生好感的。荣瑞红经了历练,风风火火,有了家中主妇的样子。镇上的姑娘和小伙,便叫怀远"姐夫",是带着亲热的。但荣瑞红却不满意,逢人便说,我们家怀远帮教授做事,是做过先生的。这时,联大北归,镇上的教授们已经次第离开了。但人们还都记得这份渊源,便将宁怀远留下,视为对这段回忆的纪念。因为宁怀远送瓦猫的形象已经深入人心,他们便开始叫他"猫先生"。小孩子们就叫他"猫叔"。虽然是戏谑之言,内里却是温暖的。

有天他回来,荣瑞红问他,今天是个什么日子?他仔细地想了又想,非年非节。他又看荣瑞红正色,莫不是给谁家送瓦猫,一时疏忽忘了。他便有些忐忑。

荣瑞红说,傻佬,今天是你的生辰。你一个城里人,怎么忘了呢。

他心里一惊,自离开北京,他已经许久没过什么生日了。

荣瑞红变戏法似的,从手兜里掏出了一个荷包,放在他手里。

他便拿出来,是一副墨镜。是飞行员戴的那种,很精神。镜框是金丝边的,下缘的地方有些磨损了。其他都是完好的。

荣瑞红撩起衣襟,将这墨镜的镜片擦一擦,只轻描淡写地说,我和班姐妹去赶"乡街子",看见货郎担上摆着。我说这个我要了,谁都别和我抢。

说罢,她便给宁怀远戴上,仔细地看了看。她满意地说,货郎说得对,戴上这个,比飞虎队还有排场。

她便从桌上拿了镜子。宁怀远闪躲了一下,他许久没照镜子了。荣瑞红便使劲打他一下,喝道,你有点子出息!他终于才看镜子里头的人。这墨镜遮住了他的眼睛,也盖住了鼻梁上的一点伤疤。那余下的大半张脸,在镜子里头,算是完好的。

荣瑞红便一点点地,将亲手给他做的眼罩取下来。她在他耳边轻轻地说,我男人出去,要体体面面的。

听到这句话,宁怀远忽然哭了。他失声痛哭。自从出事以来,他其实从未这样哭过。甚至做手术时,因为不能上麻醉,医生将弹片和那只破碎的眼球从他的眼眶里取出来时,他都没有这样哭。

此时,他哭了。他想,或许这女人的强大,让他猛然软弱下来。他于是也放任了自己,眼泪从他的一只眼睛里不断地滚下来,像是一道汹涌的泉流。

这个冬天,荣瑞红生下了一个男婴。

她对宁怀远说,我和你商量,这个孩子,能用我们荣家的姓吗?

宁怀远说,我无父无母,随你。

荣瑞红说,你这么说,倒好像是我欺负了你。荣家的手艺,是要传下去的。那好了,第二字用你的姓,总成啦?

于是,这孩子叫荣宁生。宁怀远定的,因为是他们俩生的。如此起名字,一目了然,实在也没费什么力气。荣瑞红便扁扁嘴,我听村里私塾的先生说,起名字有说法。女《诗经》、男《楚辞》,文《论语》、武《周易》。你是学这个的,不能亏待咱们的孩子。

宁怀远说,我的名,是张九龄的诗里来的;字是《大学》里的。你看我的命好吗?要是一个名字就能定下了命,人活得还有什么奔头。宁生,我看,让他一辈子安安稳稳的,很好。

开春时候,镇上办了小学校,请老师。可临近开学,县上派下来的国文老师却因为家事,忽然来不了。做校长的措手不及,发着愁,便在村里转悠。

他在一家人门口看到副春联。上写："大序归于六义；先师蔽以一言"。字是用得很秀拔的瘦金体。他想一想，便敲开了门。

荣瑞红正在制陶，在围裙上擦着双手的泥。打开门，见是个陌生人。便问他找谁。校长说，我找这写联的人。

荣瑞红道，联是我男人写的。人都说这不像个春联。

校长便笑笑说，我可以见一见他吗？

荣瑞红引他进来。校长便看见一个男人从作坊里走出来，是当地人的打扮，身量倒是西南人少有的高，走路有些高低脚。但见他鼻梁上还戴着一副飞行员用的墨镜。整个人便无端有一种时髦的滑稽。

两人坐下来，寒暄了一下。校长便听出了他北方的口音，便问，小哥不是本地人哪？

宁怀远便摇摇头，未说话。

校长看见他嘴角上的疤痕，便不再追问，只和他聊起当地的风物，聊着聊着，便聊起那副春联。看他健谈起来，渐渐便又聊到有关《毛诗》里的一桩公案。

听宁怀远的一番谈吐，校长点头称是，心里先有了数，竟至有些激动。他想，这个龙泉，还真是个藏龙卧虎的地方。

他便说想请他到小学校做国文老师。如果他愿意，明天就拟聘书。

宁怀远听了，愣一愣，继而苦笑道，您也看见了，我又瞎又瘸，怎么为人师表。

校长说，我请的是您的学问，不是样子。

宁怀远又说，我没有什么学问，都是些乡野小识。我就是个手艺人。

荣瑞红在旁急说，就你那三脚猫的功夫，也配说自己是个手艺人！校长，我听懂了。你是要聘我男人去当先生。他以前做过先生，他是在联大读的书。

校长沉吟道,如今联大在筹备北归了,没有想着要回去吗?

几个人便都沉默了。两只春燕,剪着尾巴,在他们的头顶掠过,停在作坊的檐子下面,叽叽喳喳地,忙着筑巢。

这时候,荣瑞红开了腔。她的声音与平日不同,慢而有力,每个字出来,都像是落在地上的铜豌豆。她说,宁怀远,往日人叫你"猫先生",是好心抬举你。你现在就给我去,做个实实在在的先生。

小学校开在龙头村的杨家祠堂。

杨氏一族,抗战初期整族迁移,不知去向。但这祠堂却留下来了。虽不轩敞,却十分规整。外头绿荫环绕,花木扶疏,环境幽雅清静;堂前的庭院里栽着四棵桂花树,经年郁郁葱葱。

拱门上挂着的"克绳祖武"的匾额,大约是纪念杨家祖上攻克匪患的事迹。

供奉牌位的供桌,是留下了。但供的不再是杨氏的列祖列宗,也没有了孔子像。挂了孙文总理的大幅照片和他手书的"天下为公"的匾额。

几个年级各有自己的教室,还有一间备课室,在偏厢。宁怀远教这些小孩子国文,有他自己的办法。他发觉了自己讲故事的才能,以往教中学时,并不觉得。从《论语》到《春秋》再到《左传》,一个解释一个,他便当作人之常情来讲。其中的臧否,是人间的。他也给他们讲国外的故事,讲《块肉余生记》。他自然知道林琴南的翻译,对原作做了许多的敷衍,但他就是喜欢,因为有中国人的烟火气。他讲《安徒生童话》,讲着讲着,觉得很不过瘾,就自己编了故事来讲。拿什么做主角呢?这些学生里,有许多其实都是旧相识,彼时他送瓦猫时，追着他后面嘲弄他，后来叫他"猫先生"。如今真的就做了他们的先生，宁怀远就拿瓦猫来编故事，说它是上古时的神兽。当年共工大败于祝融，一头撞在了不周山上。山崩地裂，民不聊生。女娲炼五色石补天，剩下了一块没用。这顽石浴火，自己便修炼成了一只似虎非虎的大猫。白天一动不动地驻扎在屋梁上守卫，晚上便四处云游，行侠仗义。宁怀远的故事，便是瓦猫在夜间侠隐的故事。孩子们很爱听，有的甚而晚上专门跑出来，去看看屋梁上的瓦猫，是不是真像"猫先生"说的一样，跑走不见了。后来就有学生学给了校长。校长便笑道，宁老师，你的瓦猫，倒和《红楼梦》里的通灵宝玉成了同胞。宁怀远说，等他们看懂了《红楼梦》，就不信我讲的故事了。

龙泉这个地方，敬重读书人，也崇敬学问，是素来的。办学便也自然得到当地望族的支持。说起来，因学而优则仕，民国时当地仍有许多的榜样，如陆崇仁、桂子范、李卓然、李健之等。家族庞大的桂家，族中的桂子范，曾是做过议员，做过富滇银行理事。在石龙坝水电站开始发电时，是他最先让龙头街与昆明同步通电。陆家的陆崇仁，曾为云南财政厅厅长，整顿税收、田赋，大力推行烟禁政策，创办多家银行。这几家的年幼子弟，便尤为好学。以往家中的私学相授，和宁怀远所教的，有如琴瑟。孩子回家说了，他们便都知道了这年轻先生的不凡。

到了年节时，学生带了礼物，特地上门来拜访。荣瑞红不禁有些怵，想自己一个普通人家，何曾受到过如此待见。那镇上的小公子们，一口一个师娘。她心里欢喜，竟然束手束脚，不知如何应对。倒看宁怀远，仍是落落大方的样子。

有一天，荣瑞红便悄悄到了小学校去。蹲在窗口外头，恰看见宁怀远带着学生们读书。是好听的国语腔，读什么，她听不懂，只觉得读得抑扬顿挫，好听得像音乐似的。她便闭上了眼睛，心里头如暖风拂过。她想，这先生，是我的男人哪。

他们自己的孩子宁生，风吹见长，渐渐可以在院内爬动。是个好动的脾气，看荣瑞红制陶，自己便也滋了泡尿，在屋檐底下和泥。荣瑞红便冲他屁股上就是一巴掌，说，学什么不好，学这粗笨活。往后一个榆木脑袋，怎么跟你爹读书。

宁怀远说，哟，你又不怕家里的瓦猫后继无人了。

荣瑞红嘴硬道，这倒两不耽误。白天去学堂，晚上跟我学手艺。

月末时候，家里来了个客，是宁怀远的师弟。"一支公"解散后，他们便也很少来往了。师弟说，这回是昆华工校的聘期满了，他想要回北方去。联大三校在京津都已复学。恰好有人介绍了教育部的差使，便想试试看。

他来自然是道别的。但彼此好像都有了默契，都不说以往学校的事，宁怀远也不会问起。但究竟忍不住，这师弟压低声音，说一句，去年底，学校里罢课的事，想必你也知道。十一个同学，就这么没了。出殡时候，是我们老师走在最前头。他写了篇文章，我照抄了一份，给你带来了。

远远地，荣瑞红牢牢地盯着他们。宁生在地上爬过来，然后将只拳头往嘴巴里塞。瑞红一把打掉他的手，将孩子抱在自己怀里，说，哟，说早不早了，留下来一起吃饭吧。

师弟便站起身来，说，不吃了，还要回去收拾东西。师兄嫂子，我过时再来看你们。

宁怀远也站起身，追一句，老师，他可曾提起过我？

师弟笑笑，轻轻摇摇头。怀远将那信封在手中捏一捏，一阵怅然。

晚上，宁怀远展开信纸，看上面用工整的小楷，誊着《一二·一运动始末记》，署的是闻先生的名字。宁怀远一字一字读下来，原本平静的心，忽而悸动了。开始像是水中的微澜，渐渐似乎在水底，产生了暗涌，一点点地澎湃起来。没来由地，他的额头上渗出了密密的汗。皮肤下的潮热，也顺着血管四处伸张渗透，东奔西突。他觉得自己整个人仿佛被蒸腾起来了。

这一年的七月中，荣瑞红家里收到一封信。看笔画，她认得是宁怀远的名字。他们家，以往从未来过一封信，因为没有识字的人。她捧着这封信，有些不安，自己也不知是为什么。

后来，她每每回忆起那一个瞬间，都在想，是不是其实应该将这封信烧掉。这是一个女人的本能。任何的不寻常，哪怕蛛丝马迹，对她寻常的生活，大概都会构成威胁。但是，她还是将这封信交到了宁怀远手中，然后用轻描淡写的口气说，快看看吧，不知哪个女学生写给你的。

宁怀远笑着拆开信。荣瑞红看见，笑容在自己男人脸上一点点地凝固。

信里寄来的，是一张报纸，上面是闻先生的凶讯。

事情发生在三天前，到达龙泉是一番辗转。报上写，闻先生主持民主周刊社的记者招待会，揭露一起暗杀事件的真相。散会后，返家途中，突遭特务伏击，身中十余弹，不幸罹难。

报纸在宁怀远的手中抖动。荣瑞红看看他一只眼睛里的光，像笼上了一层霾，完全地熄灭。而另一只眼睛，如同黑洞，深不见底。

宁怀远当天晚上，将自己关在作坊里。荣瑞红几次起身，想去唤他回来睡觉。但她站在作坊门口，看见窗口渗出的一星烛光，终于没有推开门。

到了第二天清晨，她看到作坊里是空的，没有人。

她等了整个上午，没有人回来。她终于不想等了，她出了门，发疯一样地找。从司家营找到了麦地村、棕皮营，又找到了瓦窑村。

第二天，她抱着孩子，去了宁怀远的小学校。坐在门槛上，等到了晌午，校长领着她去找学生的家长。她走进那些高门大户，本是不卑不亢的样子，可听到旁人说起"猫先生"三个字，脚下一软，就跟人跪了下来。她说，求求你，帮我找找我男人。他又瞎又瘸一个人，啥也没带，能跑到多远去。

村里人燃了火把上山。又找了打捞队，沿着金汁河，一点点地从上游一直找到下游。

她不信。她一个人又一直走到了青晏山。孩子饿，她由他哭。她一直走到先前和宁怀远去过的瀑布。瀑布没有了，水枯了。一滴水也没有。她坐下来，和孩子一起哭。一边哭，一边叫宁怀远的名字，然后又"瞎子""瘸子"叫骂了一遍。天越来越暗，她索性喊起来。喊出来，才发现声音是干的。声音落在了远处，回音也是干的。

打这一年的深秋，昆明师范学院门口，总是坐着一个妇人。昆师是新起的，以往是联大的师范学院。

这妇人很年轻，怀中总是抱着个幼儿。她一坐便是一天。这年月，乱离人不及太平犬，这种情形并不鲜见。可这妇人，一身不见褴褛，脸上不见悲戚之色。相反，她的衣着十分齐整，即使坐着，身姿也挺拔。她有时面前摆了些应时的果蔬售卖，有时是一些针线织物。

似乎也并不当真做生意,只为了将自己和路旁的乞儿区分开来。身边的孩子饿了,她顺手就捞起一个水果,剖开来给他吃。久而久之,便成了学校门口的一道奇景。她一时眼神涣散,可只要有人经过,特别是男人,目光立刻变得灼灼的,直勾勾地盯着那人仔细打量,直到人远走去。便有人笑说,这是不是一个花痴。但她并没有什么逾矩的举动,便都随她去,见怪不怪了。

荣瑞红带着宁生,便就这样在昔日的西南联大门口等了整个秋冬。待到开春的一天,她忽然站起身,拍拍裤子上的尘土。她走到了翠湖边上,沿着堤岸一路走过来,逢看见了大棵的树,便停一停,辨认那新绿的、鹅黄的叶子。她一边走,一边慢慢看,直到将这偌大的翠湖走了一个圈。

待走完了,她定一定神,对宁生说,儿,回家去。翠湖边上哪有什么梨花树,他不会回来了。

9

2006年7月9日,星期日,雨

> 一棵美丽的菩提树,
> 那根子长得实在好。
> 树根随着石头伸展,
> 向坚硬的岩石延伸。
> 延伸到坚硬的岩石,
> 威武鹰儿在此相聚。
>
> ——德钦"弦子"摘录

今天下了很大的雨。往阿丙村的路上水流很大，到处都是乱石沟。听说下个月还要涨大水，路更难走，这么说，我还是幸运的。

高山反应感觉也好了不少。从阿丙往怒江去，阿丙河两岸岩壁有很多石刻，多是菩萨、罗汉和护法神的造像，我停下来临了几张。晚上，我跟着几个藏民扎营在温泉营地，当地的藏语叫"曲珠"。我学着他们，脱光了身子，泡到了温泉里头，暖乎乎的，再喝上一口青稞酒，实在太舒服了。抬头望望，身旁就是浩浩汤汤的怒江水。我洗完澡，在四周溜达，发现"曲珠"附近的石刻更多。有佛像和脚印、手印圣迹，也有六字真言经文。我在想，我为那些登山人塑的瓦猫，不知以后会不会被人看见。

在一处噶拔希石刻下面，有一个石洞，藏民们都钻了进去。他们告诉我，这是转山路上必经的"中阴狭道"，能够顺利通过，死后可以进入天国。围绕卡瓦格博外转的过程，就如同到中阴世界走了一趟，每个朝圣者必经的象征性的死亡和再生。我也学他们从下层钻了进去，在狭小黑暗的洞穴里匍匐爬行，经过地狱，然后再屈起身体，从上层的天国里出来。有一个老僧人，一边剧烈地咳嗽，一边用石块在平台上搭起一个小房子，祈祷来生转世。昨天，我看到他在为一个转山途中死去的老人念《度亡经》。这一路上艰苦，很多人体力不支。但对藏民们来说，能死在朝圣路上，是最大的福。

荣宁生被人问起，你是个匠人，还是个读书人？他总是回答，我是个读书匠。

他是龙泉当地的文胆，但不考学，也不出仕，就是个悠然见南山的性子。

这样的人，在一镇八乡，其实不太多见。小伙子生得十分有排场，高个儿，白皮肤，又不是本地人的形容。十几年过去，对荣家的变故，镇上的人其实有些不记得了。但宁生的成长，让大家渐渐又回忆起了"猫先生"。换言之，这孩子日益清晰的轮廓，像是宁怀远的复刻。或者说，将定格在人们记忆中那个残缺的宁怀远，修复得完好如初。人们不禁感叹时间与遗传的力量。

但宁生本人，对于父亲自然了无印象，直到他在家里头的一本书中，发现了西南联大的学生证。他翻开了，看到一张照片。上面是个和他长得几乎一样的人，但目光似乎比他怯些。他淡淡一笑，确信这就是被母亲诅咒为"死鬼"的父亲。他认真地看了看这张照片，觉得它并不比父亲的其他遗物更有吸引力。从幼时起，他的聪慧便在龙泉远近皆知。在村里的资助下，他在父亲执教过的学校读完了小学。从此便不再升学，荣瑞红用鞋底追着他打，也没有打消他执意跟她学做瓦猫的念头。但这并不影响他在家中自学。宁怀远留下的那些书籍，适时地派上了用场。他以强大的脑力吞吐着这些书，过目成诵。他和继续读中学的伙伴们玩的一个游戏，就是随意翻开《古文观止》的一页，从任何一个段落开始背诵。背完一页，便赢一个馒头。错一个字，便输掉一个馒头。直到听者感到疲惫，打起了呵欠，他还在背，好像是没有倦意的机器，直至对方举手求饶。

当然，这些书在他长出唇髭的时候，就被母亲烧掉了。这时候兴起了叫作"破四旧"的风潮，让他看到了村里的许多变故。似乎以往的一些体面，都在化日之下，被凌迟与拨弄。他们家里，和"四旧"相关的，便是父亲的遗物。母亲关起院门，将那些书一本本地摊开，然后引火。这些书都很好烧，因为从未受潮。从他小时开始，每到多雨季节，只要出了太阳，母亲就将这些书一本本地摊在院子里晾晒。

母亲并不识字，却将这些书整理得停停当当的，次序丝毫不乱。其实，荣宁生并不怕这些书被烧掉，因为书上的每一个字，都如同烙印一般，印在了他的头脑中。火光里头，他看见母亲迅速地将腮边的一滴泪拭去了。在这个瞬间，他也迅速将那本书里的学生证，藏进了自己的裤兜里。

后来上山下乡的年月，龙头街来了一批知青。这些外面来的年轻人，和镇上的同龄人互相吸引。但知青们的自矜，让彼此的张望与打量，楚河汉界，并未付诸行动。为了帮助他们接受"再教育"，龙泉公社便筹划了一场背《毛主席语录》的比赛。司家营大队找到的青年代表是荣宁生。公社主任问起这孩子的来历，说是贫农出身，但一听只是个小学毕业生，心里又不免犯嘀咕。大队书记便说，您老不是常说，英雄莫问出处。

荣瑞红倒是紧张了。先前村里学习《毛主席语录》，这孩子有些心不在焉，这时倒是要打起十二万分精神来。她便手里捧着语录，要宁生一字一句地背下来。宁生说，娘，我说记住了，就是记住了。荣瑞红便说，你这孩子，不知厉害呀。

到了比赛那天，知青们摩拳擦掌。派出一个精精神神的小伙子，一开口，是厚实的播音腔，比镇上大喇叭放出的还好听。宁生也背，气势倒不如他，慵慵的，但字字也都在点上。那青年开口道："独坐池塘如虎踞，绿荫树下养精神，春来我不先开口，哪个虫儿敢作声。"宁生便对："自信人生二百年，会当水击三千里。"青年道："登山不怕高，只要肯登攀。"宁生对："无限风光在险峰。"青年道："管却自家身与心，胸中日月常新美。"宁生对："为有牺牲多壮志，敢教日月换新天。"青年道："如果不适应新的需要，写出新的著作，形成新的理论，也是不行的。"宁生对："新瓶新酒也好，旧瓶新酒也好，都应该短小精悍。"

知青昂扬道："世界是你们的，也是我们的，但是归根结底是你们的。你们青年人朝气蓬勃，正在兴旺时期，好像早晨八九点钟的太阳，希望寄托在你们身上。"

宁生对："少年学问寡成，壮岁事功难立。"

知青不禁有些着急，大声道："革命第一，工作第一，他人第一。"

宁生搔搔头，说，毛主席教导我们："吃饭第一。"

有人不禁"扑哧"一声笑了出来。这赛场上的气氛，便有些欠严肃。这时候一个女孩子站起来，说，看来背主席语录难分胜负。不如我们加赛，背"老三篇"。

她便开始背《愚公移山》，声音琅琅的，音乐似的。听得宁生不由得恍神，他愣一愣，才跟上去，背的也是《愚公移山》。开始各背各的，但后来，宁生竟然追上了她。这么长的文章，一个是标准的普通话，一个呢，是当地的龙泉口音。两个人的声音像是两脉泉水，汇聚一处，形成了和声，竟然是分外好听的。众人听得有些叹为观止。背完了这篇，又背《纪念白求恩》，似乎都忘记了比赛的初衷，像是对歌一样。

待最后一篇《为人民服务》背完了，女孩儿说，我们这叫不分伯仲。还是毛主席的教导，我们"友谊第一，比赛第二"。

宁生回了家里，头脑里头便一直回荡着这句话。荣瑞红说，孩子，你今天算是赢了，还是输了？宁生便脱口用普通话回她："友谊第一，比赛第二。"荣瑞红张了张嘴巴，便笑了。

后来，宁生在路上又遇到了那姑娘。这时，他已经知道了她有个很洋气的名字，叫萧曼芝。她就问他，荣宁生，你会背的东西可多？

宁生说，不多。

曼芝就说，我听说，你会背全本的《古文观止》。

宁生说，嗯。

曼芝便笑说，什么时候，背给我听听。

宁生说，不好背，是"四旧"。

曼芝便轻声说，背给我一个人，你愿不愿意？

宁生低下了头，过了半晌，也轻声应，嗯。

宁生和曼芝坐在金汁河边。他望着潺潺的流水，口中诵着《归去来辞》。他念道："归去来兮，田园将芜胡不归？既自以心为形役，奚惆怅而独悲？悟已往之不谏，知来者之可追。实迷途其未远，觉今是而昨非。"

曼芝忽而打断他，慢慢开口道，"觉今是而昨非"说的倒像是现在的我。

宁生便沉默了。

曼芝问，荣宁生，你说，我以后的生活会是怎样呢？

宁生想一想，便接口道："木欣欣以向荣，泉涓涓而始流。"

曼芝笑了。这时候风吹过来，河对岸的杨树叶子簌簌地响，这女孩儿的头发也被吹起来了，散发着一种宁生从未闻到过的女性的气息。这和他母亲的气味是不同的。因为终日和陶土打交道，荣瑞红的身上，是一种淡淡的温暖丰熟的泥味，和村子里其他的女人也都不同。萧曼芝，有着清凛的植物的气味，像是刚刚生长出的树叶，滋润了前夜的露水，在初生阳光下散发出的那种隐约的味道。

荣宁生不禁深深地吸了一口气。这时候，女孩儿将手指放在了膝盖上，那葱段一样细白修长的手指。她口中哼起了一支旋律，一边用指尖打着节拍。这旋律荣宁生从未听过，但听得出是跳跃欢快的，像是一匹小马驹，在草地上撒着欢。萧曼芝的唇舌仿佛是某种乐器，弹奏着这支乐曲。荣宁生看见女孩儿睫毛密而长，将闭着的眼睑盖住了。

待这旋律结束，她忽然张开眼睛，看身旁的青年人望着她。她并未躲闪，反而迎着荣宁生望回去，问他，好听吗？

荣宁生点点头。她说，这是个意大利人作的曲子。这支叫《春》，还有《夏》《秋》《冬》。以后你背《古文观止》给我听，我就都唱给你。

他们再见面时，荣宁生将一只陶土制成的很小的动物送给萧曼芝。萧曼芝放在手心里，很惊喜。她问，你做的？

荣宁生点点头。她看这动物像是猫，可又有勇猛相貌，像一只小而逼真的虎。她问，这是什么？

荣宁生回答说，瓦猫。

荣宁生要娶一个知青的事情，在龙泉很快地传开了。这孩子的执拗，唤醒了人们的记忆，这记忆的一部分，也包括荣瑞红自己的。她想，难不成真是血里带来的。这孩子不声不响，却像当年的她一样有主张。

这女孩儿的美，以及外乡人的身份，都让她觉得不踏实。她不再是当年的少女，她懂得一个道理，是人拗不过时势。

她找到了大队书记，寻求帮助。然而，此时的龙泉公社，恰在寻找一个知识青年扎根农村的典型。他说，宁生娘，萧曼芝是成都的资本家出身。她有心嫁给咱无产阶级的孩子，也是帮了她进行自我改造，咱做父母的，可不能拖了孩子的后腿呀。

139

曼芝嫁到荣家这段日子，对于荣瑞红来说，是经得起咀嚼的。她甚至一度想，或许是自己过于狭隘，这其实是时日的补偿与成全。这孩子的温柔与贤淑，并不逊于当地的任何一个姑娘。尽管她举止中，有一种难脱去的令荣瑞红警醒的教养，是往昔生活的印痕。但她的眼睛里，总有安于命运的笑意，又让做婆婆的十分安心。

这个儿媳，除了有时作为扎根"典型"，被公社安排去周边大队宣讲经验，大多时间都在家里，向她学习家务农活、针线女红，甚至在她手把手下，学起做瓦猫的技艺，且很快就有模有样。瑞红看她砥砥实实将一块陶泥掷在木案上，不禁深深叹一口气。曼芝不解地看她，她便说，这一把好力气。可惜你曾爷爷去得早，要不看到这么个重孙媳妇儿，该有多欢喜呀。

过门的头一两年，曼芝接连生下了两个儿子。荣瑞红便更放心了。她想，老荣家是有祖宗佑着的，是时运回来了。

儿子和儿媳，都是安静的人。曼芝进了门来，宁生仿佛更安静了些。但他多了一种爱好，不知怎么，跟人学起了胡琴。可他拉出的调，外头的人，都说没听过。荣瑞红便骄傲地说，你们懂什么。这都是我们家曼芝教的曲，都是外国人写的。

有人告到公社去，说中国琴拉外国的曲子，到底算封建糟粕，还是资产阶级情调？

大队书记说，啥也不算，人曼芝是扎根典型，旁的人少给我放屁！可他有次也听见了，对荣瑞红说，你当娘的，也让宁生拉一拉《东方红》。

到两个小子满地跑的时候，村里的知青渐渐少了。听说是都想办法陆续回城了，有招工的，有病退的，还有独子回家照顾老人的。

荣瑞红心里又打起了鼓，她问大队书记，我们家曼芝，不会走吧？

大队书记叹口气，说，唉，这孩子，是真典型，实心眼儿。你不知道，前两年，公社下来的招工名额，都点了她的名。人家家里头落实政策了，千方百计要她回去。曼芝一拧脖子，说，我男人孩子在龙泉，我家就在这里，哪儿也不去。她还让我不要和你说，怕你心里不舒坦。

荣瑞红听了，眼泪唰地就流下来了。

大队书记就说，这些年，我可看过了多少世态炎凉。瑞红，你到底是个有福气的人。

又过了一年，有天晚上，瑞红看小两口儿都不说话。吃完了饭，她收拾了，刚刚走到厨房，就听到儿子的声音。虽然是闷着，但话音内里却轰隆作响。

她听到宁生说，你这算什么，是在可怜我们吗？

曼芝不说话，静静地将两个孩子拾掇了，上床去睡觉。

她这才说，我不考。都荒下来十年了，考就能考得中？

宁生冷笑说，萧曼芝，你总明白，什么叫身在曹营心在汉。

曼芝不说话，过了一会儿，她说，这算是刚熬出来了，老荣家的瓦猫，也不是"四旧"了。咱这作坊，再也不用偷偷摸摸的了。

堂屋里忽然没声了，瑞红觉得蹊跷，擦了擦手，还没走进门，就听到咣的一声，一只大陶坛子砸到了地上。宁生涨红了脸，眼里头的光恶狠狠的。

那是只酒坛子，屋里头立时便充盈了米酒的味道。荣瑞红想，这败家子犯的什么浑！可惜了，九月才酿的新酒，刚出的糟。

她忙俯下了身子，将那碎片捡起来，慌里慌张，一不留神，将虎

141

口拉开了一道，鲜红的血立时流下来了。

萧曼芝参加了一九七七年的高考，考上了昆明师范学院中文系，是整届考生的第一名。

宁生喃喃说，怎么可能考不上呢，听我背了十年的《古文观止》。

她去上学。毕业分配回成都，宁生硬生生地把婚跟她离了。村里人都说，荣家人做事，又不循例了。见的都是知青这边寻死觅活地要离婚。他好，一个乡下小子，硬是把城里的小姐给休了。

荣宁生说，你给我走，净身儿走，过你的生活去。你把娃都给我留下，净身儿走。

曼芝走的那天夜里，荣宁生拉了一夜的胡琴。

这些外国曲子，给他拉得分外锐利激越。到了湍急处，像是给人扼住了喉咙。这在龙泉人大约是最后一次，以后便再也没有听到他拉琴的声音了。

半年后，有天回到家的只有老大，老二不见了。问起弟弟，哥哥只是哭。再问起两人干什么去了。老大说，出去找娘……弟弟走丢了。

宁生出去找，找着找着下起了雨，越下越大，雷电交加。天像漏了似的，先是雨，再是冰雹。

荣瑞红坐立难安。天麻麻亮，雨停了。宁生回到家，摇摇晃晃的，肩膀上驮着孩子。

一大一小都发着高烧，躺在床上昏迷。两天后，孩子先醒过来，看着奶奶，张张口，却说不出话。荣瑞红问他，是饿了吗？

孩子点点头。

当爹的到下半晚，才睁开了眼睛，也看着自己的娘，问，孩子呢？瑞红说，醒了，刚伺候吃了一大碗粥。谢天谢地，你们爷俩吓死我了。

宁生微微笑一笑，说，娘，我还困。

瑞红给他掖了掖被角，说，困了就睡，娘看着你。

宁生就睡过去。半夜里头，瑞红打着瞌睡，忽然听到他大喊一声"娘"。瑞红跑到床跟前，看着宁生脸红红的，使劲握住她的手，手心火炭似的。瑞红跟老大说，快，快去央隔壁冯爷爷请大夫。

宁生抬起眼睛，看着她，又合上了。大夫还没有来，她觉得他紧握的手，渐渐没有了力气。手心也不烫了，一点点地凉了下来。宁生忽然又睁开了眼睛，直直地盯着她。那双瞳仁，大得要将她吸进去似的。他嘴唇开阖了一下，有丝笑意。荣瑞红听见他说，娘，我走了。

荣瑞红心里头一沉，觉得宁生的手在自己手心捏了一下，倏然松开了。

10

2007年6月3日，星期日，晴

　　印度秀丽的高山上，
　　有棵没有斧痕的树，
　　不忍心砍它绕三圈，
　　舍不得回望它三次。

——德钦"弦子"摘录

今天，找到了第六只瓦猫，我不知道，会不会是最后一只。他们说，雾浓顶可以看到最美的卡瓦格博。可是这一天，忽然下雪了。夏天的雪，竟然也可以下得这么大，我只能影影绰绰看到山的轮廓。

昆明的雪，下得太少了。偶尔下起来，大概也是在过年前后。明年过年，应该在家里过了吧。上个月，在小学校里掐了一枝梨树的枝条，都发芽了。我得想想怎么带回去，种在院子里，这样在家里也能看到梨花了。

德钦的梨花，不知道在昆明能不能开得好呢？

回家前，我再去外转一次卡瓦格博吧。

村里人都说，荣宁生留下的后，一个是读书人，一个是匠。

荣之文考上了云南大学的新闻系，毕业后留在了昆明城里工作。陪在荣瑞红身边的是弟弟荣之武。小武小时候淋雨发了高烧，烧退后，人就哑了，能听不能说。脑子不知是不是也烧得不灵光了，读书再读不进。但是他却有两样好。家里不知怎么寻到了当年他爷爷宁怀远留下的一本字帖，《九成宫醴泉铭》。哥哥照着练，他也跟着练，竟然也练到似有八分像。荣瑞红就看出这孩子底子里，是很灵巧的。是灵巧，而非聪慧，灵在学什么便像什么。带他去赶乡街子，看着路边的货郎拿着竹篾编蝈蝈。他入神地看。回家的路上，随手从河边抽了根蒲草，一边走，一边便将那蝈蝈给一式一样地编了出来。

可临到上学，打着骂着，就是学不进。他十几岁上，瑞红便留他在家里，跟着学做瓦猫了。

荣之文的摄像镜头，对着司家营61号的老宅子，这宅子是正正经经的"一颗印"。从取景框里看见，那神兽端坐在屋瓦上，身上覆着青苔，颜色有些旧，鼓着眼珠，仍是气吞山河的模样。

最后的景是在自家取的。那天天气特别好，阳光筛过树影，星星点点地落在了荣瑞红的身上，小武从背后扶住她，另一只手帮她转动了石轮。她坐在凳子上，抱住一只泥团。转动中，那团泥渐渐生长出优美的弧度。她的手，与窑泥浑然一体。泥坯在她的手心，仿佛越来越圆润，圆润中现出了一种光泽，渐渐站立起来了。

后来，荣家收到了一封信，没落款。信里头没有字，却夹了几张照片。照片是黑白的，看不出是在哪里拍的。信封上印着"迪庆藏族自治州文化馆"。照片的背景，有的仿佛是当地藏民的房子，有一些是远方的皑皑雪山，还有的是经幡飘动的白塔。但是，他们看得很清楚，这些背景的前方，都是一只神兽。是一只瓦猫，形容清晰，是他们老荣家的瓦猫。

信封在荣瑞红手里抖一抖，掉出了一样东西。她屏住了呼吸，是一枚破碎的墨镜镜片。这镜片的式样，是很久前美军飞行员的机师镜，如今已经不多见了。荣瑞红颤抖着手，将那镜片覆在自己的眼睛上，朝窗外看去。太阳就没有这么猛烈了，世间万物，都被笼罩上了一层昏黄。

我合上了手上这本红皮的日记本。

猫婆看了我一眼，神色十分平静。她抬起头，目光落在了窗边的橱柜上。荣之武走过去，打开抽斗，拿出一个铁盒子。这是个月饼盒，上面画着神态喜庆的嫦娥，脚下是身形不成比例的玉兔。大概生了锈迹，哑巴仔打开得有些吃力。

终于打开，他从里面翻找，取出了一沓相片，递到我手里。又翻了一会儿，拿出了两本证件。翻开，其中一本已经泛黄，上面写着"国立西南联合大学入学证"，注册日期因有洇湿的痕迹，已经看不清了。左页下方贴着一个青年的照片，头发茂盛，净白脸，目光柔软而青涩。另一本是个记者证，这证上的也是一个年轻人，他的神情则要昂扬得多，但那眼睛的形状、宽阔的额角，与先前的青年都如出一辙。我抬起头，见哑巴仔将这两张证件放在了自己胸前，"啊吧啊吧"地对我比画着。

是的，他们的脸，五官、骨相、每一个动与静的细节，叠合在了一起。

我将笔记本里的照片，一张张地摊开在桌面上，和哑巴仔拿给我的照片比较。终于发现，它们有着一一对应的、相似的景物。尽管因为季节、房屋修葺、公路、植被与地形的变化，造成了周遭环境的更变，但是你仍然能够辨认出那是世转时移，经历了岁月的同一处地方。或许，是因为那复刻般的摄影角度，都有同一只瓦猫。

这瓦猫如我在德钦与龙泉所看到的任何一只，有着阔嘴、尖利的牙齿、硕大的肚腹，以及勇猛如虎的神情。

尾　声

回到香港后，我曾给拉茸卓玛打了一个电话，问起她仁钦奶奶的情况。她说，仁钦奶奶去转山了。她和村里的大多数人不同，每年村里梨花开放，她都会去外转卡瓦格博朝圣。

我问，那她什么时候回来呢？

卓玛想一想，回答说，转到她心中的圈数，她才会回来。那时梨花应该还开着吧。

故香

【授奖词】

南方有佳木,多年已成林。在中篇小说《故香》中,英国小伙子托尼出于对茶叶的喜爱前往中国,却阴差阳错地来到印度,结识了茶叶专家林老板和他的伙计王之信。亦真亦幻的传奇故事在林筱聆的笔下隐现着历史的面容,散发出馥郁的茶香。一个爱茶的英国人与一个制茶的安溪人的相遇,注定要成就铁观音史上的一段传奇。林筱聆以浪漫的历史想象与扎实的考据功夫精心打造了安溪茶乡的历史文化名片。

有鉴于此,特授予林筱聆《故香》第二届曹雪芹华语文学大奖·中篇小说奖。

作者简介

　　林筱聆，女，1975年生于福建安溪，福建省作家协会副主席。著有长篇小说《香见》《茶王》《心弈》《女镇长》，中短篇小说集《佛跳墙》《秘密》等。作品见于《人民文学》《中国作家》《北京文学》《啄木鸟》《作品》《山花》等刊，被《小说选刊》《中篇小说选刊》等刊转载。

谁谓荼苦，其甘如荠。

——《诗经》

1

这一次，上帝跟我开了个天大的玩笑。

"鹰隼"号快剪船停靠在加尔各答港，亨利先生通知我们带上行李下船。亨利先生是希尔公司的股东，同时也是此次在伦敦招工的代理人。看他招的都是水准一般的经理，我推测他也高不到哪里去。

不是常规的补给吗？我合起《在茶叶的故乡——中国的旅游》，完全没有起身的意思。上船前，约翰叔叔送了我罗伯特·福钧的两本书。相比《漫游华北三年》，我更喜欢这一本。转头望向窗外，岸边有黑色的浪潮涌动。那些等着搬卸货物的苦力欢呼着奔跑着拥挤过来，快剪船俨然一个刚出炉的大蛋糕。他们的头发是短的，皮肤或者黑色或者棕色，这让码头的下午无端生出深色调的灰暗，没有一点儿亮光。中国人不应该是有辫子的吗？我指着那群苦力，惊叫着站了起来。这不是中国，这是哪里？

尽管我对中国的认知仅限于几本书，以及茶馆听来的故事，但中国于我来说并不陌生。这个港口完全不符合中国的气质与形象。父亲的茶馆里经常有水手光顾，来得最多的是远东航线的水手。每次远航回来头几天，是茶馆最热闹的时候。水手们三三两两地来，每个人手上都会带一两个茶样，那是他们远航夹带的"私货"，一般少则三五十磅，多则一两百磅。水手们总说这是公司允许自家私用的茶，大家心照不宣。父亲是个鉴定茶叶的高手，水手们都信服他的评判。有些专业品茶师开始推崇博学天才希尔顿关于"水温控制在八十摄氏度，茶叶在茶壶中浸泡八分钟"的希尔顿品茶法，父亲却更相信茶叶老祖宗中国人的方法，一百摄氏度的沸水，浸泡个五分钟，强弱、高低自然分晓。他给每泡茶下的结论比那些品茶师还专业：如果两三遍冲泡后，茶汤还能保持原有的色泽，他会说"这茶是站着的"；如果他说"这茶扁塌塌的"，那说明这茶毫无生机与活力，也完全没有足够的香气；如果茶香浓郁，汁水醇厚又不苦不涩，他会竖起大拇指，连说："全茶！全茶！"当然，过后，父亲总能优先以非常合理的价格从水手们手上买到高等级的工夫、小种、白毫、松萝、熙春。第二年春天，伦敦才开始茶叶拍卖，拍卖价年年攀升，再加上竞拍经销商和零售商的中间利润，茶叶店的进价总是高。父亲会象征性地购买一些低等级别的武夷，这样不容易引起关注，茶馆的生意才能一直做下去。

　　去过中国的水手都很有意思，满嘴都是说不完的故事。在我看来，中国像是一锅熬得相当浓稠的汤汁，往边上轻轻一蘸，便很有味道。只是这汤汁有些古怪，不同的人会蘸出完全不同的味道来。小的时候，他们会告诉我中国男人的辫子很长，英中战争的时候就被英国军人当成绳子将他们绑在一起。他们还会告诉我，中国的女人在我这么大的时候就要被裹脚，拿锤子敲，拿长布绑。裹得越小提亲的人越多，没有裹脚的天足女孩儿是没人娶的。长大些，他们又告诉我，中国人拜佛拜观音，不信基督，中国还有一种谁都想不到的极端酷刑叫"凌迟"，一刀连着一刀，把身上的肉一块块地割下来。他们嘴里的中国野蛮、落后，血淋淋的，充满可怖的色彩。我更喜欢约翰叔叔，他带给我另外一个中国。他是父亲最好的朋友。从我出生起，家里就从来不缺中国东西。小到小孩儿玩的拨浪鼓、风车、七巧板、九连环，大到一个花瓶、几个茶杯、几副碗筷。有一次，他甚至带回来一个大茶壶，结果刚下船就摔碎了。他会说，嘿，托尼，等你长大了，我带你去中国！他还会说，托尼，等你长大了，娶一个中国的小脚姑娘，头发乌黑，眼含微笑，话语温柔，又乖又巧。他知道许多关于喝茶的故事。他说，很早以前有个葡萄牙水手去中国，结识了一个官员。官员送给他一包茶，回家后，他请来亲朋好友一同分享这异国珍品。结果，水手上街买瓶酒回来，水手的母亲把茶煮熟了，把茶水倒掉，然后所有人正围坐在桌前吃茶叶。水手问，怎么不喝茶呢？母亲说，茶都这么难吃，那水也好不到哪里去，我早把它倒掉了！我们都在笑水手的母亲傻，他便讲起他十六岁第一次跟人去茶馆里喝茶的笑话。有天早上，水手相约早早去茶馆，伙计摆上几碟花生米、瓜子之类，又给每人座位前摆上一个上有盖子下有托碟的小瓷碗。伙计说了句什么，他没听明白，以为让他们喝茶，打开一看，里面就几颗茶。等了好一会儿，见伙计没再来，他就问，怎么中国人喝茶不加水？有个老水手告诉他，中国人一般都是吃茶，吃茶吃茶，你不明白？他一听，原来如此，果真把茶拿出来一颗颗地往嘴里塞。一嚼，又粗又硬又苦又涩，正要诉苦，就见伙计提着大水壶上来了。伙计逐个打开碗盖，往盖碗里逐个加水，他这才知道自己上当了。伙计一转身，他抓过盖碗就喝，结果，嘴巴被烫得起了泡。他非常详细地讲解了中国人如何用一手持着托碟端起盖碗，一手捏起碗盖压住碗口阻挡茶叶流出，我觉得这应该是世界上最斯文的喝茶方法了。

哪来那么多问题！难道约翰没有告诉你吗？我们公司招的是种植园的经理，去中国的是其他公司。我们的种植园在印度，可不在中国。亨利先生没有约翰叔叔的好脾气，或者，两个多月的海上生活让每个人都失去了耐性。他显然看到了我的书。你以为你这是要去旅游？你要去中国也可以，种植园挨着的就是中国呢，走过去就到了。

他说得如此轻巧，仿佛印度与中国只是隔着一堵墙。这种感觉非常不好。就像你眼见着加进红茶里的明明是糖和奶，喝进嘴里却满是豆蔻、茴香、胡椒、丁香的味道。但我已经没有选择的权利。父亲破产了，曾经带给他财富的东印度公司，这回成了祸害。从母亲去世的那年秋天起，父亲便时常闷闷不乐。母亲是个缘故，但似乎并不仅仅如此。公司好像发生了什么大事，他不愿跟我多说。那两三年，约翰叔叔经常来家里。一天晚上，我听到父亲在找约翰叔叔借钱，这是从未有过的事情。我听到约翰叔叔说，都已经跌成这样子，不能再买了，你这是在赌博！父亲的眼里喷着火，就是赌博也不可能一直输，是吧！约翰叔叔还想劝说，父亲却不想听了。他抱着头，像一只情绪低落的狮子，反反复复地说，如果当年他们不干那蠢事，怎么会这样？怎么会这样？部队那些人拿着公司那么高的俸禄，有没有脑子？为什么非得给子弹包涂上牛油和猪油？

再说这些陈年旧事有用吗？约翰叔叔还在劝说。跟你说过很多遍了，其实也不全是因为这些，这应该只是个导火索。印度雇佣兵早就想造反了，政府也早想收回公司在印度的统治权，他们只是正好创造了机会而已。

菲尔德家族的祖业不能到我这儿给弄没了！不能！不能！父亲更加伤心。他无心经营茶馆，生意越来越差。去年，房子被银行收走后，他再给不出我的大学学费，我只能回来帮他打理茶馆。经常有人来讨债，他开始酗酒，没白天没黑夜地喝。水手们仍然找他鉴定茶叶，可醉过酒的嘴巴也难以清醒，客人们总说茶馆的茶味道变了。我讨厌这样的父亲。他的父亲原本在伦敦最繁华的地段开着一家名为

"美丽花园"的奢华茶苑，因为一次投资矿产失败，祖父以酒浇愁，一个冬天的夜里醉酒冻死在路边。他是他父亲的翻版，我们经常吵架。我几次交代约翰叔叔帮我找份工作，我想离开这个令人心碎的地方。约翰叔叔总是试图劝阻。几天前，他突然来茶馆找我。你说你想离开伦敦，你想去哪里？约翰叔叔问。

中国！我几乎是脱口而出。离这里远远的！

明天有船去中国，真的去吗？

去！一个小时前，我刚被还没酒醒的父亲打了一巴掌，正巴不得马上离开。什么工作？

茶叶种植园经理。约翰叔叔简单介绍了一下情况，他妻子的侄子一个星期前去应聘的这个岗位，因为母亲突然生病，孩子决定留下来照顾。约翰叔叔一探听，招工代理人是以前的一个朋友，就向他推荐了我。

约翰叔叔是个认真的人，他不可能连地方都没有问清楚。除非，他跟我一样想当然地以为只有中国才有茶叶种植园。这些已经不重要了。现实和理想之间隔着的不仅仅是大西洋和印度洋。我的前途随着远去中国的"鹰隼"号消失得无影无踪——不久前，它刚创下九十七天完成从英国前往中国香港航程的纪录。我的命运就跟此刻堆放在岸上的大批英国布料一样，被迅速分割瓦解。布料的运气比我好，那么多人围着它们团团转。它们被奉为上宾。而我，不会有人顾及我的失望。世界像是一个倒流壶，某个节点上倒进去的东西，会在另外一个节点上再流出来。两百年前，东印度公司将印度的棉布运回英国，棉布带来的舒爽让西方人的生活慢慢告别野蛮、粗鲁，甚至变得细腻而又丰富。因为进口棉布冲击了本土毛织物和绢织物工业，政府先后通过了《禁止进口棉织物法》和《禁止使用棉织物法》。而现在，不种

153

植棉花的我们用纺纱机生产出更为便宜、精细的棉布反过来卖给印度，卖给这个世界上最大的产棉花国家。这真是一个荒谬的世界，我们却只能接受。

2

在加尔各答过了一夜，第二天，我们便坐上开往阿萨姆邦的蒸汽船。蒸汽船后面拖着平底船，平底船上黑压压的一片，起码有五六百个苦力。主要是孟加拉人，来自格浦尔、比哈尔地区久居丛林里的部落土著，奥里萨的东柯里亚人，以及桑塔尔帕尔加纳地区的噶兹人，他们将分别被送往包括希尔公司在内的多家茶叶公司下属的几个茶叶种植园。一堆人坐在甲板上，你根本看不出他们脸上有什么表情。或许，他们脸上根本就没有表情。蒸汽船上的人们表情可就丰富多了。新招来的茶园经理、助理都是非常年轻的白种人，他们表现出兴奋和好奇，这边走走，那边看看，对于这份即将开始的工作显得很是迫切。兜售小商品的商贩们跑前跑后，两周多的船上时光无疑再一次散发出强烈的卢比之味。各家公司的职员、受指派前往各个茶园实地检查的调查员，多是英国人，他们显然已经厌倦了这样的生活，一路都在抱怨差事的苦累。一开始，阿萨姆邦只有东印度公司和阿萨姆茶叶公司，自从几年前坎宁勋爵颁布一项法案，规定如果种植园主种植茶树的土地没有连带债务和抵押，就可以获得这片土地的所有权，到目前为止，至少有五十家公司在阿萨姆建有几百个茶叶种植园，成千上万人拥进来。几个印度人谈得特别高兴，他们应该是公司委托的印度招工机构委派的监工，此番招工他们一定获益不少。那些公司职员偶尔也和监工们聊上一会儿话，通常聊的都是苦力的事。一个职员说，上次委托你招来的那些苦力身体太差了，一个月死了十几个。另一个职员说，是呀，我那边死得更多。监工们一脸委屈道，你们那些算好的了。你们看今天这些，在加尔各答等的这几天就死了七八个。现在越来越难买到苦力了。那些活生生的苦力，在他们嘴里俨然一只只牛羊。

船上有不少欧洲人。他们可能是医生、船长，是药剂师，或者是退伍军官，以及刚脱下制服的警察，都想在阿萨姆挖出一片属于自己的茶园。也可能是东印度公司、梅尔公司、贝格邓禄普公司的职员，他们的公司在这里开辟很多茶叶种植园。希尔公司此次从伦敦招聘来的十几个人已经自动分成了几个小群体，咖啡馆服务生跟餐厅的厨师、银行小职员在一起，木匠和铁匠在一起，植物园园丁和农场工人在一起。他们总是在聊发财的事情，仿佛那是一个永远聊不完的话题。要去的地方似乎遍地金子，随便一刨就能刨出一大块来。总能听到非常荒唐的事。协议里的薪水并不高，一年无非一百五十英镑，但正如代理人亨利先生说的，我们想招的是人才，三年后，你们可以从茶园发出的每一批茶叶中抽取佣金。想想吧，到时你们自己就是个小老板了！但愿他没骗人。

我总是独自一人。一路上，没有可以说话的人。准确地说，是没有可以说得来话的人。这是我第一次出远门，一开始我也很想努力与人亲近，努力待人友善。可是慢慢地，我发现友善跟放屁一个道理。有时候会响，甚至响出很大的动静，但其实并没有多少实质性内容，瞬间听完也就完了。有时候一点儿动静没有，鼻子却要遭罪了。当然，为我的友善遭罪的首先是耳朵。我的这些所谓同事，他们谈女人，谈酒谈烟，谈钱，唯独不谈大家此行将要共同迎接和面对的茶。我对他们不抱幻想，就像他们对我的话题不抱任何兴趣。他们不知道罗伯特·福钧，更不知道将近六百年前就到过中国的马可·波罗。当我谈起英中战争，他们一起大笑，算了吧，托尼，英中战争怎么可能是因为茶？如果是因为茶，那为什么不干脆叫茶叶战争？当我谈起波士顿倾茶事件，他们觉得更可笑了，托尼，托尼，既然因为茶美国可以发起独立战争，那么你是不是也可以因为茶在印度领导大英帝国殖民地的人民发起独立战争啊？他们只知道嘲笑我。他们不知道世界是一个球，一直往前走往前走，最终还会走到原点。比起常到茶馆去的水手，他们差远了。他们甚至不知道，从地中海到红海之间正在开凿一条运河。很快，从英国到中国不需要再绕过好望角了。这注定是无趣的航行。

这天午后，亨利先生喊我过去，他的身边站着两个中国人。那么光的大脑门，那么长的黑辫子，很是引人注意。年长的那位四十来岁，个头矮小，白白胖胖，罩在长袍外面的褂子跟他脸上的皮肤一样细腻光滑，应该是丝绸缎面的，里面还衬着丝绵。他的眼睛又圆又鼓，很深的双眼皮，一脸和善的笑。年少的那位身着棉布衣裤，应该是伙计，跟我差不多年纪，瘦得像一根中国筷子。他的内眼角朝下，外眼角上翘，眼睛显得特别细长，鼻梁居然是笔挺的。这超出了我的想象。约翰叔叔说中国人的鼻子多是扁的，鼻孔特别粗大。

来，让我们林老板认识一下！亨利先生拍拍我的肩膀，笑着跟他们做了介绍。我们这位托尼先生可是个中国迷！他昨天还以为我们要去的是中国呢！他们家世代开茶馆，专卖中国茶。亨利先生要去找招工机构的监工谈苦力的事情，就这样把两个中国人交代给了我。

是吗？林老板一脸和善的笑，他说的是非常流利的英语。那你最想去中国的哪里呀？

刺桐港！我几乎是不假思索。

你知道泉州？林老板显得非常惊讶。

听说那里商人云集，货物堆积如山，到了晚上整个城市灿烂无比。已经有好几个月没跟人好好说话了，这勾起了我强烈的表达欲望。我尽量还原书里关于刺桐的描述。十二岁生日那天，父亲送我《马可·波罗游记》。他说，很多人质疑内容的真实性，但我和我父亲都深信不疑。我父亲一直想去产茶的中国看一看，我也想。

林老板比了一下自己和伙计，说，我们的家乡就在泉州。他的话语总是非常简洁。

"筷子伙计"补了一句，我们老家安溪也产茶，你们英语的"tea"就来源于我们的闽南语"茶"。他的外眼角上扬，藏不住的欢喜。他的发音有些奇怪，像是糖里夹杂着一两粒细沙。

我很好奇。你们那儿产什么茶？

铁观音。特别香特别醇厚。"筷子伙计"一脸神气，那神情好像也能释放出茶香来。有个印度人撞到了他，他很不高兴，骂了对方一句。他跟印度人说的明明是英语，却又夹带着一两个我听不懂的词。这应该就是约翰叔叔说的远东贸易经常使用的混杂行话，福钧去中国听到的把葡萄牙语、英语、中国话、马来语等大杂烩在一起的洋泾浜语大概也就是这样。

铁——观音？也是一种茶？是绿茶？红茶？看"筷子伙计"一再摇头，我也摇起了头。

你居然不知道我们安溪的铁观音？"筷子伙计"有些生气，话语中充满了不屑。你们家还世代开茶馆呢?!那表情就跟英国人无法相信居然会有人不知道女王是谁一样。

我们茶馆卖的可都是好茶，熙春、松萝、黄绿、白毫、小种……当然，我们也卖武夷，可是，铁观音？安溪？我突然想起父亲说过的一个细节，茶叶公司有时会把一种名叫"安红"的便宜茶混进武夷里，但拍卖的时候没有"安红"只有"武夷"，这样能卖出更高的价钱。

"筷子伙计"由不得我把话讲完。他像是被侮辱了，显得更加生气。安红是安红，怎么可能把铁观音当安红卖？

林老板打了个圆场。英国人一般喝绿茶和红茶，他们不懂乌龙茶。

你们可能不知道，英国现在基本只喝红茶。十几年前伦敦世博会上公布说，你们会在绿茶中掺杂石膏增加重量，还会用普鲁士蓝和铜绿来给绿茶染色……很可惜。

这很好。幸亏你们只喝红茶。林老板的大眼睛里闪过狡黠。他的话让人听起来很不好明白。

那是！他们肯定不懂喝乌龙茶！"筷子伙计"白了我一眼，他明摆着故意让我听出他话里有话。他的话里满满都是优越感。而且，咱们乌龙茶这么少，哪走得到那么远去？

那太可惜了！我们从来没听说过乌龙茶，也没听说过铁观音这种茶。我耸耸肩，表示了深切的遗憾。我不是个轻易服输的人，我暗自跟他较着劲。

幸亏你们英国人不知道铁观音。林老板没有再往下说。他的眉眼在笑，话语总是跟他的身材一样精练。他看到了我手上的书。你看的是《在茶叶的故乡——中国的旅游》？

你知道罗伯特·福钧？我一下子就来了精神。严格来讲，他只知道这本书，知道有个人把茶叶从中国带到印度，但不知道那人是福钧，也不知道具体怎么带。展现我大英帝国子民文明的时刻到来了，我饶有兴致地告诉他们福钧剃了个光脑门，用马鬃在头上编出大辫子，穿上中国人的装束，成功地骗过官员、城门守卫、船夫，顺利到达产茶区；成功收集到茶苗和茶籽后，福钧请当地木匠打造出八个玻璃做的沃德箱用来装茶苗，把虱子灰拌进茶籽防腐，分别托运于四艘货轮，一月从上海出发，三月底才到达加尔各答。

怎么会用那么久？"筷子伙计"打断了我。不可能啊！

原本可以更早到达加尔各答植物园，没想到货船因为生意的事情先到锡兰转了一圈，这耽搁了很多时间。

这很好。林老板的话让人很难理解。

你说那个箱子叫什么？"筷子伙计"关心的是另外一个问题。

沃德箱。

海上那么长的路途，怎么浇水？

不需要浇水。这个原理很复杂，跟你讲你也不一定清楚。反正你只要知道不需要浇水就可以了。我长叹了一口气，唉，可惜阿拉哈巴德那个讨厌的政府官员，他干了世界上最蠢的一件事，他打开了那个玻璃箱，结果……我卖了个关子。

结果怎么啦？"筷子伙计"果然很着急。他没有他主子的城府。

唉——我叹着长气。到达萨哈兰普尔植物园的时候，一万三千株茶苗只活了一千株，很多茶苗上还长满了真菌和霉菌。

后来呢？"筷子伙计"还是着急。

后来，就全烂了，一棵都没活。可惜了！我说。

是有点儿。"筷子伙计"话语中似有惋惜之意。

这很好。林老板望向他的伙计，说，幸亏他打开了那个玻璃箱。

这很好。"筷子伙计"轻轻附和了一句。他显然读懂了他主子眼睛里的话。

这怎么好啦？要不是后来福钧有了新的创意，把茶籽直接种在沃

159

德箱里，肯定没有茶苗活得下来。我想起了他们的铁观音，突然就失望起来。可惜福钧没有去泉州。

幸亏他没去。林老板说。

也是，他去了也没用。福钧做得再好，碰上那个笨蛋植物园主管詹姆森也没招。坚决要在平地种茶，要用大量的水灌溉……

他们以为种菜呢？"筷子伙计"看着老板笑，那语气里有一种嘲讽的味道。还是他们以为种的是水稻呢？

幸亏有那个主管。林老板又冒了一个"幸亏"出来，他没有笑。我有些糊涂了。这个林老板"幸亏"来"幸亏"去，他简直就是个"幸亏先生"。有人跟"幸亏先生"打招呼，他微微一笑，往旁边走。现在就只剩下我跟"筷子伙计"了。我喜欢这个表情更加真实的"筷子伙计"。他的主子总是挂着一脸和善一脸笑，但那更像是历练出来的一堵墙，让他的话语总是那么严严实实，任你东南西北风都透不进去，这很没意思。"筷子伙计"就完全不同了。

你很崇拜那个福钧？"筷子伙计"问。

托马斯·杰斐逊说过，对任何一个国家而言，能够被接纳的最伟大的贡献就是给它的文化带来一种有用的植物。福钧做到了。

是呀，他做到了，他担当了一个强盗的角色。

我无法接受"强盗"这个字眼，它和他严重冒犯了我对福钧的情感。你太狭隘了。最起码他让中国茶更进一步走向世界。

你这是典型的强盗逻辑，我们不要这种走法。你们英国人利用我们中国人发明的火药来打中国，利用中国人的纯朴善良来抢夺中国的茶，骗我们的人！

我意识到了问题。他绷着脸，胸脯剧烈地起伏，拳头握得紧紧的，细长的凤眼里有东西在涌动、在燃烧。此刻，我想我已经挑战了眼前这个中国人的底线。或者说，我都忘了他是中国人。虽然他说着不是很纯粹的英语。此刻，他一定想吃了我。

平底船上传来几声尖叫，我顺势开溜。

3

许多人往船尾的甲板上拥挤。蒸汽船很快靠岸停了下来，招工机构的监工带着医生爬上平底船。几分钟后，他们回来了。亨利先生问，怎么啦？后头船上出什么事啦？

死了一个孟加拉人。这没什么大不了。监工回答得非常轻松。这事经常发生。

那人呢？我环顾左右忍不住问道。亨利先生埋怨了一句，真是的，这船上怎么可以没有鞋油？说完就走开了。是的，他总有很多事情要忙。

还能哪里？扔河里了。监工笑了，河里的鳄鱼会喜欢这顿美餐的。

我听到噗的一声。一块石头丢进河里，一条命就这么没了。

一旁有人拍拍他的肩膀说，杰克，你这明摆着又可以省下几十斤大米了。

这些饿死鬼，饭量大得很。你不知道，他们……几个人说着话往船头走去。他们有说有笑，更像是在庆祝一场提前到来的死亡。发生过的事情很快就被淹没了，一切重新恢复了平静。下午，医生往一块小木板上贴出了第一张讣告。有水手说，除了最终上岸的苦力，种植园主还需要以这些讣告为依据，为前往种植园路上的亡灵付钱给招工机构。

一路都在逆流而上。几乎每隔一两天都会有关于苦力的讣告。有时候是痢疾，有时候是热病，有时候是说不清楚的病因，可能是霍乱，也可能是天花。没多少人关心。

过了贾木纳河，就进入布拉马普特拉河，河面非常宽阔，河流相对和缓。这条河流的上中游即中国境内的雅鲁藏布江，最高处海拔有五千多米，流入印度后海拔只剩下一百米左右。两岸除了黄土就是茂密的丛林，没有任何建筑，也不见任何人。船速慢下来的时候，可以清楚地看到水面上不时有缓缓移动的水纹，仔细一看，水面下一条巨大无比的鳄鱼在游走。近水岸边，经常看得到成群的鹈鹕。它们一步步往水里走，专心找寻水里的食物。突然一条鳄鱼蹿了出来，一张口，一只可怜的鹈鹕一头栽了进去，只剩下两条细长的腿在嘴巴外一蹬一蹬。鹈鹕群瞬间被惊起，四散。船还没走远，它们又拢到了一起。

蒸汽船的条件跟快剪船没法比。拖着一辆笨重的平底船跑得不快不说，声音还大得出奇，整个船舱的顶棚随时有被拆掉的危险。气压似乎很低，空气又闷又湿。微微有点儿西面吹来的风，平底船上的气味显得特别重。几个苦力正站在船尾的甲板上往河里小便，船尾两侧其实有两个隔间，每个隔间里都有两个蹲位，但这些厕所再简易，自然也没有甲板来得开阔和方便。况且，它们紧挨着关牲口的围栏和厨房。到了晚上，他们干脆就直接往甲板上小便。因为厕所外没有护栏，有黑人曾经试着摸黑进去，结果"扑通"，一脚踩进了河里；几乎就在同一时间，另外几个苦力正伸手从河里舀出水来喝。好在我们一直在逆流，否则他们喝到的很可能是同伴的尿水。有个穿军装的英国人指着平底船大骂，那些黑人是世界上最脏的家伙，他们身上的虱子足以喂饱一群猴子。坐上平底船之前，他们至少已经站了七个小时的火车，又在那个肮脏潮湿、满是屎尿的小窝棚里挤了一两天。旁边的水手接过他的话说，可是他们种出来的茶却是香的，女王也喝他们种出来的茶。邓禄普公司的经理纠正他们的说法，女王只喝中国茶。这世界到处都是悖论。蒸汽船上的卫生也好不到哪里去。煮开过的河水永远泛着浑浊的黄，盛着食物的盆里、碗里，桌上、墙上，甚至是人的身上，永远都有赶不走的蚊虫。同船的经理陆续有人发起烧来，水手说，这跟蚊子有关系。开始有人在抱怨，真不该轻信代理人亨利先生的一番鬼话，说什么淘金？如果半路上就把命给搭上了，还淘什么金？船不知道他们的想法，每天都在前进。

蒸汽船停下来的时候，已是深夜。平底船上的苦力都被赶上岸，狭小的空间容不下几百个人同时躺下。他们像是得了天大的自由，欢呼着一路小跑，叽里呱啦。招工机构委托的几个士兵大声呵斥着，拿枪捅着这个，挡住那个。他们乖乖就地坐下、躺下，岸边一片漆黑。夜晚是最难挨的。所谓的床大概就只是一块木板而已，没有床单，更别提枕头。房间里像是放了一千只一万只蚊子，到处都是小型轰炸机。我用衣服把头包得严严实实，只留两个鼻孔出气，还是睡不着。索性就爬起来。甲板上空空荡荡，驾驶室里的水手歪坐在椅子上打着呼噜。两个放哨的守卫歪靠着，有一句没一句地说着话，慢慢地也没了动静。我在船头甲板上找了个位置坐下。二月底的河风吹来还有些凉，水气又湿又重。如果这时能来上一杯父亲冲泡的红茶，感觉应该会好很多。父亲一定也想着我去往中国，可是现在，我却人在印度。

砰的一声，船尾方向像是有什么重物掉到了地上。紧接着，有个黑影猫着腰碎着步子往岸边走。那黑影走走停停，不时回头望一眼蒸汽船，最终走向那群苦力。黑影蹲下身子，最边上的一个苦力坐了起来。似乎没有任何言语，黑影像是递过去一个什么东西，而后迅速反身离开。几秒钟后，第二个，第三个……像是砍倒的树桩被重新扶起，相邻的苦力一个紧接一个地坐了起来。

我蹑着脚走向船尾。黑暗中，只有一个特别瘦长的身影。是他？我伸手拦住了"筷子伙计"。你干什么去啦？

没，没！"筷子伙计"受了惊吓，倒退一步往边上躲。我睡不着，上岸走走！

是吗？我追着贴过身去，加重的语音被刻意拉得很长很长。我知道，他对我藏着秘密。一只鸵鸟把头埋进沙子里，他说出来的，只是大家都看得到的鸵鸟屁股。他不敢招架，只一味疾步快走。这更坚定了我的判断。他一定想盗窃苦力去卖。走船多年的船长说，这样的事情时有发生，一个苦力比一头牛值钱。有时候仅是从一个茶园转运到另一个茶园，半路上就被抢走了。

我的旅途突然变得不那么枯燥乏味了。

早餐，餐厅里显得有些嘈杂与忙乱。船长和厨师在不停地交流着什么事，厨师说得有些激动。几个水手进进出出，相互嘀咕着什么。亨利先生与"幸亏先生"坐在与我相邻的桌子，"筷子伙计"走进来，径直在我对面坐了下来。之前那么多天，他连看都不看我一眼。这是一个非常反常的表现，有些东西正在发挥作用。

这个给你。"筷子伙计"递给我一个糖果大小的红色圆罐。他指了指我的脸，又指了指我的脖子，示意说，万金油，抹一抹，蚊子不敢来。

他定然是在向我示好。我领了他的情，但不说"谢谢"。

船长拍了拍手掌，示意大家安静，许多张嘴依然没有停下，它们咀嚼食物，交流储存了一夜的想法。船长又说了一长串，我不明白他说了什么，可餐厅里瞬间炸锅了。我听得懂的听不懂的声音搅在一起，像是在打架。我不由得把目光投向这个能把什么乱七八糟的话混在一起说得很清楚的中国人。蚊子于他似乎不成问题，他的脸上、脖子上不像我们密布红点。

说是昨晚厨房里剩下的一大盆米饭突然不见了，厨师怀疑船上有人偷拿。他帮我翻译。

这船上谁会去拿米饭？米饭又不好吃，有什么好拿的？我好生奇怪。

如果你们给那些苦力吃饱饭，人家哪里需要偷米饭？"筷子伙计"冲着招工机构的监工喊了一句。他喊的是混杂话，话里有英语有印度语，却同时让英国人和印度人都听得明明白白。这个情况很有意思。印度人把丁香、小茴香籽、胡荽籽、芥末籽、姜黄粉、孜然、葫芦巴、辣椒等统统搁在一起，做成了咖喱。他们再无法从咖喱里分出哪是丁香，哪是小茴香。眼前的这个中国人不仅能把不同国家的语言像印度人煮咖喱一样地炖，还能让听的人清楚地从他乱炖在一起的话里厘出对自己有用的信息来。这是一种天大的本事。

谁说我们没给他们吃饱？他们永远都吃不饱的！招工机构的监工在辩解。

我昨天都看到了，你们给那些苦力吃没有煮的米。没有煮的米怎么吃？你们简直不把他们当人！"筷子伙计"突然停住了话。我看到"幸亏先生"瞪了他一眼，又转过头去与亨利先生说话。他又小声地嘀咕了一句，苦力吃不下米，他们就可以把更多米拿去卖给船长。

几个招工机构委托的监工同时笑了起来。一个说，他们本来就是用来干活的！另一个补充说，给大象吃的东西需要煮吗？一船的人似乎都在笑。"筷子伙计"呼呼地鼓着腮帮子，盯着"幸亏先生"看。

这个时候，亨利先生站起来发话了。如果因为你们把没有煮的米给苦力吃导致他们死亡，我是不会付钱的！他的话很管用，抑或是他口袋里的钱管用，招工代理立即服了软，对他各种表态各种承诺。

4

我全叔一定跟亨利先生说了什么，不然你们老板肯定不会这么说。"筷子伙计"有些扬扬得意。可我分明看到对面的"幸亏先生"埋头吃他盘子里的东西，连头都没有抬。我的脸上一定显现出了狐疑，"筷子伙计"立刻接了下去。你不知道，我们林老板在巴城的木木茶铺生意有多大。几十年来，他们家一直是荷兰、葡萄牙、西班牙商船在巴城的大供应商。荷兰商人最懂得中国礼节，中国人喜欢跟荷兰人打交道。三十年前，东印度公司海外贸易垄断权被取消，老亨利先生开始做茶叶生意，找的第一家中国茶铺就是我们老板的父亲开的。老亨利先生人很好，不像一般的英国人，两家的生意就一直这么做下来。如果不是这么深的交情，亨利先生也不可能带我们来这里。我很关心他们来这里做什么，"筷子伙计"却突然转换了话题。你将来有什么需要，对工作不满意什么的，尽管找我，我让我们老板跟你们老板说，肯定没问题，包在我身上！他把胸脯拍得"嘭嘭"响，仿佛那是一面可以敲的鼓，而他没有说出来的秘密却怎么都敲不出声响。你不知道我们老板家多有钱。你不是知道武夷吗？武夷山那儿有十八座山峰是他们家的，幔陀峰、国宝岩、霞滨岩等，他们在每座山上都建有茶厂，十八个茶厂噢，产的都是最好的武夷岩茶。

你们安溪自己不是也产茶吗？干吗又跑到武夷去种茶？我觉得他的大话里有问题。

林老板的祖上不是穷吗？就去庙里拜佛抽签。关公托梦告诉他，要往北、往北，北面是他的福地。他一路向北就到了武夷，在一个岩茶厂当雇工。一天夜里，白马托梦于他。第二天他循着梦境，挖出一大堆白银。后来，他先后买下附近十八座山峰种茶，家乡的老枞水仙、梅占、软枝乌龙、本山、肉桂、铁观音，能找到的茶种都在武夷山上种了个遍。"筷子伙计"讲起他主子的故事时，连眉毛都会跳舞，那更像是他自己经历的故事。不管怎么样，我们重新坐下来好好吃饭。不知怎么的，像是突然就有了交情，我们慢慢地讲到了自己。他姓王，名之信，跟林老板是同乡，六年前去厦门木木茶铺当伙计，两年前被派往巴城。林老板答应他，等他做够七年，满二十二岁，会另外开家茶铺让他打理，还会帮他娶一门亲。他的眼睛笑眯起来，当然啦，她最好是个乖巧的女人。

果然跟约翰叔叔说的一样，中国人都喜欢乖巧的女孩儿。虽然"乖"与"巧"是难以调和的矛盾体。我也跟他交换自己的信息，当然，我不会告诉他父亲破产了，这没有意义。

日子似乎一下子开阔起来。有人值班的厨房里没再丢什么东西，半夜里也没再见他上岸。人难免有犯错的时候，是的，我不会多说。到了古瓦哈蒂，河面突然变窄，船速慢了下来。过了最窄处不足半英里的地方后，河面恢复了宽阔，很快就进入了密集的茶区，不断有人下船上船。这些当过医生、船长、药剂师、军官，以及刚脱下警服的英国人，都想在阿萨姆挖出一片属于自己的茶园。经理同行们根据亨利先生的安排，也先后在不同的地方下船，通常是两三个人结伴。每个下船的地方，都有种植园派来的人提前候在那里。有时候，一艘很小的独木舟上坐着两个人，那意味着有一段更难走的路在前头。有时候，或者三两个人或者只有一个人等在岸边，但都会有一头大象。每一两个经理下船,一般都会同时带走几十个苦力。还在发烧的那个北爱尔兰人看起来情况很不好,走路尚且摇摇晃晃,但安排他去的茶园到了,他只能下船。希尔公司新聘的医生只有一个,他一直在船上。我希望北爱尔兰人去的那个茶园里马上就有医生给他做进一步诊断,吃上药好好睡上一觉,情况或许很快会好起来。什么都影响不了我们继续前进,船越跑越快。

接近上游的地方,亨利先生、医生、两个中国人,还有我和一个苏格兰人,我们一起下了船。船上剩下很少的几个人,基本都是服务于东印度公司和阿萨姆公司的职员,以及招工机构的几个监工。来接我们的是哈瑞,公司茶叶生产部负责人,同时还是公司驻地种植园的经理。他是亨利先生姐姐的孩子,来这里已经三年。他和一个士兵模样的人各骑着一匹马,两头大象背上分别坐着一个驯象人。哈瑞安排我们每三个人坐上一头大象走在前头,他和士兵则负责驱赶走在后面的那些苦力,士兵肩上扛着枪。偶尔,他也会跑到前头来招呼我们,但更主要的还是跟亨利先生介绍最近植物园发生的事。比如又平整出了多少茶园,压了多少茶苗,再比如又死了几十个苦力,患热病的又多了几个。空气依然有些潮,但也有几分清新,精神一点点活络起来。森林基本处于原始状态,两旁的树木高大茂盛,藤蔓植物缠绕其间,时不时有不知名的鸟的叫声,一群猴子在树上蹿来蹿去。我感慨了一句,这里简直是人间天堂。哈瑞说,那是!住久了,那些野鹿、野猪、野鸡、野鸽子呀什么的你都会见腻,白鹭、黄鹂也有,还有会开屏的孔雀,还有那种世界上最小的蜂鸟……哈瑞越说越兴奋,我前天见到独角犀了,真的只有一只角,那皮跟大象一样厚,皮上密布着许多圆圆鼓鼓的疙瘩。他昨天特意进到丛林里打了几只山鸡,今晚要请大家吃山鸡宴,这山鸡宴包括咖喱鸡、烤鸡块以及山鸡汤。山鸡汤触发了亨利先生的谈兴，他聊起上次在巴城喝过山鸡汤去听南音跟人打架的事。我正好奇什么样的音乐会好听到让几个男人为之打架，"幸亏先生"居然开口唱了起来。"三千两金费去尽空，今旦流落只苏州……"丛林像是为这段小唱紧急清了场，那些刚刚还在欢闹的各种鸟儿也忘了歌唱。

作为回应，亨利先生让坐在我前面的苏格兰人也来一首英国歌曲。苏格兰人唱的是一首流行很广的歌曲。"当你走进一家破落的织布店，两三部织布机映入眼帘，如同废物一般被冷落在角落。你问这般光景是何原因？店里的老母亲说得可怜：女儿们因为织布机不方便，离家到工厂去赚钱……"不可否认，苏格兰人的嗓子很好，音准也很好，他唱得很欢快。可是，这破坏了氛围。

走了几个小时，总算到了驻地。一大片都是新开辟出来的平地，翻出来的泥土还有着新鲜的味道。两座单独的木头房子，一排平房，四周已经围上篱笆，篱笆外有一大排高大的树。哈瑞说，将来那些篱笆会刷上白色，树干也会刷白，还有院门户门都会刷白。我琢磨着，篱笆围起来的区域内住的是白皮肤的欧洲人，刷上白色，丛林里的猛兽才会跟棚屋里住的黑人一样，不敢轻易越过这晃眼的边界来冒犯我们。平房四周将来还会种上万寿菊、牵牛花之类的花花草草，它们更容易成活并能迅速繁衍出成片的绿意。再以后，不远的地方会建上网球场，将来公司的职员来此度假的时候，除了打猎又多了一个娱乐项目。隔着一段距离，是几排大窝棚，刚买来的一百多个苦力被赶到那里，大象和阉牛就养在大窝棚的边上。再隔出一段距离，有几间平房，那是一个茶叶加工厂。驻地四周都是规整的茶园，有一英尺高的茶树，也有新栽下的茶苗。远处，有一小片高大的野生茶树。再远处的山顶上，有一座富丽堂皇的楼房，那是总督来此度假时下榻的地方。

亨利先生和"幸亏先生"住进单独的木头房子，我们三个被带进平房。房子果然跟看起来的一样好，床铺、被褥、桌椅、柜子，日常生活需要的物品应有尽有。虽然比不上伦敦的楼房，但比船上强出百倍。椅子上搭着兽皮，坐上去又柔软又暖和。墙上钉着一只鹿角，我们把衣服挂在上面。更重要的是，平房边上就有个小水池，水池里蓄着从山上引来的泉水，清得可见人影。哈瑞的山鸡汤还没熬好，做烤鸡块和咖喱鸡都需要用到的葛拉姆马萨拉还在制作当中——这种东西需要由豆蔻、丁香、花椒等三十种香料碾磨成粉，混合在一起。亨利先生招呼我们到他那儿喝茶。

5

中国人可真是讲究。王之信不喝哈瑞泡的印度红茶，跑回去拿来一小包锡膜纸包着的茶，居然还同时拿来一个紫砂壶和四个小茶杯。他让大家先喝些白开水把口漱干净，这才开始冲泡。第一遍茶水刚倒出来，屋子里已经萦绕着一股淡淡的幽香。哈瑞正想去打糖，被王之信给止住了。不要添加任何东西，就这么喝，就这么喝，这样才能喝出茶叶本身最原始的味道！

这就是你说的铁观音？我端起茶杯深深嗅了一口，你们往茶里加了什么？这么香？

哪有加什么呀，这是铁观音自带的香，是最原始最自然的香。王之信一脸骄傲，又夹杂着些许神秘的意味。你先喝一口，先一小口，不要多。他一边讲解，一边示范，像这样。我听见茶水在他的口腔里先是咻咻、后是啾啾地响着，自如地运动翻转，他的嘴巴里像是挤着几只正在学叫的小鸟。对，对，一小口，不要多，先提住气息，不要急着吞下去，用舌头顶住上颚，噙住噙住，然后放下舌头，让茶水在口腔里铺展浸润，渗透到牙缝间，然后，这样，这样，舌头绷紧，咧一下嘴，把茶水往上送，让上面的牙缝里也能钻进茶水，这样，口腔里的每一个细胞都能充分感受茶水的滋味。是不是，它跟其他茶都不一样？不要吞下去！我哪里懂得这么复杂的技术活，他的话音还未落地，我的茶水已经入了喉。

这还真是能喝的香水呀！哈瑞勉强喝了一口，淡淡说了一句。我按着王之信说的又呷了一小口，那奇异的香刚进鼻子便迅速兵分两路，一路直往头顶上蹿，一路直往心脾处钻，什么东西被打通了。茶水入了喉，一种甘醇又从喉底爬上来，满口生津。我连喝了几小口，不禁赞叹，不仅仅是能喝，是非常好喝的香水。

对吧，我没骗你们吧？你们绝对没喝过这么好喝的茶。王之信越说越是神气，倘若借他一小阵风，他绝对轻飘飘上天了。这还不是最好的，我们还有……"幸亏先生"叫住他，说了一句中国话，他没再往下说。我在心底里暗笑：这有趣的主仆俩，总是一个往前冲，一个往后扯，用物理学的理论来说，这倒形成了一种平衡。

如果我们这儿有这么好的茶种，那我们的茶很快就可以与中国抗衡了。哈瑞咂巴着嘴，跟亨利先生建议说，我们是连片种植园，中国是各家各户自己种，他们的价格永远无法低于每磅一先令二便士，而我们每月付给熟练茶叶加工苦力才五卢比，苦力只需要三卢比。再加上不需要支付税费，等到阿萨姆茶园丰产的那天，英国哪里还需要找中国进口茶叶？

王之信不高兴了。像是一瓶放久了的酒，话里话外发酵出一种酸。我就不明白了，你们那么点儿小得不能再小的国家，怎么就老想着欺负人家？怎么就不想让人家有好日子过？你看我们中国，国家比你们大吧？我们就不欺负人。我们中国人就是喝茶喝太多了，人太好了，太讲究礼仪，太善良宽容，以为世界上所有的国家所有人都会同样和我们以礼相待，才会任由你们来欺负。好在你们后来喝茶了，喝茶可以让一个民族变得文明。

这一点我有些认可王之信。很多年前，父亲就说过，茶可以改变整个社会说话的语调。他总说，你能否想象，如果没有喝茶，具有侵略性、喜欢吃红肉喝啤酒、好战的英国人如何变得温文尔雅，表现出绅士风度？他们一定还在战场上厮杀，算计着再到哪里去多弄几个殖民地来。哈瑞可不是这么想的，他很是不服气。我们哪里欺负人了？

这可惹恼了王之信，他的语气马上变成了质问。你们还没欺负人？你们跑去侵略我们中国，你们在人家印度的土地上肆意作为，你们到处搞殖民地，这还不是欺负？说实在话，喝了那么多年中国茶，很多时候我还是看不懂眼前的这个中国人。他肯定没有林老板喝的茶多，他总是习惯正面进攻，而且每一次都火力十足。这回，他找到了对手。

哈瑞还想往下说，被亨利先生叫住了。"幸亏先生"跟着咳了两声，两个人的争执终于告一个段落。大家重新回到一杯茶的美好里。王之信没有给哈瑞续茶的意思，哈瑞也识趣地没有把茶杯递过去。有个印度人焦急地跑到门口来喊哈瑞，他放下杯子赶紧走出去。不知是否有意，喝着喝着，亨利先生把话题引到了我身上。托尼，你应该感谢林老板，是他要我把你留在驻地。

我对着"幸亏先生"感激一笑。走过来续茶的王之信小声说了句，是我跟我们老板说的。见我仍然没有反应，索性把我拉到一边。我听他们讲，一般的小种植园条件很差的，也就两三个人管一两百个黑人，连干净的饮用水都没有，碰上雨季，基本逃不过热病。最可怕的是，方圆五六英里内没有医生，一旦染上病就麻烦了。驻地就不一样了，条件肯定是最好的。

我知道这个中国人在向我讨人情，情况绝没有他说的那么严重。我的注意力在新续的茶里，茶水越来越醇厚，茶里的香和被香包裹着的韵味在齿颊间停留、回旋。一会儿，哈瑞回来了。又死了两个……他说，耸了一下肩。没事，山鸡汤好了，咱们去吃饭吧！

两个黑人苦力死了，哈瑞让黑人领班领着另外两个黑人苦力把他们拖到四分之一英里之外的地方，扔到那边的丛林里。

这天夜里，我果真听到虎啸狼嚎的声音。王之信也一直在翻身。他出去了两次。第一次去的时间很短，但再短也足以撒出十泡尿。第二次的时间应该很长，在他出门和进门之间我又迷迷糊糊地睡了过去。密集的狗吠声传来的时候，我听到他进屋关门的声音。

外面怎么啦？我问。

应该是有苦力偷跑了吧。他有些气喘吁吁。

刚刚你去哪里啦？我又问。

我去看了一下。他的回答有些含糊。

王之信果然没有猜错，这回跑了八个苦力。从抓回来的三个苦力身上都搜到了钱，虽然只有几卢比，但哈瑞看出了端倪。他说，一定是被人怂恿的，有人给的钱，这些黑人平时挣的工资早就花光了，一个子儿都不可能剩下的。亨利先生问，有没有可能有人来盗窃？我下意识地看了一眼王之信，他正专心吃他的早餐。哈瑞非常肯定地说，没有哪一个盗窃苦力的人会贴钱给苦力。别以为他们这样就可以跑了，哪那么容易？他们最好被野兽吃掉，让我抓回来，非让他们做双倍的活儿不可。这些黑人，一点儿不懂得珍惜。哪个植物园能像我们这么好，让他们吃饱，让他们看病，还让他们早早就收工？

抱歉哪，我再好奇地问个问题！王之信拍拍手上的面包屑，把身子往后一仰。你们大英帝国不是自称文明，自称三十年前就取消了奴隶制吗，怎么还在这里使用这么多的奴隶？

我们哪有使用奴隶啦？哈瑞一脸莫名其妙。他们是我们的劳工，种植园肯定要使用劳工的，这是法律允许的，不使用劳工怎么经营？

换个名称而已，这没有什么区别！王之信并不认可哈瑞的解释。

你这个小王，真有意思。亨利先生哈哈一笑，他们真不是奴隶！他们有工作期限，有工资，怎么会是奴隶？我们都跟他们签了合约。

他们看得懂合约？王之信直直地盯着亨利先生问，语气明显有些收敛。

不管他们看得懂看不懂，反正我们有合约，我们使用的是劳工！哈瑞再一次强调。

一直不说话的"幸亏先生"突然想起了什么。你们这儿应该也有中国的劳工吧？

有是有，只有很早之前的几个。去年又从槟榔屿和新加坡招了几个广州人过来，到了才知道他们根本不懂得种茶，就让他们走了。哈瑞特意用了"走了"这个词，这让刚才的对话软了几分。"幸亏先生"只是点了下头，我看他的心思已经跑到了不知多么遥远的其他地方。王之信看一眼他的主子，也跟着不说话了，两个人的眼神里都藏着秘密。我还在揣摩，哈瑞打断了我。他想换些零钱去零售店买火柴，我直接把手指向王之信。我没有，他有！他身上有很多！

不，我没有。

昨天不是还有很多？我看到了的。

用了。

用啦？

用了。

这地方哪儿用去？

店铺里买了东西。

昨天店铺不是没开？

反正就用了。没有了。

我意识到了问题，出门时把王之信往旁边一拉。你不会是把钱都给了那些黑人了吧？

怎么可能？我自己都没钱，怎么可能去支援别人？我又不是救世的佛祖！王之信不管我，大阔步往前。一些秘密似乎越来越密切地关联起来，我在犹豫要不要跟哈瑞说。

6

公司在驻地周边十英里范围内，已经开辟出连片的种植园不下五处，哈瑞带我们去的是最近的一处。由丛林地带衍变而成的茶园，跟我在约翰叔叔的描述中对茶园的想象完全不一样。不是山地，是平原，大片的平原，大有一眼望不到头的气势。平原中间东戳一棵西戳一棵参天大树，大树下面是矮矮的茶丛，不足两英尺高，一行连着一行，行与行之间虽然留出一定间距，但远远看去是连成一片绿色的海，很是壮观。六年以上树龄的茶丛再过一个来月就可以开采，茶树上微微冒出星星点点黄绿色的嫩芽，煞是好看。几十个黑人劳工蹲在地上拔草、捉虫，茶树底下虫草旺盛，适合丛林生长的地方雨量充沛、土壤肥沃，同样适合茶树生长。而适合茶树生长的温度、湿度，同样也适合杂草、昆虫和细菌的生长。它们甚至长得比主体植物更疯狂。不远的地方，有中国劳工在示范讲解比画，黑人劳工跪在地上劳作。茶园背面地势稍高点儿，一群黑人劳工在砍树，一群黑人劳工把砍下的木头锯成一段一段，两只大象正用象鼻卷起一截截木头往四轮车上装，新的茶园还在一片接一片地开辟。这让我想起吃桑叶的蚕。

"幸亏先生"非常专业，在我看来长得基本没什么差别的茶树，他居然一眼就能分辨出哪些是本地阿萨姆茶，哪些是中国茶，哪些是阿萨姆与中国茶混杂以后生出的杂交茶。茶真是种非常奇妙的植物。同样是这些边缘有锯齿的长椭圆形树叶，可以做出绿茶，也可以做出红茶，还可以做出难度系数更高的乌龙茶。"幸亏先生"表情非常严肃，他的分析显然也不给亨利先生留有情面。种植园目前存在的首要问题在于，没有好的茶种。纯种的阿萨姆茶再怎么做都只能做低端的红碎花，几片中国茶园茶种纯是纯，但茶种本就不是什么好茶种，再加上用种子繁育，早就越变越差。至于那些杂交茶，用中国话说，土不土洋不洋，完全走了样。"幸亏先生"踩了踩脚下的土地，问，这边海拔多少？

应该跟海平面差不多吧。哈瑞说。

那就是零海拔啦？想在零海拔的地方种出好茶？这怎么可能？你们觉得用中国的唢呐能吹出贝多芬的《第五交响曲》？见我们没有听明白他主子的话，王之信说了一句，这就像想用法国的谷物酿造俄国的伏特加，你们觉得可能？绝对Impossible！Impossible！王之信摊开双手大叫，再一次先替他主子表了态。那表情像是有人要打劫，而他诅咒发誓身上绝对没有钱。他的主子可没他这么夸张的情绪，"幸亏先生"只是缓缓摇几下头，无奈一笑。你们想在这里种出跟中国一样好的茶，可能性不是很大。

我不觉得王之信的比喻恰当，但我相信他们的说法。如果种得出好茶，那么一八四〇年春天，东印度公司绝不可能将三分之二的试点茶园移交给阿萨姆公司，而且头十年的租金全免。

请您过来不就为给想想办法，怎么办才能种出好茶？亨利先生挠着头，很是无可奈何。我们这儿紧挨着上阿萨姆，条件应该也还算不错的了。

你们那个铁观音茶种那么好，能不能弄一些过来？哈瑞插进一句。他倒是惦记着这事。

任何一种植物都讲究适应性，铁观音就只适合在我们安溪种植。"幸亏先生"语气和缓地说，你看当年，我祖辈也曾经把它移植到武夷山去，可长出来就不是这个味道哇。

我算是听明白了，原来王之信不能言说的就是这个秘密呀。这个爱面子的中国人。哈瑞叫来几个中国劳工，"幸亏先生"跟他们聊了起来。大多数时候，他问，劳工们答。劳工们一开始还是英语、中国话、阿萨姆话混着说，偶尔还需要停下来解释"幸亏先生"没听明白的阿萨姆话。慢慢地，英语和阿萨姆话都被他们丢到一边，取而代之的是完完全全的中国话。他们谈论的应该都是有关茶叶种植和制作的专业问题，亨利先生一脸认真，他大概听得懂中国话。很快，王之信也加入其中，几个中国劳工越谈越起劲，眼里一点点放出光。这大概不是亨利先生想看到的，他冲着哈瑞喊道，哈瑞，今天这么好的天气，走，带林老板去丛林里打猎吧！你上次说在哪里有见到什么面包鸟？印度怎么可能有面包鸟？你带我们去看看！走啦，走啦，林老板！他边说边拍了拍"幸亏先生"的肩膀，"幸亏先生"只能停住话跟着走，哈瑞赶紧走到前头。王之信没有跟上来，他朝着其中一个中

177

国人走去。我很好奇他们说了什么,让一只昂首挺胸的公鸡,回来时变得垂头丧气,像是打了一大场败仗。

跟着哈瑞在驻地转了两天,亨利先生安排我去核对账目。亨利先生带着两个中国人去了萨地亚的阿萨姆公司,公司在纳齐拉总部的负责人是他的同学。这几天,不好的事情接二连三地发生。驻地有个英国人独自去打猎,进了丛林深处,就再没出来。哈瑞说,他就希望能打死一只老虎,给自己做一件虎皮大衣。可现在,老虎把他吃得连骨头都没有留下。苏格兰人被安排去附近的一个种植园当经理助手,第一天带领黑人劳工去清理丛林就出了事。居留山区的野蛮人下山来抢夺黑人劳工,他们抢了五个黑人劳工、一辆马车,四个黑人劳工趁乱逃跑,苏格兰人被打破了头。北爱尔兰人到了种植园后就一直没有好转,驻地医生被请去给他看病,回来后只是摇头,说,可能不行了。又说,他之前的那个经理也是得热病死的。每天都有人生病,这些病名目繁多,医生在几个种植园间不停地跑,他经常跑不过死亡的速度。可怜的北爱尔兰人,恐怕等不到牧师接受他的忏悔。

总归也还有那么一两件值得愉悦的小事。跟着哈瑞进了几次丛林,见到了许多在英国见不到的鸟类、昆虫,还有植物,能垒出面包一样的窝的面包鸟,头顶长着钢盔状突起的犀鸟,色彩斑斓的蝴蝶,能开出像伞一样的花的天胡荽,长在树干上的槲蕨,结着紫红色卵形果实、可以拿来做染料的蓼……一个十四五岁的黑人少年紧紧跟在我们身后,他的左右肩膀上各挂着一把猎枪,双手端着托盘,托盘上有雪茄、蛋糕、咖啡壶,咖啡壶里装着哈瑞最喜欢喝的咖啡。哈瑞走得非常快,黑人少年用双臂将两只猎枪夹紧,弓着身子一路小跑。哈瑞要停下打猎,他就递上枪;哈瑞要停下喝咖啡抽雪茄,他就递上咖啡递上雪茄。哈瑞说,看吧,看我怎么给亨利舅舅培训出一个好仆人来。午后的阳光非常暖和，我坐在平房门口，悠闲地喝着下午茶。黑人少年站在身后，时不时地为我续茶。一只黄绿色的蜥蜴吐着长长的芯子，甩着长长的尾巴，在篱笆外爬来爬去。哈瑞正朝我走过来，一只小虎崽跟在他的身后，这边抓抓，那边咬咬。那是印度人刚送给他的礼物，他打算转送给亨利先生。他给我带来一封来自伦敦的信。信是约翰叔叔寄的，里面装着两封信，一封是他写的，一封是父亲写的。

"我亲爱的托尼，当你看到这封信的时候，我已去天堂跟你妈妈相见。不要责怪约翰叔叔，是我要求他这样做的。那天你必须得走。再长的相聚也终需分离，父子一场，不想让你看到我的不堪。

"走到终点，唯一后悔的是，没有听进你爷爷当年说的话。你爷爷说，一辈子好好做一件事，做成一件事，就够了。我们总希望得到更多，却没想到最终会失去所有。欠下的债永远都还不完了，只有走。好在，你能及时离开。无论你去中国，还是去印度，那都是离茶最近的地方。

"每个人都要去见上帝。茶叶，如此美好，被它带走，是一种极大的幸福。不用伤心，我去往的是天堂，你妈妈已经在那里沏好了中国茶……"

约翰叔叔简单解释了他的苦衷。父亲的离开没有痛苦，一杯浓浓的中国茶，一盆烧得暖暖的木炭。阳光如此强烈，我看到父亲坐在茶馆的柜台前对我笑。

这是你爸爸自己的选择。约翰叔叔说。

7

亨利先生一进屋，黑人少年动作熟练地各种忙碌。给主人端水，递毛巾，脱外套，解开他马甲上的每个扣子，把头发一根根地往后梳，沏茶，擦皮鞋，点烟。萨地亚的情况远没有我们想象的好，亨利先生的同学能给他的也只是很一般的茶种，他一直臭着脸。王之信倒因为又见上了几个中国劳工，抑制不住高兴。他说，阿萨姆公司看起来比你们厚道。没人搭理他。我怀疑他们到底是去挑茶苗的还是去看中国劳工的。哈瑞偷偷跟我说，你说中国人真有这么好？仅仅因为是朋友，他们就真愿意公司生产出更好的阿萨姆茶？中国人又不是上帝！这没有道理。我没心思管这些。这几天正是我繁忙的时候，各个种植园都往驻地来报送账目。

亨利先生也收到了约翰叔叔的信。用他的话说，约翰叔叔简直把我当成了自己的孩子。他说，放心，我会替约翰好好照顾你的。他所谓的照顾，是任命我做财务助理。现在，我住进了单独的房间，还穿上了跟哈瑞一样的白裤子、白衬衫、灰夹克，还有绑腿和靴子。这种感觉非常好。哈瑞带我认识了各个工作部门的人员。办公室主任是个红鼻子的苏格兰人，他的表哥是公司的小股东；人事部经理是个矮个子的小老头，他的外甥是总督的秘书；仓管部经理是个满脸雀斑的年轻人，他的表姐夫在伦敦一家银行任职。印度本地职员的也不少，总监工、监工们、医生、各个工作部门的一般职员，以及驻地边上的小零售商，他们见了我，就恭恭敬敬地问候，你好哇，菲尔德先生。那些安保人员、厨师、园丁，以及大象饲养员，远远就喊着，早上好哇菲尔德先生，晚上好哇菲尔德先生，好像他们从早到晚都在做一句话的练习。黑人苦力远远见了我便低下头，茶园里立着一根根烧焦的木头。

在股东们看来，驻地花了公司很多钱，条件越来越好，来这里颇有些度假的感觉了。哈瑞说这话的时候，正抱着那只小老虎喂牛奶。它现在可以喝掉整瓶牛奶，皮毛也一天天光亮起来。说实在的，如果哈瑞不把它的爪子剪得齐齐的，它看起来可真像只猫。希望明年他们来的时候，不会被你这只老虎给吓跑！我一手端着茶杯，一手伸过去抚摸小老虎的皮毛，开起哈瑞的玩笑。

你这话倒是提醒了我，看来我应该重新把这小家伙的爪子留起来。哈瑞抓着小老虎的两只前腿，往我身上挠。将来谁对我不好，我就让它用爪子抓他们，挠他们。我左躲右闪起来，两个人笑在一起。我好久没这么开心了。

天哪，我还以为你会很痛苦呢！王之信不知何时站在门口，他的脸色跟今天的天色一样阴。我刚听说了你父亲的事，可是，你怎么还笑得出来？从萨地亚回来后，他一直忙着给中国劳工当技术指导，我们还没好好说过话。他显然是要来安慰我的，可是他这样说话让人难以接受。我反问他，不然要怎样？

难道让托尼一直哭哭哭？哈瑞无比惊讶地问。他又不是小孩儿！

最起码要丁忧吧？丁忧？你懂吗？王之信说出了一个中国词。他显然无法用英语准确地表述"丁忧"这个陌生的词，只能详细讲解其中的意思。在我们老家，父母去世，儿子要在家守孝三年。丁忧期间，夫妻不能同房，吃饭、睡觉全都在父母的坟前旁边，为什么要丁忧？就是要报父母的恩。为什么一定要三年？孩子出生三年之内都离不开父母，所以，父母不在了，做子女的也要至少在坟前守孝三年。

这样父母就能起死回生？哈瑞哈哈大笑。这些奇怪的中国习俗。

我也感觉有点儿好笑，但我忍住了。这样做再多也没用不是？活着的人总还得继续生活。每个人都得死。

没用也得做！不能因为没用就不做呀！王之信绷着脸。

你们中国人真奇怪！哈瑞笑得更厉害了。

你们英国人才奇怪！王之信气呼呼地走开，才走出几步，又折了回来。你们说住在这里会有度假的感觉？真不知道你们英国人怎么想的。看到那几百个挤在大窝棚里的黑人奴隶，莫非你们真有给黑人当国王的感觉？中国茶你们真是白喝了！没等哈瑞还击，他又走了出去，脚步很重，像是跟地板也结了仇。

晚餐时才知道，他那时其实应该也有来辞行的意思。明天他们就要回中国了。虽然亨利先生拿出了英国带来的葡萄酒，但几个人还是吃得有些闷。两个老板真真假假地感谢来感谢去，我跟哈瑞东一句西一句地瞎扯，王之信一声不吭地吃他的牛肉，喝他的鸽子汤。有时候，他只是拿着汤匙把盘子里的食物打上来放下去，又打上来放下去，像是要把它们绞得稀巴烂。倒是那个黑人少年第一次经历这种大场面，手忙脚乱地制造出不少动静来。一会儿，汤汁洒衣服上了；一会儿，叉子掉地上了；一会儿，盘子碟子撞在一起。"幸亏先生"给我们每个人敬了酒，大家客客气气，非常正式地说着告辞的话。

王之信！王之信！有人在外面喊，应该是那几个中国劳工。王之信像是刚睡醒，好不容易把头抬上来，急急走了出去。回来的时候，手上多了几封信。想来，那些中国人都不愿错过这个免费给家人带消息的好机会。他没有回自己的座位坐下，而是走到了"幸亏先生"那里，附在耳畔悄悄说了几句话。他们一定说了什么秘密，两个人的脸色都凝重了起来。我们英国人没有打探人秘密的习惯，亨利先生端起酒杯要再次敬酒。"幸亏先生"打住了他，主动给自己添了酒，把酒杯伸向他。这杯酒还是我来敬吧！亨利先生执意不让，这场面非常有意思，两个酒杯在半空中被推来推去，像是中国人打的太极。

我先干为敬！"幸亏先生"送出了自己的另一只手，两只手共同端着酒杯一饮而尽后，说，有个不情之请，亨利先生能不能让那几个中国制茶师傅跟我们一起走？

开什么玩笑？他们走了我们怎么制茶？我们可是签了合同的。哈瑞说。

违约金我来给。"幸亏先生"说。

那也不行。亨利先生直摇手。

要不，就那两个福建老乡。王之信对着亨利先生伸出两个手指头。

哈瑞对亨利先生说，做红茶可全靠他们了。

不行。亨利先生摇头。

要不，就一个，一个就好！王之信收回中指，只留下食指。他把目光转向"幸亏先生"。让那个泉州的老乡跟我们回去。

我说林老板，你其实跟我在这边谈中国劳工的事情一点儿意义都没有，你跟他们又不认识。亨利先生把酒杯往桌上一放，再说了，你能带几个走？我无非就这么几个。阿萨姆公司你也看到了，中国劳工也不少，萨哈兰普尔植物园那边的中国劳工那才叫多。

王之信不停点头，说，是是，他们也这么说，他们说武夷来的茶师傅都在植物园那里。

有多少？"幸亏先生"问，那个植物园有多少中国制茶师傅？

起码十几二十个。哈瑞替亨利先生做了回答，那里是中国茶苗的集中繁育点，我一直跟亨利先生建议，请你们去那儿帮我们选种苗呢，那儿一定有血统纯正的中国好茶苗。

停顿了几秒钟，"幸亏先生"说，这样，如果你肯让那个泉州老乡回中国，我愿意为你们跑一趟那个什么植物园。

你愿意帮我去一趟阿萨兰普尔植物园？亨利先生显然有些惊讶。你说的是真的？

真的。

8

刮过一阵很大的风,乌云层层叠叠地盖下来,天地之间只留一道窄窄的缝隙。白天喘着粗气,被压得特别短,夜晚一下子被拉得很长。哈瑞放了个很响的屁,蒸汽船像是颤了一下,急急往边上拐。我的屁有这么大的威力?哈瑞大笑。他学会了幽默。或者说,幽默重新回到了他身上,他说他读中学的时候还挺有趣,来了印度后,蚊子把他所有的幽默细胞都叮死了。这让烦闷的旅程轻松了许多。与上行的时候不同,下行的船上人明显少了许多。泉州的那个劳工并没有跟我们上船,亨利先生要求他等公司第一次尝试培育的茶苗成活了再走。因为雨的缘故,很多人都待在餐厅里。水手们在玩一种印度圆形扑克,经常为一张牌吵得不可开交;几个招工机构的监工大声交换着信息:此次死了几个,逃跑了几个。到处招工,劳工还是缺。孟加拉的黑人相对老实,干活也比较卖力,但他们似乎越来越不喜欢跑那么远来赚每个月的三卢比。几个欧洲人抽着大雪茄,小声说着话,脸上写着失望;有个白头发的英国老人坐在邻桌靠窗的位置,一路对着河水发愣;王之信和他的主子在下象棋,时不时听到他们在喊"将",王之信的"将"总是急促地用力,像是怕人听不到。"幸亏先生"说起"将"来,却似一涓细流缓缓,有着特别长的气息。

之前的路程一直很顺,比上行时都顺。没有平底船的拖累,又不需要时不时地停靠,很快就出了茶区,直奔古瓦哈蒂。布拉马普特拉河涨得满满的,水面显得更宽了,水的流速在加快,蒸汽船也越跑越快起来。突然,蒸汽船停了下来,餐厅里瞬间安静。有水手往窗外看了一眼便扔下牌,水手们开始往甲板上跑。是不是撞船啦?有人问。

很多人站了起来，有的往左看，有的往右看。没什么好看的！快出牌！快出牌！哈瑞抓住了我。我们正在玩一种叫惠斯特的纸牌，他已经赢了我三墩。我重新坐回座位，但脖子不听从屁股的指挥，仍然试图打探船外的信息。白头发的英国老人显然比任何人有定力，他稳稳地坐在那里，一动不动地盯着河面。河面像是一个巨大的旋涡，把他的眼睛牢牢吸附进去。王之信的屁股已经离开了椅子，他的头时不时望向船外，再没听到他喊一句"将"。

输了输了，不下了不下了！身旁的王之信丢了棋子，一手拉起我，走走走，去看看发生了什么事！我借机把手上的牌一摊，跟对家的牌搞乱在一起。无论如何，这纸牌是没法再打下去了。哈瑞只能跟我们走。

对向行驶的一艘蒸汽船紧挨着我们的船停住。它的船头直直冲着岸边呈四十五度角，船尾跟我们的船头仅仅相距四五米，它的身后拖着一只平底船——每一艘上行的船上都是成果丰硕。这是一个危险的距离，如果刚才我们的船没有急急往右打出方向，一定跟他们的平底船撞在一起。平底船的顶棚只剩下一半，至少有六七百个黑人缩在一起。这样的阴雨天气，我穿着公司职员的整套行头，外面是西装，里面还多加了羊毛衫，而那些黑人身上，在加尔各答统一换上的粗布衣裤早就湿透了。平底船的船头位置，站着一群黑人，其中的两个拿刀顶着两个印度人。两个印度人应该是给他们做饭的厨师，他们借此跟蒸汽船上的人谈判：他们要船靠岸。他们想上前面的船。或者给他们换一条有顶棚的船。他们想要吃煮熟的米饭。他们需要干的衣服。很多人在发烧，他们需要药。

他们这是把人往死路上逼呀！还让不让人活啦？王之信一手拍在船舷上，手里的油纸伞差点儿掉到地上。

无非差一个顶棚，这里对待黑人都这样。哈瑞不以为然。看着吧，他们想靠岸，蒸汽船会答应的。等船靠了岸，那几个闹事的肯定一个个被收拾。这些不怕死的猪仔！

你说他们是什么？你再说一遍！王之信瞪着眼睛说。

不是我说的，是美国人说的。哈瑞耸耸肩，很是无所谓。他不知道自己已经捅了蜂窝。十年前，王之信的大哥正是被抓上开往弗朗西斯科的船，从此消失。广州人管那船叫"猪仔船"。

王之信抡起拳打了过去，哈瑞跌出几步外。我赶紧冲上去扶起哈瑞，用身体挡在他们两个人中间。哈瑞使着劲想冲过去，王之信握着拳头还想冲上来。王之信！住手！"幸亏先生"不知从哪里冒了出来，及时抓住王之信又要挥出去的拳头，把他拉回船舱。

对方水手喊话让我们的船先走。这里几乎是整个路段最窄的河面，卡着两艘船这样的角度，哪艘船先开都冒着很大的风险。我们的船长跑到船尾，要跟对方理论。对方的船上突然两声枪响，不一会儿，两个印度人从驾驶室拖出来一个被打死的黑人。他们把黑人拖到船尾，当着平底船上的人的面扔进水里。平底船上一片骚动，黑人们纷纷往船头挤，叽里呱啦说着话。我们的船上开始有人担心起来。有个欧洲人说，赶紧走，赶紧走，万一那些黑人上不了前面的船，会不会爬到咱们船上来？就那么几米，游都游得过来。

没听说黑人会游泳的。有个监工说。

万一会呢？欧洲人还是不放心。还是赶紧走安全！

又是两声枪响，平底船船头位置拿刀的两个黑人歪着身子倒下了。两个印度人跳进了水里。尖叫声、哀号声、哭喊声，各种惊恐的声音在河面上翻滚起来，平底船在晃动，像是随时有被掀翻的危险。我们船上的人都被吓着了，赶紧躲回客舱。船长小心地调整方向，不断地修正角度，以最快的速度驶离这个是非之地。在房间里躺了一会儿，就到了晚餐时间。东西吃得很少，但哈瑞的心情明显好了许多。我们聊着英国的事，喝着味道很怪的印度茶。王之信跟"幸亏先生"走进餐厅，他往我们坐的位置看了一眼，没有打招呼，走到远一些的位置坐下。两个监工坐在我们旁边，他们要了瓶酒。

雨再这么下，估计那些黑人到最后剩不下一半。一个说。

那不会。你说，那些牛马不也都没穿衣服？它们哪里会感冒发烧？再说了，反正已经上船了，种植园主的钱都得照付。另一个说。

那是，劳工怎么招都还是缺。不过，听说最近英国政府好像是派出了什么调查员，要调查黑人被虐待的事情，文明的国家是不允许不文明的行为长期存在下去的。

是呀，往下大家都得小心点儿。

9

雨沙沙地下，河水哗啦啦地响。世界一片苍茫。如果世界就这么安静下去，那么后来的很多故事都得重写了。所以，注定会发生什么事。上帝都安排好了。我先注意到靠窗坐着的那个英国老头。他怎么一直坐在那儿？头部的姿势和角度好像也保持不变？我问。

哈瑞也注意到了。刚才好像也没看到他吃饭？他很快就有了自己的判断。看他这一副落寞的样子，一定是到阿萨姆投资失败的投机客。

不可能吧？都已经这么大年纪了，怎么可能这么傻？我无法将眼前这样一个白发苍苍的老人与奴役着几百名黑人的种植园主挂上钩。如果上帝也会变老，他应该也是这样一副慈眉善目的模样。

你不信？要不要打个赌？等不及我回应，哈瑞已经起身。他的兴致总是说来就来。他说，看着呀，我问给你看。他走到老人面前，跟对方打起招呼。嘿，先生，您是伦敦来的吧？您这是要回伦敦吗？连续问了几句，老人才缓缓将头转向他。那目光像是从远古时代跑来的一匹疲惫的战马，写满无力与虚乏。

您是不是在阿萨姆投资种植园啦？怎么样，是不是发达了？赚了很多钱吧？哈瑞回头看了我一眼，一脸的坏笑。

我的两万英镑，我的两万英镑！老人像是突然从梦中惊醒，喊叫着站了起来。他比哈瑞整整高出半个头。他原地转着圈，四下里寻找着什么。看来，哈瑞找错开玩笑的对象了！正想着，他从衣服里掏出一把枪！我们相互使了个眼色，我起身，他往后倒退了一步，我们想要离开。就在这时，老人一把抓住哈瑞，手上的枪立马顶在他的脑袋上，嘴里咆哮起来，你们拿着我的钱都干了什么？啊？就是请了一堆人挖了一堆地出来，然后呢？茶树呢？茶树在哪里？你们就是一群骗子！你们抢了我的钱！不，不，那不都是我的钱！你把两万英镑还给我，还给我，还给我！真让哈瑞给言中了，真是个投机客！老人的眼睛瞪得像两只发红的火球，额头上青筋暴出，举着枪的右手在剧烈地颤抖。哈瑞已经站不住了，他缩着脑袋一点点矮下去，脸色发青。周边座位的人纷纷起身，他们往门口的方向撤退。我做出投降的动作，希望借此能平息老人紧张的情绪。我努力跟他解释我们没有恶意，我们只是跟他打个招呼，但他的咆哮一声比一声激烈，手上的枪也随着他的咆哮一下重于一下地敲在哈瑞的头上。我不敢再说话。我担心我会进一步激怒他。我们就这样对峙着。

余光告诉我，并不是所有人都在往外走。有两个人正小心地往老人的后方靠，我不敢往那个方向看。老人可能也听到了响动，回了个头。枪口刚微微偏离的那一瞬间，只感觉一股风，一脚飞起，老人手上的枪被踢掉了。哈瑞的两腿一软，整个人栽倒在地上。

如你所想，来解围的正是王之信和"幸亏先生"。这个晚上，三个年轻人的压惊酒是少不了的。你来我往，没几分钟，他们不知干了多少杯。这一中一西两团弹性极好的面团分开揉了半天，现在又揉在了一起，依然可以烤出香喷喷的面包，也依然可以切出严丝合缝的面条。在酒精的作用下，王之信带我们回了一趟他的老家，一起想象了观音岩上的红砖墙、红地砖、黑屋瓦、燕尾脊，那条开着芦花、飘着南音的蓝溪。一起游览了城区的八大景点：凤麓春阴、薛坂晓霞、阆岩夕照、芦濑行舟、葛盘坐钓、东皋渔舍、龙津夜月、南市酒家。这些好听的名字据说是宋朝时一个大才子朱熹给命名的。中国的文人日子过得悠闲自在，到处游山玩水，玩累了，就停下来写几首诗，给几个地方命名，然后好饭好菜好酒都有了。在他的描述中，我们还把他家的美食吃了个遍。中国的美食跟中国人一样，总是包裹着含蓄着，却拥有超凡的想象力。他们喜欢把各种东西包起来吃，可以做皮的东西也是五花八门，不同的皮可以做出完全不一样的美食。即便里面包的是完全一样的瘦肉、竹笋。面粉做皮，做成的是最通常的饺子；芋头和白米磨浆沥干做皮，做成的是芋包；鼠曲草和糯米磨浆沥干做皮，做成的是鼠曲包。印象最深的是一道名为"鸡卷"的菜，鸡脯肉、葱头分别剁碎，拌上鸡蛋、盐、五香粉、地瓜粉调匀，再用猪肚内的那层透明的油纱一裹，包成长条形，放蒸笼上蒸。蒸好后切成小段，裹上鸡蛋白放油锅里炸，外皮香脆，内里酥松，尤其再蘸上点儿加了蒜泥的酸醋，肉香、葱香、蛋香等各种不一样的香鲜明地糅合在一起，想想都是一种享受。

第二天醒来的时候，已经到了中午，雨也停了。他们两个人都还在睡。一个小时后，阳光也出来了。甲板上很多人，这么多天的阴雨，快要发霉的不仅仅是身上的衣服、鞋袜，还有整个人，整条船。那个白头发的英国老人也在。他主动走过来打招呼。我一直在等你们！

等我们？

昨天，对不起了！把你们吓着了！

这其实是个非常斯文的老人，语气温和得像是一杯暖暖的中国红茶，甚至还带着他这个年龄少有的明媚。他是个药剂师，收入不高，但也不低，生活本无什么忧虑，几年前，听朋友游说投资了一个茶叶种植园，几个老年亲戚也拿养老的钱入了股。一直说很快要分红要分红，左等右等没动静，亲戚们坐不住了，让他来看看，到了印度才知道，哪有茶园，只有一大片空地。对方说，要么再投钱，要么就等空地卖出去。每英亩十卢比开垦出来的茶园卖多少？卖不出一先令。这不是纯粹在讹人吗？老人全身在颤抖，他已经说不下去了。我想跟他说，没关系，会有转机的，可这样的假话终究说不出口。我走了！他说着，便转过身去，一直往前走。我一时并没有反应过来。他走得非常快，这让我感觉到了异样。我连忙追过去，边喊，你这是要去哪里？他没有回头，一个劲儿地加速。旁边许多人看着我，他们都不知道发生了什么。我开始跑了起来，但是，已经来不及了，他爬上栏杆直接跳了下去。

又一条生命葬在了这条河流里。

10

到了加尔各答，我们办了几件事。"幸亏先生"和王之信往巴城发了电报，我跟哈瑞去了趟圣保罗教堂。教堂高大得很，雪白的外墙、哥特式的尖顶、色彩斑斓的玻璃窗、颜色绚烂的大油画，我仿佛置身于伦敦的圣保罗大教堂。我们给老人做了祷告，祈求他落在布拉马普特拉河里的灵魂依然可以找到天堂的路。当然，我们也给往下这一段未卜的前程做了祷告。"幸亏先生"和王之信在教堂门口等我们，他们信的是佛祖和观世音菩萨，还有一种他们那儿才有的清水祖师。出来的时候，我们一起去兑换了印度卢比。中国人身上带了各种货币，有银锭、英镑、美金，还有一种墨西哥鹰洋，店家要了英镑。

我们所进入的是白人居住的区域，如果不是街道上那些拉着大象坐骑走来走去的印度人，我很怀疑我是不是回到了伦敦。大象背上搭着漂亮的毛毯，毛毯上是架有凉伞的座椅，座椅装饰豪华，坐在大象背上估计有国王出巡的感觉。一百多年前，东印度公司开始在这里设立贸易站，现在，这里深深烙下大英帝国的印记。到处是维多利亚风格的建筑，到处是英语招牌，到处是穿着西装、戴着领带的欧洲人。路过一家照相馆，我跟王之信进去拍了照。哈瑞带我们吃了最正宗的英国牛排，又喝了王之信自带的铁观音，他们还买了一种叫作"香"的东西。上船前，王之信在岸边给那个冤死的英国老人点了两根香，他对着阿萨姆的方向拜了几拜，最后把香插在石头缝里。

可能因为这一顿美食的垫底，恒河上的行程也跟着美好了许多。与布拉马普特拉河相比，恒河显得更加宽阔，流速也更为和缓。一路顺畅，很快就到了阿拉哈巴德，恒河与亚穆纳河在此交汇。据说，再过一个多月，浴佛节就将在这里举行，那是印度人一年一度的节日。我们需要在这里转船。船近码头，王之信双手合十，朝着西北方向念念有词，然后频频鞠躬。

我知道王之信的担心。到驻地第二天，他就找我借福钧的书看。他一定也看到了书里的那个细节：当年，福钧从中国得到的第一批茶苗就是在这里出了问题。我们的运气比福钧的那些沃德箱好，我们很快就坐上了蒸汽船。进入恒河的上游，水流明显加快，船速也跟着慢了下来。到了萨哈兰普尔已是下午三四点，下船后，很容易就找到了马车。听说去植物园，赶车人说，明早吧，明天一大早再走。问原因也不说。哈瑞替他回答，不用问，肯定担心不安全，半夜碰上个老虎豹子什么的。

　　第二天按照约定的时间七点，四轮马车载着我们从旅馆出发。恒河边上的码头像是一壶正在柴火堆上烧煮的热水，已经微微冒着鱼目般的气泡。女人们最先在这里忙碌。有的赤着脚站在水里洗衣服，有的正从河里取水，有的顶着水缸往回走，有的拎着水桶正赶到河边。一个被母亲硬拉去河边的六七岁的小女孩儿可能还没睡醒，也可能脚下的水太冷，正抹着眼睛"嘤嘤"地哭。一个背上背着婴儿的妇女拿右手护着头顶的水缸，左臂夹住腰间的一桶衣服，迈着小步往回走。尽管她如此小心，水缸里的水还是时不时地溢出，淋在婴儿的身上，孩子哭闹起来。一个八九岁的小女孩儿站在大树下卖大饼，她的目光追着我们的马车走。哈瑞说，那饼难吃得很，王之信还是坚决停车买了两个。一只肚子上掉了一大片毛的老狗半眯着眼睛，歪着脑袋趴在地上，偶尔微睁一下眼，懒懒一看又再趴下。两三部牛车、马车早早等在码头，船只还没到，有足够的时间，几个男人把脑袋凑在一起抽起烟来。几只乡船停靠在这里，一个守船的年轻人打着哈欠站在船头，裤头一拉，一条细细长长的抛物线落入河中。空气中散漫着一层薄薄的雾气，灰蒙蒙、湿漉漉。近处的草尖上挂着晶莹的露珠，放眼看去，一大片的草地上像是结着一层透明的网。阳光稀疏地洒下，困意袭来。

　　醒来时，天色大亮，已经出了城区，正往山上走。路明显窄了下来，刚好容得下一辆马车。走着走着，日头有些大了，气温也逐渐往上升。阳光，草木，空气清新，满目葱绿。王之信说，这才是春天该有的完整模样。除了"幸亏先生"，我们三个自然不愿负了这春色，时不时跳下马车来玩。无论是植物的种类，还是大自然的色彩，这里都与阿萨姆有很大不同。王之信认识很多山上的植物，树冠呈塔状的是冷杉树，树叶细得像针的是松树，树冠像个扁球的是椿树，叶片呈卵形的叫野牡丹。哈瑞折了一根树枝当起拐杖，又拿拐杖不停比画着说，在附近的群山中居住着一群拉杰普特武士，他们身着红色的丝织品，蓄着八字须，饲养着世界上最好的马匹……

杜鹃！杜鹃！临近中午，王之信突然指着半山腰喊起来。顺着他的手势，我们看到一大片花的海洋。铺天盖地的淡粉和大红，高的植株是一整树地怒放，矮的植株也一朵朵地开。他掐下一朵便往我嘴里塞，你尝一下，很好吃很好吃的，酸酸甜甜的。我扯下一片花瓣，一尝，味道果然不错。他又掐了一朵给哈瑞，说，小时候每回上山割山芒，走累了，我们就停下来吃杜鹃花，这种花可以止咳、祛风湿、解毒。山上还有很多小金橘、草莓，我最喜欢吃那个桃金娘，我们管它叫"中尼"，叶子可以用来止血，果实可以用来安胎。他蹲下身，指着开出纯白色香花的植株说，这是栀子花，将来结出的果实可以用来止血、消肿。又指着一根缠绕的藤说，这种很快会开出漂亮的黄花，它叫断肠草，吃了会死翘翘的。

不知女王伦敦的植物园里有没有这些植物？哈瑞转着手上的杜鹃花，他总会想一些我根本想不到的问题。

我说，如果希尔公司的茶园不在阿萨姆，而在这里，那该多好！我喜欢这里。哈瑞笑着说，公司可没有在这里种茶的打算，公司只会向丛林深处进军再进军。王之信一听，又不高兴了。你们英国人的欲望怎么就没有个头呢？这种无限量的扩张，只会加速更多黑人苦力的死亡，也会破坏山林里土著部落的生活。哈瑞没有把王之信的话当真，他哈哈一笑说，这怎么可能？他们感谢我们还来不及呢！你看，我们英国人所到之处，公路通了，铁路通了，蒸汽船来了，我们让他们的社会进步和文明起来了不是？王之信从鼻孔里哧了一声说，你们闯进人家的家园，占有他们的土地，这就是你们所谓的"文明"？按照你这样的逻辑，早一千多年，作为最先进和文明的国家，我们中国也应该这样把文明送到你们的国家不是？这一来，哈瑞的脸色也不好看了，说，我就不明白了，当初为什么就只谈开放通商口岸？就应该直接在条约里规定让你们每年进贡茶叶，这样一来，英国人喝茶哪里还要付什么钱？他好像已经忘了眼前这个"落后又自大"的中国人可是他的救命恩人。我完全插不上嘴。

你觉得一条蛇可以吞了一头大象？一只小老鼠可以跟大象提这么无理的要求？真是笑话！王之信冷笑一声，话语里满是不屑。你们真的一点儿不觉得可耻？一点儿不觉得悲哀？有时候想想，世界上真不应该有茶这个东西。如果没有茶，还会有两百年前爱喝茶的凯瑟琳公主？如果凯瑟琳公主不爱喝茶，或者当年她嫁给英国王子的嫁妆里只有直布罗陀海峡战略要地丹吉尔和印度孟买，没有那二百二十一磅中国茶，英国人还会流行喝茶吗？又或者，一百多年前，第七世贝德福德公爵的妻子安娜不会在下午三点左右低血糖发作，不会感觉心神不宁，还会有英国的下午茶时光吗？如果没有这两个爱喝茶的女人，你们英国人是不是就不用这么辛苦，整天想着偷人家茶苗啦？如果那个无知的广州官员不允许率领英国使团的马戛尔尼勋爵从中国带几棵茶树苗走，又如果他带到印度去的那些茶苗根本就活不了，那英国是不是就会断了在中国之外的土地上种茶的想法？如果布鲁斯兄弟没有在阿萨姆发现古茶树,没有看到被当地人砍掉的水田边的古茶树的树枝居然长出了新的茶树,或者如果东印度公司首席植物学家哈瓦奇不认可中国茶叶有可能在印度试种的设想,东印度公司是不是就不会派出他们的秘书戈登博士去中国找茶?如果戈登博士没有在广州找到茶苗和茶师傅,如果小布鲁斯没有在阿萨姆把中国茶与阿萨姆茶混杂育出杂种茶树,如果罗伯特·福钧不去中国偷茶,不把中国茶师傅带到印度来,那你们怎么需要到印度来?怎么需要在阿萨姆那么糟糕的地方受罪?怎么会有那么多黑人成为茶叶的殡葬品?

他的问题像一颗接一颗密集的子弹,我跟哈瑞一下子都听呆了。我不希望他们两个人再吵架,冲哈瑞摇了摇头。其实我多虑了,他的这种密集发射根本不给哈瑞留有时间反应与还击。我不知道这个人哪里来的这么多奇怪的理论。有些东西是我讲给他听的,很多东西并不是书上的,我也没听谁讲过。可他用我零零碎碎讲给他的东西,连同他自己原本知道的和后来书上看到的,拼出来另外一些东西。就像他手头有了一根针一条线,他把珠子串了起来。虽然那珠子有的是珍珠的,有的是植物种子,有的是塑料的,有的是木头做的,但它们是有着内部关联的。重新串在一起的珠子有了新的形状,比刚拿出来一颗颗独立的时候有趣多了。我承认他说的话不无道理,可我总不能当着哈瑞的面向着中国人说,是呀,茶叶如此美好,可在这里,却只有血泪,它更像是长在一个个黑暗坟墓上的尸腐花。不行,我不能这么说。

如果,如果,这个世界真停留在这些"如果"里还怎么前进?哈瑞好不容易憋出来一句话。赶马车的人在前面喊我们,快点儿啊,不要离我们太远,这山里有虎有豹有猞猁呢!我也借机催促起他们,走哇,走哇,快点儿追上去啊!重新坐上车后,有很长一段时间,大家都不说话。拐过一道弯，进入一片特别茂密的树林，马车走得更慢了。突然，一阵翅膀扇动的扑棱声起，不远处飞出一只黑色的鸟，伴着一声奇怪的叫声。旁边的树林里有树枝摇晃了几下，发出"唰唰"声。大家小心点儿！"幸亏先生"小声提醒大家。见我们一脸的诧异，王之信的得意劲儿又来了，听见乌鸦叫是凶兆，肯定有什么不好的事情要发生！

11

你就这么确定这是乌鸦？哈瑞指着空中那已经看不到踪影的鸟儿，哈哈大笑。就算它是只乌鸦，它怎么就跟好事坏事连起来啦？你们中国人可真有意思。哈瑞的笑声还未停歇，几个印度人倏地从林子里蹿了出来，挡在我们前行的路上。赶马车的人见状，将缰绳一扔，跳下车躲到马车的后面。难道这就是哈瑞刚才说的拉杰普特武士？他们身上穿着红色的丝织品，嘴上蓄着八字须，手上或者拿着长矛或者拿着砍刀。走在最前面的那个年轻人用砍刀指向"幸亏先生"说，要想活命，把钱留下！他像是在笑，右嘴角大幅度上扬，右脸的肌肉堆积在一起，这让他的嘴看起来像是占了大半张脸。是他？我偷偷指着最前面那个年轻人说，那人我见过，在船上。又跟哈瑞示意道，是不是哈瑞？那天你也在。哈瑞挨了王之信一拳的那天，在我们走回房间时，后面追上来一个印度人，他先是数落了一通王之信的不是，然后像是无意间提起地问了一句。那两个中国人是做什么的，敢那么横？

做生意的。哈瑞正在气头上，想都没想就回答。

他们很有钱吗？

是，很有钱，相当有钱。

我看到那个人笑了起来。他的右嘴角像是被什么东西用力牵引着大幅度往上提，一半的脸挤在一起。那种笑容令人过目不忘。眼下，哈瑞知道自己闯了祸，伸手就要摸枪。可枪在我们的行李箱里，行李离我们有一个手臂的距离。王之信的两只拳头握得紧紧的，像是随时就要砸出去的两块硬铁。他的两只腿若不是"幸亏先生"拿脚顶住，恐怕早就跳下了马车。见我们没有反应，几个印度人抄着家伙往前走。眼看马上到达跟前，"幸亏先生"突然站了起来，"砰"一声枪响，印度人立马抱头逃窜、四处躲闪。借着这个空当，哈瑞也慌乱地找到他的那杆猎枪。我这才注意到，"幸亏先生"手上举着一把手枪，枪口正对着天空。刚才那一发子弹，他并没有朝印度人打出。两匹马受了惊吓，有些摸不着北地在原地转起圈来，"幸亏先生"迅速抓住缰绳，急喊赶车人上车。马车很快就被控制住。现在，有两把枪正对着那几个拉吉普特武士，他们捡起掉在地上的长矛和砍刀，却不敢上前。

不要开枪！"幸亏先生"小声提醒着哈瑞，又转头催促赶车人。走！走！马车慢慢调整好方向往前走，那些印度人不敢轻举妄动。哈瑞可不听他的，直接瞄准那个最前面的年轻人。我抓住哈瑞的枪管前部往上一抬，"砰"的又是一声枪响。马车小跑起来，那些印度人就那么远远站着，变成一小片黑点。很快就进入一个村庄，马车慢了下来，赶车人忍不住发问，你们就不怕下山的时候他们再来劫一次？这话可能正好说到了王之信心上，他一掌拍在座位上，很是愤愤不平地问向"幸亏先生"，刚才为什么不朝他们开枪？对这些山贼土匪难道还需要客气？

出门在外，枪是用来防身，不是用来伤人的。

这不是一样？哈瑞也不由得疑惑了。

不一样。

怎么不一样？伤人不也是为了防身？！

防身是目的，伤人不是目的。"幸亏先生"总是不舍得多说一句话。剩下的行程，我们一点儿都不敢大意，两把枪一直握在他们手里。好在一路顺畅，除了一只猞猁和几只山鸡，我们没再碰上什么危险。进入山谷，有几户人家，零星有些茶园，茶树已经发出新春的第一批芽，深绿色的底板上冒出星星点点的黄绿。转几道弯便到达植物园，给我们开门的是一个三十来岁的英国人。知道我们是希尔公司派来的，英国人很热情地带我们去办公室。刚往里走了几步，王之信就迫不及待地问，那个詹姆森在吗？

哪个詹姆森？

威廉姆·詹姆森哪，就是觉得福钧的沃特箱应该打开的那个。

不知道。英国人完全没听明白的样子。

你们现在的主管是谁？我插问了一句。

罗宾逊·史密斯先生。英国人突然间想起了一件事。哦，我知道了，你说的应该是我们老主管，他已经调到加尔各答去了。

唉——可惜了！王之信一声长叹，无限沮丧与失望。我还有很多问题想问他呢！

你有问题可以问我们史密斯先生啊！他是植物学家，是你们要找的那个詹姆森的学生。你们真幸运，史密斯先生刚从德拉敦种植园回来，他肯定很高兴见到他老师的朋友。

不知道那个英国人是怎么跟他的主管介绍我们的，反正，十分钟后，史密斯先生确实一脸笑容地在办公室接待了我们，并为我们每个人送上一杯加了奶和糖的红茶。当然，他很快便知道，我们跟他的老师其实没有半毛钱的关系，顶多就是一本书的交情。但这并不影响一个英国绅士该有的风度。史密斯先生跟詹姆森共事多年，他知道很多关于这个笨蛋的故事。正如我们在书里看到的，福钧确实在这里把詹姆森骂了个狗血喷头，但詹姆森并不以为然。他不否认福钧说得有道理，但也不认为自己的理论完全错误。既然有那么多茶树在他主管的喜马拉雅植物园活了下来，那么他的方法没有道理不获得支撑。而且，他说他会一直坚持自己的理论，除非不让他当这个主管。王之信表示支持詹姆森的观点，我觉得这其中有巴结的意思。这是我几个月来聊得最为欢畅的时刻，明明五个人坐在一起，却完全是我们三个人的话题。聊完詹姆森，我们又聊到了罗伊尔、法尔康纳，最后又聊到了瓦里奇，他们三个都是东印度公司的植物学家。就是在这个时候，我们产生了分歧。

　　毫无疑问，作为植物学界的前辈，瓦里奇发挥了最为重要的作用。如果不是他认为印度确实适合种植茶叶，东印度公司就不会先后派出戈登和福钧去中国采集茶苗和茶籽；如果不是他组织了庞大的外科医生关系网络，全面搜集印度偏远山区的土地信息，并最终建议在法尔康纳任主管的萨哈兰普尔植物园建立茶叶种植实验场，那些茶苗和茶籽就可能葬送在加尔各答植物园里。瓦里奇博士认为，一定要在喜马拉雅山山麓，高纬度高海拔的地方，才可能种出好茶来。他的判断是正确的。没有他，印度今天这漫山遍野的茶园就不可能实现。史密斯先生几乎是在小结自己的一番讲解，他希望得到我跟王之信的认可。你们觉得呢？

　　我觉得那还是法尔康纳的作用大一些吧。如果戈登带回来的中国茶树种子和茶苗没有在这里培育成功，有瓦里奇的建议又有什么用？就如你刚才说的，送去加尔各答植物园可能就活不了了。我不会去质疑一个植物学家的专业知识，但既然他那么诚恳，我也愿意实话实说。

要我说呀，罗伊尔对你们英国的意义更大。如果不是他说服福钧去中国，你们的茶叶种植园里哪能有这么多好茶种？我们也没必要跑这么远来买茶苗了。王之信倒是两边都不靠，但他的话听起来有些怪怪的味道。他自动划分出了"你们"和"我们"。所有人都以为他说完了，史密斯先生很可能想进一步阐述自己的观点，哪想他摆摆手，马上又否定了自己。不对不对，我觉得你们英国人忽略了一个人的重要作用。那个爵士，约瑟夫·班克斯爵士。很早很早以前他不是写了份报告，专门探索在印度种植茶叶的可能性？人家五六十年前就写了，只是你们东印度公司那时正沉浸在对华贸易巨大利润带来的喜悦中，你们把人家的建议束之高阁。他的想法就是一颗种子。没有他的那个想法，你们有谁会去注意印度有没有野生茶树？能不能人工种植茶树？能不能移植中国茶？今天在印度的一切怎么可能成为现实？他是你们英国全球植物贸易计划的核心所在，没有他，你们怎么可能开启世界最大宗的植物生产？你们永远要靠进口，进口！

你这想法非常新颖，我们英国人从来没有人这么考虑过问题。史密斯先生冲着王之信又是点头，又是竖起大拇指。如果他的耳朵再大一点儿，我相信它们都能扇出风来。他说，我觉得你说得非常有道理，科学就应该有这种质疑精神。我们欧洲人一直不缺乏质疑精神。欧洲人喜欢探险、冒险，而所有的探险都基于对世界的质疑。如果不是因为对世界的诸多质疑，我们的探险船不可能一次又一次地选择远航，我们不可能去发现美洲大陆，不可能知道地球是圆的，不可能去发现宇宙的秘密。可是，现在，在我的学生里，最缺少的恰恰就是这种质疑精神。如果你留下来当我的学生，你一定会成为一个了不起的植物学家。

史密斯先生管这个叫"质疑精神"。在此之前，我一直认为这是王之信对这个世界长期持有的怀疑态度。当我说起英国工厂专门设有给工人喝茶的"茶歇时间"，他会说，这怎么可能？资本家怎么可能对工人这么好？当我告诉他，一百多年前的切尔西拉内勒夫茶苑有直径一百五十英尺的圆形大厅，围绕大厅墙边设有两层包厢，人们穿着盛装在圆形大厅里漫步攀谈，在包厢里喝茶聊天，他会说，这怎么可能？这听起来像是一个大剧院！如果我跟他说，一七〇六年伦敦有一家"汤姆的咖啡屋"开始卖茶叶，他会说，什么？这可真是稀奇，这不是我们中国说的挂羊头卖狗肉吗？当我说起一百多年前，单就伦敦就开有两千家的咖啡馆，这些被人们称作"一便士大学"的咖啡馆都可以点茶喝。他会说，天哪，这怎么可能？我们北京城七八十万人也才一百多家茶馆，你们英国人怎么那么能喝茶？你们是不是都不用干活？如果我告诉他，正派的中产阶级家庭去旅游度假，都不会去提供白酒的酒馆或小旅馆酒吧，但他们会去茶店，他会说，天哪，多花那么多钱他们怎么愿意呀？对我的话他总是怀疑，总是批判，但他的怀疑和批判里更多的是好奇，是迫切想去了解的兴趣。这一点是很多英国人没有的，所以，我仍然会乐意讲给他听。现在，这个"怀疑"有了进一步的意思。

我？留下来？当你的学生？你觉得可能吗？这些可都是我们中国茶呢。王之信一阵冷笑。他的凤眼眯成一条线，他往下说出的每句话也像是从那道缝里发射出来的冷飕飕的箭。另外，我必须纠正一下史密斯先生的说法。您刚才恐怕是美化了你们欧洲人。我不否认欧洲人爱冒险爱探险，可我想问一下，你们有哪一次探险的目的是纯粹的？哪一次探险不是居于经济和政治的初衷？为了扩大英帝国版图，才有了库克发现新西兰大陆；为了开辟一条横跨大西洋的贸易航线，才有了哥伦布发现美洲新大陆。美洲大陆那些与探险者相关的河流名和地名，温哥华岛、哈得孙河、哥伦比亚河、阿斯托里亚，哪一个不是与捕杀动物获取皮毛密切联系在一起？那些所谓的探险者手上怎可能缺少河狸、海獭、海狗这些"毛茸茸的钞票"？

哈瑞站了起来。这是一个非常明确的信息，它无理地打断了王之信的话。史密斯先生意识到他可能忽略了两个更为重要的客人的情绪，赶紧转换了话题。他主动提出带我们参观植物园区。这里应该更像约翰叔叔说的中国茶园的场景吧。园区在山谷中，山谷四周是层层叠叠的群山，翻过一座山还有一道岭。附近分布着许多这样的山谷，植物园在许多山谷中都设立了茶叶种植点。温室及露天种植区域处于平地，平地四面几乎为崎岖、倾斜的山地所环绕，那些山地有大有小，一块块都种满了茶树。露天平地上种植着橡胶榕、辣木树、紫檀树、苦楝树、相思树，温室里种着各种热带、亚热带植物，奇形怪状的仙人掌、棕榈树、苏铁、蕨类；各种颜色的杜鹃花正肆意地开放，除了猩红、粉红、杏红等红色外，还有白色、黄色、紫色、绿色、淡蓝；各个品种的兰花也是应有尽有，蝴蝶兰、大花蕙兰、墨兰、君子兰、建兰、虎头兰；福钧从中国带来的中国蒲葵、中国瑞香、白紫藤、中国金橘、迎春花、荷包牡丹，还有印度本土的白玉兰、月季、瓜叶菊、天竺葵、海棠、旱金莲、扶桑……王之信的心思不在这里，他自己一个人在园区里转来转去。当我们在池塘边观看白色、蓝色、黄色、红色的各种睡莲，他跑过来问，怎么没看到福钧用的那个沃德箱？

什么沃德箱？哈瑞问。

福钧从中国采集茶苗和茶种来印度用的一个箱子。史密斯先生解释。

一个箱子有什么好看的？哈瑞依然不解。

你不懂。王之信没有看到哈瑞难看的脸色，只是一个劲儿地催促着史密斯先生走。我主动走到哈瑞身边，跟他简单解释了沃德箱的工作原理，白天阳光照射，玻璃箱里的植物叶子吸收光能，利用土壤里的水分与二氧化碳发生光合作用，到了晚上，在冷空气作用下，植物挥发出的水蒸气凝结于玻璃罩上逐渐形成水滴滴落到土壤中，保持土壤中的湿度。如此这般，水分将从内部源源不断地产生，光合作用也将持续进行，玻璃箱中的植物便能长期存活。听起来感觉神奇，真正见到沃德箱时，哈瑞还是表现出了不屑。这不就是个玻璃箱？还是破的！

通俗点儿来说，它是一个密闭的玻璃箱。史密斯先生指着箱体的交接处说，福钧当时让中国师傅在这些地方都用油灰和油漆涂上，保持箱体的密封性。没有密封，水分就会跑掉，没有水分，就没法进行光合作用。

这跟刚才我们参观的温室其实就是一个道理？王之信问。

对对对，你很聪明。史密斯先生赞许道。这种便携式玻璃箱颠覆了原始的种植模式，使各种跨大区域大空间的植物移植成为可能。这一二十年来，除了福钧成功地把各种优良的中国茶种移植到印度，用来提取奎宁治疗疟疾的金鸡纳树也直接从秘鲁移植到印度，巴西的橡胶树也移植到了锡兰，这简直是植物经济的一次大革命。如果一百年前我们就有这样的沃德箱，那英国的植物贸易计划可以提前一个时代到来。他的言语中满是帝国植物学家的骄傲。

是呀，是呀，不得不佩服你们哪。王之信冷冷地哼了一声说，一七七八年，你们第一次派出植物猎人到世界各地寻找植物样本，这么多年，你们不懈努力确实成功了，你们这些优秀的植物猎人让你们的国家称得上是世界植物复制工厂啊！"伟大"的复制工厂啊！你们总是站在英国人的角度考虑问题，你们觉得合适吗？

那不然要站在哪个角度考虑问题？史密斯先生问。

事物总有两面性，看待问题也有多个角度。就像一支笔是直的，插进水里，就变成弯曲的了。王之信转身离开。

他没有回答问题。哈瑞说。

不，不，他回答了问题。史密斯先生笑了。

12

基本上都是史密斯先生和两个中国人在聊，我和哈瑞成了听众。史密斯先生是个美食家，他去过中国厦门，这个城市跟王之信的家乡同样说闽南话。年龄差距二十几岁的两个人又有了许多交集点。他们聊起一种叫作蚵仔煎的东西，把海蛎、鸡蛋、薯粉、香菜拌在一起煎，史密斯先生觉得那就是中国的海鲜比萨，王之信说比萨绝没有蚵仔煎的嫩滑口感；又说起吃一种把炸瘦肉、猪大肠、猪血、豆干胡乱加在一起的面线糊，需要搭配一种萝卜和米磨成浆蒸成的萝卜糕。说得我跟哈瑞都直流口水。史密斯先生非常喜欢中国，他了解中国的历史。他知道能让"万国来朝"的汉朝、唐朝、明朝都有着几百年的基业，知道八百年前的泉州就已经是全世界海洋贸易的中心，知道明朝灭亡在一个为红颜一怒而打开国门的吴姓大臣手上，知道清朝的乾隆皇帝把马戛尔尼使团送去的两把气枪当成玩物，认为在战场上它还不如中国弓箭好用。他不相信马可·波罗在中国朝廷里当过官，他甚至怀疑《马可·波罗游记》是杜撰出来的故事。但他说还真有外国人在中国为官，而且是宋朝和元朝两个朝代的官，那人是波斯商人蒲寿庚。看来他还是个不折不扣的中国通。不管他说了谁，我最喜欢的中国人还是王之信的老乡李光地。在中国朝廷上，随时都有可能因为说错一句话而掉脑袋，而李光地侍候皇帝长达四十年，居然平安无事，这得是什么样的智慧？能让一个皇上几天不见就会想念，还会说出"最知我的是你，最知你的是我"这样的话的，得是什么样的人哪？他侍候的康熙皇帝这样说也罢了，康熙的儿子、后来的雍正皇帝居然评价他是"昌时柱石""一代之完人"。这简直神了。

晚餐非常丰富。当然，不是他们谈论的中国美食。有烤羊排、煎牛肉、烤鸡块、青菜，居然还有炸鱼薯条——这是一道刚在伦敦流行的美食，我一直还只是耳闻。作为西班牙军人在美洲发现的印第安人的主要食物，马铃薯长期被爱尔兰之外的英国人嫌弃。现在，同样的食材，当它被切成一段段，油炸成金黄色，与同样油炸过的鱼混合搭配在一起，有了完全意想不到的效果。唯一的缺憾是，炸鱼的原材料不是肉质细嫩的鳕鱼，而是恒河里的一种小鱼。史密斯先生无意间说起种植园附近的一条小溪里可以钓得到一种溪鱼，几年才长成一点点的小鱼，肉质更细更嫩更甜美。哈瑞便接口说，明天我们去钓鱼。

明天不是要去看茶园和苗圃？我小心地问。

那就看完再去钓鱼。哈瑞说，来得及。

你们去钓，我们正好去茶叶种植园走走。明天咱们就兵分两路。王之信表现出难得的大度后，向史密斯先生抛出了一串问题。当年福钧带来的制茶师傅应该还在这里吧？你们后来应该又聘请了许多制茶师傅吧？能不能让我们认识一下？能不能看一下名单？有没有泉州的？福建的？有没有王姓的或者是林姓的？

你们到底是来看茶苗的，还是来看中国劳工的？哈瑞有些不满。

当然是来看茶苗的。顺便看看我们的中国老乡。王之信轻松一乐。就像你看完茶园去钓鱼一样,两者不相矛盾哪!说不定还能找到我哥呢!

你哥不是去美国啦?他什么时候来这里啦?我觉得有些奇怪。

我有好几个哥呢!王之信笑了起来,他那眼睛可真够小的。开玩笑的开玩笑的。我哥才不会来这里,他要去挖美国的金子,才不来印度种中国茶。

你们是不是又要为中国劳工赎身哪?哈瑞说,要我说呀,中国劳工比那些孟加拉人条件已经好太多了。

他们又没卖给你们,怎么叫赎身?

不管怎样,你总得先了解一下违约金吧?我已经替你打听过了,这边的违约金比我们优惠多了,只需要一百五十美金。再加上往返路费一千美金左右,在中国预支的两个月工资四十美金,每个人顶多也就一千二美金吧。你们这些中国老乡也真是傻,为了四十五卢比的工资,居然肯跟人家签这么高的违约金。当然,也不全是他们傻,主要是买办们太能说了。买办说,我让你去管一个大种植园,让你当大经理,管一两百号人,每个月几十美元,制出上等茶来还可以有赏金,你是公司的一员,可以享受优厚待遇,你们进出自由,想留就留,想走就走,你说这么好的条件谁不会心动?哈……哈瑞非常夸张地笑了起来。这中国人也太好骗了吧!

我有一种强烈的不适感。福钧在描述那些他带到印度的中国茶师时曾经这样说:"他们崇拜我,对我报以最大程度的信任,视我为他们的导师和朋友。只要我一直以仁爱之心对待他们,那我就等于起到了潜移默化的作用,让他们也以仁爱之心对待其他人。"他们是仁爱了,可是我们呢?我问自己。

上帝他老人家如果知道你这样没爱心，一定会不高兴的。王之信似乎是在开玩笑。但我听不出来这有什么好笑。中国人的幽默让人难以理解。哈瑞显然也没听出来。他收住刚才的笑，给王之信献起计策来。我觉得你们应该把那泡铁观音拿出来请植物学家喝一下，或者史密斯先生一高兴，就少算你们一点儿违约金。

你有铁观音？史密斯先生两眼放光。我在厦门时喝过。原本带回来一小包，可惜半路上不小心淋了雨，真是可惜得不行。史密斯先生咂巴了几下嘴，说，那是我喝过最好喝的茶，会让人留下深刻记忆的茶，那种茶特别特别香。

对，对，是能喝的香水。哈瑞插了一句，他为自己这个独创的比喻颇有些得意。我也很想再次把那个"能喝"改成"好喝"再说一遍，但我看到王之信冲我撇了下嘴。这个奇怪的中国人，他似乎不希望人家夸他们的茶。

那不是一般的香，是一种……史密斯先生激动地比画着，他在寻找一个最贴切的表述。是一种可以触动灵魂的香。

我惊讶于史密斯先生的用词。

可惜都喝完了。王之信无奈地摊了摊手。其实，也没你们说的那么好啦！

我们茶园里应该也有铁观音。史密斯先生说，是不是，你们明天正好帮我确认一下。

应该也有不少黑人劳工吧？哈瑞冲我使了下眼色，他似乎在暗示什么。见我没有附和，他凑过来小声地说，看吧，今晚肯定又有事情发生。

哈瑞恐怕要失望了。一夜太平。第二天上午，史密斯先生带我们参观植物园的苗圃和实验性茶叶种植园。名为植物园苗圃，实际上有不少于五分之四的面积育的是茶苗。茶苗的种类之多完全超乎我们的想象。A号苗圃育的是武夷山的正山小种，B号苗圃育的是武夷山的大红袍，C号苗圃育的是大白毫，D号苗圃育的是西湖龙井，E号苗圃育的是黄山毛峰……史密斯先生指着远处一个接一个的苗圃说，那边还有肉桂、大叶乌龙、凤凰单枞、白芽奇兰、紫笋、碧螺春等。连王之信都不说话了，这有些出人意料。王之信最大的特点是闲不住。通常情况下，嘴闲了，脚必闲不得；脚闲了，嘴必不得闲；两者都闲了，眼睛就闲不住了。

若干年后，我们三个英国人在伦敦的咖啡馆喝茶还聊到了他三个"不得闲"。哈瑞说，他将来一定是个靠脚吃饭的好伙计。我说，不，他应该会是靠嘴吃饭。史密斯先生连连摇头，不，不，不，他应该会靠这个吃饭。他指了指自己的脑袋说，这种人，给他一把斧头，他能造出一艘船；给他一把梯子，他能上天摘月；给他一个支点，他就能撬动整个地球。眼下，没有斧头，没有梯子，也没有支点，两个中国人成了哑巴。

天哪，中国人搞出这么多个品种的茶出来，他们怎么也不怕把自己搞晕啦？哈瑞显然跟我一样震惊，他的头摇得就像我小时候玩的拨浪鼓。我一直以为中国茶就是绿茶和红茶，怎么还有这么多区分？这怎么区分哪？

史密斯先生借机给我们上了一小课。

他用了一个非常形象的比喻，就像同样的面粉可以制成面包、蛋糕、比萨，也可以做成面条。不同的茶种，做出来的红茶和绿茶是完全不一样的口味，它们各自有着自己的相对适应性。比如，正山小种如果制成绿茶，它的醇厚使得茶叶难以清爽。再比如，西湖龙井一旦制成红茶，则汤水寡淡，无法比拟小种茶。这其实又跟面粉的道理一样，如果你拿低筋面粉做面包，永远做不出你想要的韧性来。如果你拿高筋面粉做蛋糕、饼干，永远做不出疏松的口感。

我看中国人最大的特点就在于，他们总喜欢把简单的事情搞复杂了。你说我们英国人，茶就是"tea"，多简单。他们中国，茶除了叫"茶"，居然还叫什么"荼"哇，什么"蔎"，还有什么"荈""槚""茗"，听起来都晕。哈瑞说。

这说明中国人自古有讲究，他们过得细致。虽然都指的是茶，但称呼不同还是有所区别的。发苦的茶为"荼"，老粗的茶叶为"荈"，茶树长得高大的为"槚"，早采的为"茶"，晚采的为"茗"。史密斯先生越讲越来劲。不仅这些呢。他们还会管茶叫"云华""余甘氏""先春""不夜侯""玉爪"……中国人多有文化，能创造出这么多词来形容茶。还有，中国管"喝茶"叫"吃茶"，你们知道为什么吗？人家以前真就一直是拿茶叶来吃的。你们不要以为是那种野蛮的嚼食，人家是几个文人聚在一起吃吃茶吟吟诗。宋朝人管那个吃法叫"点茶"。怎么点？把茶碾碎了，先加点水拌匀，然后边冲开水边搅拌，就生出许多洁白如花的泡沫，他们就拿泡沫来比赛，谁泡沫挂得久谁就赢，我说的对不对呀林老板？

汤姆叔叔果然没有开玩笑，中国人以前真的是吃茶。史密斯先生连问了两遍，"幸亏先生"才回了句"没错"，他总是不舍得多说，哪怕一个词。几个英国人在大谈特谈中国茶，而两个中国人几乎一句话都没有地跟着我们走，这是多么有趣的场面。这种情形维持了差不多半个小时，直到史密斯先生带我们来到山坡上五号试点种植园。他所说的铁观音茶树就在这里。整个种植园里都是瘦瘦高高的乔木，唯独边上几棵矮矮壮壮的灌木。这些灌木上长出的茶叶叶片，革质层显得特别厚，茶叶的锯齿状特别明显。

这真的是铁观音！王之信几乎是惊叫了起来。

13

不，这不是。"幸亏先生"说得非常肯定，这是我们那边另外一个茶种——本山。

这明明是。王之信想要争辩，你看它这锯齿，本山不是应该……

哎呀，难道师傅还会不如徒弟懂吗？哈瑞像是好不容易找着了挖苦的机会，拍拍王之信的肩膀笑。好好学着吧，不要不懂装懂啊。王之信抬了一下手臂，有些厌烦地甩开哈瑞的手，又转头问史密斯先生。你们有没有育这个茶苗？

暂时没有。一直不知道这是什么茶种，所以也就一直没有育苗。现在知道了，明年可以考虑培育一些。史密斯先生问，本山应该是属于乌龙茶了，那好像是另一套制作工艺了？

那是。王之信的小骄傲又来了。乌龙茶的工艺可没红茶和绿茶这么简单了，需要晒青、摇青等很多工序，特别是那道摇青。"幸亏先生"招呼哈瑞往苗圃走，说，一会儿还要去种植园，现在我们就把茶苗种类和数量给确定下来吧。

有些东西再明白不过，低调的老板不想伙计太高调。这是哈瑞的想法。我却不这么认为。哈瑞便一再取笑我，你现在也学着中国人把一条直直的道给走弯了。我们按照"幸亏先生"给的建议，完全排除了广州的茶种，决定购买武夷的正山小种、大红袍、水仙和肉桂，西湖龙井和安徽大白毫等，每个茶种都要了四五千株。一个小时后，史密斯先生、两个中国人，还有植物园的一名医生坐上植物园的四轮马车。他们要去的是珀伊尔茶叶种植园，据说种植园里只有刘姓和陈姓两个中国制茶师傅。哈瑞纠结了很久，终究没有坐上去。看吧，这回肯定至少又要带个中国劳工回来了。哈瑞望着马车的背影说。

四个人直到第二天傍晚才回到植物园。哈瑞预测错了，他们没有带回来什么工人。他们只是多去了哈瓦勒堡种植园，那里制作出来的茶叶有一种比较特殊的气味。史密斯先生之前一直推测这跟一个陈姓的师傅有关，"幸亏先生"帮他们找到了答案。那片茶园土层比较薄，土层下面是烂石层，含有丰富的矿物质，种出来的茶叶自然含有更多微量元素。王之信的状态有些不对劲儿，整个人蔫得像颗葡萄干，刚进房间就直往床上躺。史密斯先生笑说他昨晚被黑人女仆关照了一个晚上累坏了，我当然知道这只是个笑话。

史密斯先生帮我们安排好了第二天的用车，四轮马车载人，四轮牛车载茶苗，九点钟出发。离晚餐还有一点儿时间，他便在自己的房间摆开了茶桌。喝的是史密斯先生珍藏的正山小种，前不久刚从英国带来的。茶是好茶，只是少了王之信，这样的下午茶像是缺了润滑的齿轮，生涩难行。每个人都坐得方方正正，谈得正儿八经，连哈瑞也俏皮不起来。刚冲到第三遍水，王之信喊我出去。史密斯先生请他进屋喝茶，他应了声不了，反身就走。进了我的房间，他伸手递给我一个小瓶子，说，送给你一点儿我们最好的铁观音。

不是说没有啦？我接过来，忍不住问。那是一个圆形青花瓷小茶罐，说不出来的漂亮与精致。得是什么样的茶才能配得上这样的瓶子？我在想。

他让我先将茶收起来，见我用衣服等细软包裹住茶罐，这才说，上次你喝的那种确实没有了。不过，有我也会说没有的。末了，他又交代，这茶自己喝就好了，不必示人。

你很圆滑。我笑了，嘴里蹦出约翰叔叔跟我说过的这个中国词。我注意到他脸上的尴尬，我想他没有领会我的西式幽默，于是便自我解嘲，你就不怕我将来也成为植物猎人？

不，你不会。王之信一下子释然了，他想起了另外一件事。借我的那本书能不能送给我？

我本来就打算送给你的呢。我说得非常轻松，但肚子里却有十万个为什么。你要先走？

我怕到时给忘了。王之信的脸红了，他摸着脑袋解释说，忘了就不好了。看他有些心不在焉的样子，我指着他说，不对，你肯定还有事。王之信放下手，说，算了，算了，有件事情还是告诉你吧，也还要请你帮忙呢。他说出来的事情着实吓了我一大跳，故事还没完全讲透，他突然站起来，边往外走边笑着比手势说，走，走，去"驾崩"！去"驾崩"！我有点儿摸不着头脑，跟着站了起来。这时候，哈瑞走了进来。我灵机一动，学着王之信，一半英文一半闽南语地混在一起，拉着哈瑞往外走，走啊走啊，去"驾崩"！去"驾崩"！哈瑞只能稀里糊涂地跟着走。中国话非常有意思，除了通用的官话，各个地方还有各个地方的土话。这些土话听起来完全不一样，有时候不同的话还会打架。王之信的家乡说闽南语，据说是两千多年前的官话。这种语言可以编出很多童谣，他曾教过我一首关于萤火虫的，"火焰姑，人人爱，请恁公阿来吃菜……"那明明是一首并没有任何旋律的童谣，但当他用闽南语念出来时却有一种强烈的节奏感，又带着高低起伏的韵律，可惜我怎么学都记不住。我能记住的只有简单的几个词，"真漂亮"是"呀【sui】"，"真香"是"呀【pang】"。最有意思的是这个"驾崩"，它的意思其实是吃饭。你看，这样这样……当时，他让我特别留意他的唇形，第二个字双唇爆发音以猎枪"砰砰"响为

212

基础，只需要把音调往下压。"砰"字的鼻音气息是更多往头腔上部走的，而"崩"字的鼻音气息则更多是往头腔的前下部走。他的方法很管用，一会儿工夫，我就能跟着他"驾崩、驾崩"地念着。看我念得有模有样，他又笑着提醒我，什么时候你有机会去京城见上我们皇帝，你千万不能用闽南语喊皇上吃饭哪，会被砍头的！我"驾崩"来"驾崩"去，哈瑞一点儿都不感兴趣。他跟你说了什么？他问。

没说什么。

他一定跟你说了什么。

真的没说什么。他就是希望将来我去中国找他。

他没邀请我？

当然有，他让我们一起去呢。

一顿愉快的晚餐。小溪鱼做的炸鱼薯条果然更加美味，哈瑞打到的山鸡做成的山鸡蘑菇汤鲜得不行。大家兴致都很高，喝了很多酒，我跟哈瑞都睡过了头。简单吃过饭，左等右等一直没看见两个中国人。他们的房间收拾得很干净，包裹也不在了，桌上留着一张字条。"有急事需要先行，我们提前出发了。一路平安！"所有的问题似乎都有了答案。

马车都在，他们怎么走的？哈瑞问。

他们骑马走的，天没亮就走了。印度园丁说，有人牵了马匹来，应该是之前就约好的吧。

真不知这些中国人在玩什么把戏。莫名其妙！哈瑞非常生气。史密斯先生还在休息，我们不便打搅，只能出发。下山的速度快了许多，到加尔各答时才下午四点。安顿好那些茶苗，我们正商量着先去买船票，然后去照相馆取了照片再去吃饭，史密斯先生带着人来了。他们检查了我们牛车里的茶苗，又翻看了我们的行李。怎么啦？发生什么事了？哈瑞问。

工人中午才发现那几棵本山茶树不见了，它们被连根拔起，一棵都不留，甚至都没有任何一根树枝留在现场。史密斯先生没有再往下说，但我猜到了什么。

肯定是那两个中国人，他们天没亮就走，一定干了什么见不得人的勾当。我一直认为他们是政府派来的。哈瑞恶狠狠地说，走就走，还要拔几棵本山茶树走，这什么意思？

有没有可能那些是铁观音？史密斯先生说。

肯定是，肯定是！哈瑞连声赞同道，这些狡猾的中国人。

这个可爱的中国人。我想。

14

Hi，瑞恰得，最近是不是又升迁啦？看你高兴的。

哪里哪里，再升也赶不上你呀，还要跟你多学习呀！

Hi，杰森，什么时候带我认识一下勋爵呀？

哈瑞，你可真会说笑，勋爵跟你舅舅可是老朋友啦！

Hi，亲爱的爱丽丝，最近气色很好哇，人更漂亮了！

讨厌的哈瑞，一直都不来关心人家，人家最近都睡不好呢。

让你父亲赶紧把嫁妆准备好，我马上来娶你。有我陪伴，你肯定会睡得很香。

Hi，比尔，今年的茶很不错呀，能不能透露玄机呀！

少来哄我，谁不知道你们的茶更好！

⋯⋯⋯⋯⋯

哈瑞像是一只勤劳的蜜蜂，不停地在各个茶桌间穿梭。这只蜜蜂过于肥胖,我总是忍不住要替他担起心来,那个浑圆的肚子万一顶在两张椅子中间动弹不得该如何是好?当然,我的担心完全多余,这样的场景没有出现。对于这样的场合,他已经应对自如。"红茶中的香槟"大吉岭春茶品赏会已经连续举办四年了。往年,都是亨利先生带着他来参加。今年,人还在英国处理公司事宜的亨利先生赶不上这场盛会,哈瑞便拽上了我。现在,他已经是希尔公司的小股东,是公司在阿萨姆地区的负责人,我则接替了他原来的角色。这么多年,他见过无数世面,喝过无数好茶,非常懂得跟不同的人说不同的话,喝茶的时间明显也多了起来,但他还没完全学会如何正确鉴定一泡茶。这恰是我擅长的。这就是那个万物守恒定律的作用原理。我的舌头在这种社交场合极不灵活,但一碰上茶水便成了一条游弋自如的鱼。我把王之信当年教授的那个品铁观音的方法,照搬过来应用在红茶的品鉴上。事实证明,无论是对于香气的衡量,还是对于口感的把握,这个方法都极其管用。经得起舌头充分接触和感觉,不苦不涩满嘴舒服的一定是好茶。我现在是公司的首席茶叶品鉴师。上个月,约翰叔叔来信说,托尼,如果你现在回到伦敦,肯定有很多家茶馆会争着抢你!我很高兴他这么看好我。我来阿萨姆的第二年,他发了笔小财,让我继续回英国完成学业,我拒绝了。后来,他又提出在伦敦开个茶馆让我打理。但我还是更想去中国。再后来,他给我介绍了乖巧的女朋友——世间真有又乖又巧的女孩儿,现在,她是我的妻子,我们一起在阿萨姆生活。等攒够钱,我们打算来一趟中国之旅。

我不喜欢这样喧闹的场合,它始终无法让人安下心来细品。与其说这是春茶品赏会,莫若说这更像是一场茶界的交际会。绿色的草地,分散的小圆桌,洁白的桌布,像树一般站得直挺挺的黑人用人,白衬衫、硬挺的西装、绷紧的马甲,拖地的白色礼服、白礼帽、白手套，说不完的客套，喜气洋洋的寒暄，如果不是有远处喜马拉雅的皑皑雪山，近处冷杉树林层叠而上的苍翠，谁都有可能误以为这是在伦敦。我跟哈瑞打了个招呼，想四处走走。等等，等等！哈瑞一把拉住了我，一脸神秘地说，走，走，带你见一个老朋友，你会喜欢的！我一个猛转身，跟身后一个强壮的雷布查人撞到了一起。雷布查人手上拿着的一包东西也撞到了地上，我一边跟他道歉，一边帮他把东西捡了起来。他愣愣地接过东西，不停地对我说着，谢谢谢谢！坐在一旁的大吉岭茶叶公司生产部经理大声呵斥着雷布查人，雷布查人赶紧把手上的东西递给那个经理。哈瑞拿手往我肩上一搭，走，走，走。他最大的特点就是热心，整个品赏会的重心完全是没完没了地介绍人让我认识。托尼，托尼，这位是梅尔公司的经理霍尔先生，整个阿萨姆长得最帅的经理，如果你想知道如何泡妞，那问他肯定没错。托尼，托尼，这位是疗养院的院长助理肯特先生，很快他就要接任院长了。如果你关心总督官邸什么时候可以建好，大吉岭上是不是真的要修建铁路，你都可以问他。托尼，托尼，这位可是我们的大英雄亨特少校，你不能只关心你的那些小事。他是个聪明的人，正利用各种场合弥合与我之间的缝隙。前不久，我的方案再次被他否决。我希望他给公司董事会提议对种植园制度进行改革，方案借鉴了苏格兰人詹姆斯·泰勒在锡兰经营的卢勒康德拉种植园的做法。在那里，茶叶的制作与销售由各个茶园独立负责，每个种植园都是独立的小村落，有着情人崖、伯加哈茶村、波菩蕊丝小镇等一些听起来非常亲切美好的名字。他的劳工是自由的，每年稻谷要播种的季节，劳工们可以沿着北方通道回印度耕作自家的田地。就在前不久的茶叶拍卖会上，泰勒的二十三磅红茶卖出了四英镑七先令。哈瑞说，连上报都不用上报，董事会不会同意的。一来，跟黑人谈什么自由？我们给他们自由，谁来为公司支付增加的成本？二来，把权力都下放给各个种植园，那还要我们这些总部的人干什么？后来，我做了让步，或者给黑人加薪，或者给他们自由。哈瑞大笑，公司聘请你是让你来为公司创造财富，不是让你来当救世主的！这话说得非常难听，我好几天不跟他说话。

原来是史密斯先生，他现在已经调任加尔各答植物园的主管。跟六年前相比，他瘦了许多，背也微微往后驼，眼睛里没有任何一点儿光。哈瑞拍着自己的肚皮说，真羡慕你这么好的身材，不像我这，费布又费力！史密斯先生倒也直言不讳，说他生了一场大病，可能这一两年就会申请调回英国。我表示了遗憾，不知该从哪里安慰起。这样好这样好！哈瑞马上生出很多话来，他总能化解尴尬。你肯定是水土不服，回英国休养一段时间就好了！好了还可以再来嘛！这些话其实很有问题。他的老婆第一次来印度便"水土不服"，回英国后便没有再来。他最近也在申请回英国工作，但他从来不说。我看他一眼。史密斯先生突然问了我一句，你上次带去的那个茶还有没有？

什么茶？哈瑞很好奇。

噢，那是我们公司做的红茶。我赶紧接过话，我希望史密斯先生理解我的用意。那次你不是让我带人去萨哈兰普尔买茶苗？就是那次，我带了一点儿公司的茶请史密斯先生帮忙鉴定鉴定。

是是是，那红茶还真不错。史密斯先生果然聪明。

他说的其实是王之信送给我的那泡茶。回公司驻地后，我自己曾经一个人泡过两次。果真比之前的那泡更厚重更滑润。如果茶汤的软滑可以用织物来形容的话，那么之前冲泡的那一泡应该是纯棉布料的，它厚实、豪气，但也显得相对粗野；而小青花瓷茶罐里的这泡茶该是<u>丝绸</u>质地的，细腻、绵软、优雅，它紧密柔软地包裹着唇舌，那种香和韵持久在口腔里回荡。无论是红茶还是绿茶,都可以随时随地,一个人一大杯一大杯地往下喝,但喝铁观音不行。它需要至少有一人可以对饮,然后彼此交流,否则就会怅然若失,不吐不快。就像中国古代有位琴师俞伯牙,遇上知音钟子期,才有了千古绝曲《高山流水》。从我到阿萨姆的那年冬天开始,公司抓住灾难来临的机遇,陆续收购了周边区域的许多茶园。时间像是淘沙的流水,现在掌控阿萨姆绝大多数茶叶生产的是阿萨姆茶叶公司、乔里豪特公司和我们的希尔公司,另有十几家小型茶叶公司只是一息尚存,估计也扛不了多久。大量收购新茶园的那两三年,公司每年都派人去植物园购买茶苗。第一年是我去的,我把那小罐茶也带去了。那天,嗅着杯中的茶香,我不禁赞叹,如您所说,这真的是能触动灵魂的香,会让人经常想念。

史密斯先生闭上双眼,深嗅着盖子上的茶香,吸气,吸气。我没有打扰他,等待他慢慢地喝下那杯茶,久久才说出那一句令人震惊的话。这绝对是一泡有灵魂的茶!跟它相比,所有的茶都是没有灵魂的。他的眼睛里闪出不一样的光芒。他说,这种香经过岁月的沉淀会更加沉稳,更加含蓄,有思想深度的人也是这样。史密斯先生没让我失望,他确实是个懂茶的人。眼下,我只能表示遗憾。早知道会在大吉岭见上你,我就把那一点点茶带过来了。

也好,就这么心生想念也是一种美好。史密斯先生没有多说什么。

15

我们像是在打着我们两个人才懂的暗语。哈瑞感兴趣的似乎也不是谈话,而是打招呼。他的眼睛像探照灯,在草地上四处扫射,他又发现了新的对象。他招呼我一起过去。我厌倦这种无效的社交活动，只需转个身，我几乎已经忘记他们谁是谁。我婉拒他的邀请。眼见这只胖蜜蜂又在桌椅间忙碌穿梭，我们找了个地方坐下来。可以聊的话题很多，史密斯先生是个博物学家。不停有人过来打招呼，他偶尔也会跟我介绍，这位是"会说话的图书馆"坎贝尔医生的侄子，正是他在大吉岭上开辟出大英帝国茶叶种植事业；这位是胡克先生的学生，胡克是个植物学家，他是达尔文的密友，他出版了著名的《喜马拉雅日记》……这才只是开始。然后，他会跟我讲坎贝尔医生和胡克的故事。大吉岭与中国西藏及尼泊尔、不丹、锡金毗邻，邻国军队常常光顾这片土地。二三十年前，大吉岭还属于锡金王公的领地，东印度公司租用大吉岭作为军人疗养院，疗养院的坎贝尔医生把戈登博士带回来的种子撒在附近的山坡上，学会了喜马拉雅山当地居民的语言，深入研究了当地人的生活习俗，甚至包括廓尔喀人和雷布查人的宗教仪式。一八四九年，胡克正在喜马拉雅山脉开展植物考察研究，狂热的植物学爱好者坎贝尔决定追随其左右。当他们走到卓拉垭口，眼看胜利在望，锡金王公派人逮捕了他们。东印度公司旋即派出军队，两人获释，大吉岭也正式纳入女王的版图。就这样，刚在大吉岭坐过六星期牢的坎贝尔医生直接被任命为该地区英方驻地官员。两年后，他在这里种下了福钧带回来的中国茶籽。可惜苏伊士运河通航不久，他就回到了英国。

他们都是了不起的植物学家，都为女王为大英帝国的文化带来了数十种的植物，让我们构建全球植物贸易王国指日可待。史密斯先生赞叹道。

您也是。

不，还不是。但很快就是了。史密斯先生看着手中的茶杯，意味深长地说。过不了多久,这杯中的茶也会换成铁观音了。见我愣怔着,他的脸上挂起胜利者的微笑。是真的,你别不信,这还要感谢你的那泡好茶。几年前,我就交代人去找铁观音茶苗,去年还真让一个洋行的买办给找到了。那些茶苗已经送到萨哈兰普尔植物园,不出意外,再过三年大吉岭上也可以种上铁观音茶树了。比较要命的是这个茶种需要做成乌龙茶,制作工艺很复杂。之前有广州和武夷山来的中国劳工说会做,结果做出来的什么都不像。这完全没有道理,武夷山也有乌龙茶,按理他们应该也会做才对。安溪的那些茶师把这个当成他们老祖宗的遗产,坚决不肯外传,人也不愿意来,给再多工资也不愿意。这真是麻烦。

什么东西咬了我一下,瞬间便没有了交流的欲望。我后悔当年没有听王之信的话。现在,这确实是个麻烦,我惹下的麻烦。植物园的现任主管过来打招呼,我借机起身。蓝天、白云、青山、绿树,都是白日里最好的光景。这里看起来已经初具一座山城的雏形。原本只有一座提供给军人和政府雇员休闲避暑的疗养院,后来依着山势又多整出几块平地,多建了几座房子。现在,附近又新建了几座欧式小别墅,有几十个英国家庭在这里定居生活。疗养院区域是几座风格统一的平房,都带着舒适的小凉台,凉台上摆着可以泡茶的小圆桌。院区内设有网球场、小型板球场、医务室、棋牌室、图书室、活动室,以及一个小商铺,还布置了两间供孩子们学习的教室。两个雷布查园丁在花园里,一个在拔草,一个在种花;两个夏尔巴人在马车棚里,一个在整理马车座位,一个在梳洗马匹;几个尼泊尔妇女正在打扫房间,一个给窗台上的花浇水,两个正在晾晒衣服;一个强壮的雷布查人拉着马匹往马车棚走,经过我跟前,那人突然停了下来,对着我鞠了一个躬。是刚才那个跟我相撞的人。我觉得这个印度人过于礼貌了，没想到他又说了一句，感谢您……他后半截说了什么，我没有听到。马车棚里有个夏尔巴人在叫他，说他们马上要出发了，夏尔巴人的声音非常大。我微笑点头，算是回应他。我想他一定是认错人了。

几十米外，一座新建的学校正在装修。一个苏格兰传教士急急走在小道上，前方不远处正在建设中的圣安德鲁教堂已经露出标志性的哥特式尖顶。一条窄窄的街道，几间小店铺，一家小诊所，以后，街道会拓宽，周边还会陆续建起医院、银行，一条宽阔的上山公路盘绕着山体蜿蜒，再过几年，顺着这条山路将会开建铁路。到时，蒸汽火车将替代牛车把山上的茶叶运往山下，运到加尔各答，时间将从三天缩短到八个小时。山路两旁东一处西一处散落着低矮的木头房子，常常是三五间成群，七八间结队，房子里住着马尔瓦尔人、比哈里人、廓尔喀人……更多的是尼泊尔人。尼泊尔人的房子周边通常都有他们分散种植的小块茶园。陡峭的山坡上规模壮观的连片茶园，像是起伏的绿色波浪，大吉岭茶叶公司的监工正指挥一大群孟加拉人在茶园里劳作。再过十几天，今年第二茬的采摘即将开始，他们正忙着给茶树抓虫、拔草。更远的地方，喜马拉雅雪山在阳光下发出晃眼的冷光，一闪一闪，蓝天被它映衬得格外蓝，格外醒目。

几个英国小孩儿在一片空地上玩儿，两个男孩儿在踢球，五六个在做游戏。两个男孩子拿手搭出一顶轿子，手轿上坐着一个小女孩儿，前方两个男孩儿做着敲锣打鼓的样子，旁边一个头上插朵花的女孩儿把手搭在手轿上。这不像英国人的游戏。果不其然，他们一边往前走，一边齐声念了起来："天顶一点红，地下甘草十二丛。李花开，桃花红，松柏籽，做媒人。做哪里？做大房。大房人刮猪，小房人刮羊，敲锣打鼓娶新娘。新娘新当当，饰裤鞋袜百二双，叫你一双阮穿甲无甘，乎老鼠咬去塞壁空。"他们并非在唱歌，可那些念出来的一个接一个词里带着一种高低起伏的旋律和节奏，男孩儿搭起的那顶手轿也随着节奏有规律地上下颠晃起伏。那些词我从未听过，但那种节奏和旋律又分明有着些许的熟悉。我突然意识到，这应该也是一首闽南语童谣。英国小孩儿怎么会念闽南歌谣？难道这附近也有闽南人。我加快脚步追了上去，拦住那几个小孩儿。坐在手轿上的那个小女孩儿告诉我，是后面小山坡民房里的小孩儿教的。我往山坡走，平地处有几间简易木房，这些木屋里住的都是中国茶师傅跟他们的妻子儿女，他们一般娶的都是印度女子。木房的柱子上挂着两三条新制的腊肉，正往下滴着油。几个孩子在木屋前奔跑、打闹，他们完全是中国人的模样，但他们后脑勺没有辫子。我用英语问他们，你们是不是有谁会说闽南话？他们听得懂英语，但不明白"闽南话"是个什么东西。我又问，那些英国小孩儿念的歌谣是你们教的？所有人都把目光投向一个七八岁的小男孩儿。

你是闽南人？

他摇头。

福建人？

他又摇头。

那歌谣是谁教给你的？

陈中国叔叔。他终于说出了一个人的名字，又往后面的山林指了指说，他在山上砍树。

16

果真就听到砍树的声音，我循着声音一直往里走。成片的冷杉树林郁郁葱葱，犹如一把把插向天空的长剑，间或一两棵白杨树、白桦树、橡树、榆树。每年的五月，春天要走未全走，夏天要来未全来，正是一年里最好的气候。七千英尺海拔，温度和湿度都不高不低。林子里的风吹在身上干干爽爽，清清凉凉。猩红的杜鹃花已经开败了，只剩下零零星星的三两朵。一棵树皮粗糙的大树上寄生着好几圈的石斛兰，它们整齐地开出紫粉色的花，煞是好看。声音越来越大，应该就在很近的地方了。我加快脚步往前走，声音就在此时戛然而止。我只能按着大概的方向继续往前走，又走了一两百米，并没有任何发现，只能倒退回来。我试着再往西面走。没走出几步，似乎听到东面传来什么声响，赶紧又掉转方向。果然很快就看见一棵高大的冷杉树直挺挺地倒在地上，前头像是有男人哭泣的声音？我踮着脚，轻轻走过去。一段崭新的冷杉树桩高出地面五六英寸，一个长辫子的中国人面朝树桩跪在地上，树桩上摆着几朵杜鹃花，几串山上的野果，还有一小碗米饭、一小段腊肉。他的手上举着两根点燃的香，做双手合十样，双肩不停抖动着，一句接一句我完全听不懂的话里带着哭腔。不知说了多久，他把香往树桩前的地上一插，开始磕起头来，一个，两个，三个——那正是中国的方向。见他起身，我这才走了过去。请问，你是陈中国？见他一脸诧异，我便把刚才歌谣的事情一说。所幸，他听得懂英语。

我就想请问一下，你是福建人？

是。

你教那些孩子的是闽南童谣？

是。

你是泉州人？

是。

你是安溪人？

不，不是。他的嗓子里像是支了台破旧的织布机，涩涩地卡在那儿，划拉不大过去。他的身材不高，有些壮实，眼睛很大，脸上密布冷杉一般粗糙的树皮，那是阳光深深眷顾过的痕迹。他像是急着离开。

你认识不认识一个安溪的制茶师傅，他叫陈金鼎？

不……不……不认识。他蹲下身把那碗饭和那段腊肉抓起来，转身就要离开。他一点儿都没有中国人的热情。

那你知道不知道大吉岭上还有没有安溪人？或者，还有没有姓陈的闽南人？

不知道不知道！没有没有！他不耐烦地摆着手，大跨步往前走。

我想我打扰了一个中国人的清静，他有理由对我无礼。上帝一定知道我的无心——如果没有第二天的再次见面，一切便都已经结束了。此次大吉岭的茶会其实还有另外两项内容叠加在一起。去年春天，一个叫杰克逊的年轻人在阿萨姆茶叶工厂的希利卡茶园发明了茶叶揉捻机，大吉岭今年第一次使用这个机器，他们拿四分之一的茶园进行试验。活动第一天下午，各个茶叶公司较量的是纯手工制作的茶。第二天上午，较量的则是半机械化制作的茶。来山庄度假的一位勋爵的生日恰在这天，所以还会在当天下午举办一场隆重的生日派对。勋爵的生日派对上，请大家品鉴的是大吉岭茶叶公司今年最好的两泡茶，一泡红茶一泡绿茶。红茶产自阿鲁拜里茶叶种植园，绿茶产自帕塔邦茶叶种植园。公司今年首次举行了制茶比赛，勋爵亲自为两个制茶师傅颁奖，他们每个人获得五十美金。我惊奇地发现，那个陈中国居然也站在领奖台上。他的眼睛始终没有抬起，像是被死死钉在身前六七英尺的地方。我在犹豫，要不要去表达祝贺。史密斯先生看到了我，特意走过来。我佩服所有能把一片平常无奇的树叶变成杯中香茗的制茶师傅,他们是茶叶的魔术师。他说着,举杯指向奖台,问,你说,他们有没有可能会做乌龙茶?我不知道该如何回答,但这提醒了我。我作势起身,要不,等下我去帮你问一下?

陈中国正要走下领奖台,有个矮个子中国人突然冲了上去。矮个子中国人揪住他的胸口,一拳打到他的脸上。他倒退了两步才站稳,一只鼻孔里流出了血。他拿手捂住鼻子,往上仰起头。台上台下顿时一片哗然。勋爵冲着疗养院的主管发了一通火,主管拿手一挥,几个士兵立马冲了上去,架起矮个子中国人就往外拖。他顾不得自己的鼻子,小跑着追上去,拦住了他们,说,这是个误会,误会!放开他!放他走!矮个子中国人趁势逃脱。眼见他走出绿地,我几步追了上去。陈中国,祝贺你!我把自己的手帕递给他。

没什么好祝贺的。他的脚停住了,但他的手一点儿不领我的好意。他说,这,只是个耻辱。

你赢了所有人。

我不想赢。

那你为什么要赢?

为了奖金。

你在攒钱?

…………

你想回中国?

…………

我可以帮助你。这句话如此急迫地溜出嘴,我才猛然想起,亨利先生终究没有兑现诺言,两个安溪人的泉州老乡至今还在我们的种植园里。

225

我不需要洋人的帮助。陈中国说得风轻云淡,一点儿不近人情。我看了史密斯先生一眼,他一直注视着我们。我善意地提醒,你现在是制茶能手,估计他们也不会轻易让你走。他冷冷一笑,手艺是说来就来、说走就走的。他没有继续交谈的想法,脚步已经迈开,我犹豫了一下还是跟了上去。有件事,我还是想提醒你一下。如果将来你们这儿有安溪的茶师傅过来,千万不要告诉人家是安溪过来的。

为什么?他转过身来。

他们正在找会做乌龙茶的人。不久的将来,可能这里也会种上铁观音。

做梦!我不可能让这里长出铁观音。他们种一棵我就拔一棵。

你们中国人怎么都一样啊?我笑了出来。

他们以为真能在这里种活铁观音?再说了,即便能种活它也会变成其他味。

如果是这样,那也就没什么好担心的了。我释然道,说实在话,你还真有那么一点儿像是安溪人,他们安溪人也是这么说的。

哪个安溪人?

我便跟他讲了王之信的故事,讲了王之信送我的那罐茶。印度之行,他们其实是要寻找一个叫陈金鼎的亲人。到了印度才知道,这事有如大海捞针。这七八年来,我试图帮他们寻找,可惜一直没有消息。讲到这儿,陈中国突然问道,你说那两个安溪人叫什么名字?我把名字告诉了他,还给他看了我跟王之信的合照。照片上的王之信鼻梁高高挺挺,眼睛长长扁扁。情形似乎在这里发生了改变。他呼了一口长气说,其实,我认识那个陈金鼎。

可惜,他死了。几年前就死了。陈中国说。

17

哈瑞要陪勋爵去打猎,我多了一天的时间。这两个晚上他都陪着勋爵。一个晚上打牌,一个晚上打网球,他的十八般武艺全都派上了用场。大吉岭上最不缺的就是大人物,军界政界的都有,而大人物身边特别需要哈瑞这样的人才。勋爵是个狂热的狩猎高手。据说,他只比那个富有传奇色彩的罗格斯少校少猎了二百零八头大象。一千三百五十六头,这是一个很难超越的纪录。在猎杀了他生命里的最后一头大象后,那位少校被雷电击中,暴尸荒野。这以后,勋爵也不再猎杀大象了。大概他知道,上帝对少校的惩罚是有原因的。更大的可能性还在于,他们家从餐具的手柄、家具的把手,到台球桌上的球、钢琴上的琴键、螺丝刀的握把,再到甚至纯粹只是成为摆设的中国毛笔上的木柄,中国围棋棋盘上的白色棋子,全部都用象牙换了个遍。工业革命在他家得到淋漓尽致的体现,他们现在可真的是住在象牙塔里的人了。如果再这么猎杀下去,除非他把家里的用人也换成全象牙做的,否则,再大的家也装不下。这回,他要猎杀的是豹,他最近新找的小情人尤其喜欢豹纹装。哈瑞希望勋爵给他一个效力的机会,除了之前送给方方面面头头脑脑的权贵,他在阿萨姆至少还存有六张豹子皮。但勋爵是个绅士,他可不允许自己给爱情造假。他说,我怎么可以让她的身上沾染其他男人的气息?当我的子弹射穿豹子的胸膛,也会射中她的芳心。穿着我猎杀的豹皮,她便能时时感受我的爱。他发誓一定要让子弹打穿它的头部,不在豹身上留下枪眼,这样她穿上的豹皮才是完美的。说这话的时候,他咧着嘴笑。

他们要去的树林离山庄有较远的距离,那里经常有虎豹出没。天还没亮透,他们就出发了。我也没了睡意。我的计划是,先去教堂走走,再去印度当地人的寺庙里看看。然后,随便找一处开阔的地方静静地看会儿书,坐上那么一整天。在这里,呼吸山野的空气,吹吹山野的风,闻闻山野的花草香,什么事情都不做的感觉也很好。史密斯先生打乱了我的计划。吃过早餐,往房间走的路上,史密斯先生说,一会儿一起去散步,再带你去喝大吉岭的乌龙茶,我叫你。大吉岭有乌龙茶?我想我一定是听错了,但我不会拒绝一个资深茶人的好意。大吉岭茶叶公司的生产部经理带着我们沿着公路往下走。不时有牛车经过,下山的牛车上通常装的是茶叶,上山的牛车上通常装的是肉类、粮食和酒。从山上到山下,牛车需要走一整天。火车开通后,它将缩短到三个小时。女孩儿们跟着自己的母亲围在村口的水井边,母亲们负责打水、洗衣,女儿们负责把水缸顶在头上送回家,然后烧水做饭;男孩儿们捧着水缸里的井水喝,再随便抹把脸,就跟在父亲的身后上山伐木、砍柴、打猎……印度这几个产茶的大区域,数大吉岭的气候最好,海拔、湿度、温度都不高不低。无论经度还是纬度,它都处于一个相对中心的位置,往西是萨哈兰普尔,往东是阿萨姆。适合茶树生长的阿萨姆,是世界上最不适合人居住的地方。半年的雨季,再加上沼泽丛林,潮湿是最大的问题。这个季节,只要两天雨,被子都能拧出水来,再加上高温、闷热、蚊虫肆虐,空气都跟着发霉。大吉岭这里却凉爽得很,难怪政府和军队的官员们都喜欢来度假。

晨雾罩着整个大吉岭,最美的是翠绿的茶园。有时是雾的大片白里猛地吐出一点茶的绿,更多时候是茶园的大片绿蒙着一层透明的白纱。山顶浓厚的雾成团成簇,显得有些笨重,它们与天上的云连接在一起,遮住了山体的面目。山腰以下的雾又轻又薄,似乎轻轻一吹它们就会消逝。只是一个转眼,它们便又上升了几英寸。轻的重的,厚的薄的，看得见的看不见的，它们都在一点点往上飘移，像是高处有一双无形的大手，正把它们一点点往天上收。啾啾、喳喳、叽叽，鸟儿的声音渐渐稠密起来，像是被那些云雾滋润过，显得格外清脆，悦耳动听。它们遥相呼应，枝头一片嬉戏热闹。隐约传来读书声，一个男人在领读，两个孩童在跟读，那声音被阳光裹挟着投射下来的，有了一种明媚的味道。他们读的应该是中国的《论语》。"子曰：学而时习之，不亦乐乎？有朋自远方来，不亦乐乎？人不知而不愠，不亦君子乎？"当年王之信摇头晃脑地给我读过几段，讲了其中大概的意思，还讲到了那个名叫孔子的中国老师。经理有些厌烦地说，这些中国人有力气不用来研究制茶，每天都在念这些没用的东西。史密斯先生说，他们一定是怕忘了中国话怎么说。

　　走了大概有半个多小时，正要往回走，两匹马"嘚嘚嘚"地走上来，旁边跟着几个看热闹的尼泊尔人。前面的马匹上坐的是英国人，英国人手上抓着一根马鞭。后面的马匹上坐的是那个强壮的雷布查人，雷布查人手上拽着一条绳子，绳子的另一头绑在一个中国人手上，他的个子矮小，脚有点儿跛，脸上有一条条的血痕，昨天就是他打了陈中国一拳。矮个子中国人的双手被捆绑着往前拖，印度人在前头拽一下，他的身子就带动脚步往前跟跄地跌出几步。看得出来，他很疲惫，身子随时有倒下的危险。尼泊尔人提醒了前面的英国人，但他不为所动。他干脆走到后面，抽了中国人几鞭子，说，这些中国人放纵不得！我让他再逃！我让他再逃！中国人一边抬手挡着脸，一边左右颠晃着脚步，鞭子密密麻麻地落在他的身上。每个种植园都会有这种情况发生，鞭打、挨饿、加倍工作量，这些都是常用的惩罚。眼下，经理需要回去处理这项事宜，我们便跟着往回走。像是滚雪球一般，两匹马走到哪儿，不断有围观的人加进来。这场景看起来不是很舒服。拐过一道弯，陈中国带着两个孩子站在路旁。见到后面的矮个子中国人，他冲了过来，伸手就要抢拽在雷布查人手上的绳头，雷布查人迅速把绳索从左手换到右手，用力一拽。我看到雷布查人在笑，他的右嘴角夸张地上扬，右脸的肌肉紧密地堆积，他的嘴筒直占了大半张脸。上帝呀，加上八字须，穿上红色丝织品，他不就是当年去萨哈兰普尔植物园路上碰到的那个强盗？！他比当年胖了三分之一，难怪我认不出他来。

矮个子中国人被拖着拽着往前连跌了几步，我失声喊了句，小心！我愤怒地瞪了一眼雷布查人，他的笑突然僵在那里，手上的绳子也软了下来。抢不到雷布查人手上的绳头，陈中国跑到矮个子中国人身前，两手抓住绳子的中间靠后部位，用力往后一拽，雷布查人差点儿从马背上掉下来。再一拽，雷布查人只能放开手，矮个子中国人双腿一软，跪到了地上。眼看英国人的马匹又往后走，我实在看不下去了，对经理说，如果你们大吉岭用不着这么多制茶师傅，可以考虑送给我们希尔公司用，我们正缺茶师傅呢！史密斯先生也暗示说，别闹出人命来！经理这才叫住了英国人。陈中国赶紧跑过去扶起跪在地上的矮个子中国人，说，跟你说过，你这样是跑不掉的，你就不信！你就不信！矮个子中国人把他往边上推，别假惺惺地当好人了，滚开！一定是你举报的，是不是？是不是？陈中国愣住了，你说什么呢？矮个子中国人抓住陈中国的手臂，对着经理和史密斯先生喊了起来，你们不是一直要找会制作乌龙茶的人吗？他会！他是安溪人，他会！他手上就有一泡很好喝的乌龙茶！我喝过！陈中国慌了，扯开他的手，你说什么呢？别乱说！

人越聚越多，场面有些混乱，经理安排两个尼泊尔人把矮个子中国人扶上雷布查人坐的马，让他们先去厂部，雷布查人朝我的方向回了下头。围观的人很快就散了，陈中国看了我一眼就要往前走，经理叫住了他。他跟身边的两个男孩子交代了几句话，让他们先走。还是你比较聪明识时务！经理先夸了他一句，又转头对我们说，我就不明白这些中国人，有房子住，有工资，让他娶妻生子，他为什么要跑？他回中国不也是一样种茶制茶？我笑着回了句，人家回中国再苦再累种的可是自己的茶呀！经理讨了个没趣，又转回去对陈中国说，不用再瞒了吧？我们早知道你是安溪人。不，我不是。陈中国低下头说。

应该没有人否认自己的故乡。史密斯先生嘴角露出狡黠的笑，得逞的笑。中国人不是最讲究以茶待客？怎么样，能不能请我们喝上一杯？经理赶紧补上一句，是呀是呀，你带一泡到厂部去，我们在厂部等你。就在刚才，我还跟史密斯先生说要带他去找你喝茶呢！

不，我没有。

你知道史密斯先生是谁吗？他想喝你的茶那是在给你面子，你懂不懂？经理有些生气。史密斯比了个打住的动作，一脸微笑。他总是笑得如此斯文。他说，不想请我们也没关系，那就卖给我。陈中国又不说话了。谁都看得出来，他在犹豫。史密斯先生又说，多少钱？你说。我给你一百卢比，如何？他看一眼史密斯先生，又看一眼我。我很想跟他摇头，但史密斯先生也看着我。不，我没有，你们一定弄错了。他缓缓地说。史密斯先生这么友好，你怎么可以这种态度？经理厉声质问，你这傲慢的中国人！你以为你不说我们真的就没办法了吗？

是呀，你们得不到就会用偷用抢！这是你们最擅长的！陈中国冷冷地笑，冷杉树皮一样的脸更黑了。我真不明白，你们为什么就一直惦记着中国茶？一直喜欢当强盗？你们难道真的一点儿都不怕上帝再惩罚你们吗？

史密斯先生是个斯文人，他可不会像经理这么粗鲁野蛮。他点上一根雪茄，缓缓吐出一口烟，慢悠悠地说，这个世界谁不偷？可可树原本只长在墨西哥丛林，咖啡树原本只在中东沙漠生长，现在有多少个国家种可可和咖啡？

史密斯先生，不必对一个中国人这么客气的。经理把头伸过来，小声地嘀咕了一句。我有办法让他乖乖把茶拿出来。算了，算了，没意思了。史密斯先生摆了摆手，别过头。他将双手别在身后，晃晃荡荡走在前头，经理赶紧追了上去。故事本应到此结束，可是没有。我正想加快脚步去追赶他们，陈中国抢先一步走到我身边。他悄悄说了句，太阳落山时，你来小树林，我有东西给你。还没等我反应过来，他已经一路小跑，跑过经理，跑过史密斯先生。太阳就在这一刻突然从云层间蹦了出来，万道阳光照射在他的身上，随着他起伏、跳跃。一路都是光芒。

河流认准了悬崖的方向，时间也学会了奔跑。深蓝、浅蓝、灰蓝、灰色，大吉岭的天空不停变幻着色彩。当天边泼洒出成片成片的墨色，连绵的山峰顶部铺叠上最后的一层殷红与一层金黄，涌动成最后的霞光。冷杉树下的天色比外面暗了一两分，陈中国提前点起了一小堆篝火，以迎接夜晚的来临。我们在篝火边坐了下来，离晚饭还有整整一个小时。他递给我一小包用纸包着的东西，说，早上他们说的乌龙茶。这场景似乎有些熟悉，我顿在那里。你不是说没有啦？

对他们没有。对你，有。你不一样。陈中国指了指那包茶，不好意思地说，当然比不了他们给你的那包铁观音，这个是用肉桂茶叶做的。还没等到我接话说"谢谢"，他又往下说出了一句。给你讲个故事吧。火苗在闪烁，蓝色的、红色的、金黄色，他故事里的色彩比这更丰富。一开始是暗淡的，偶尔带些灿烂的金黄。他六岁成孤儿，投靠观音岩上的姨妈。大他十八岁的表哥总把他当儿子一样管理，好在聪明的"小算盘"把他当朋友。慢慢地，故事变成了大红色。他在私塾里读不下书，跑去武夷山跟姨父学制茶，很快就成了小有名气的茶师，绿茶、红茶、乌龙茶样样拿手。后来，又变成了忧郁灰。他到表哥开在厦门的茶铺当伙计，"小算盘"当上了二掌柜，关系有些疏远。那天，有个英国人找"小算盘"的麻烦，他三下五除二直接把人打趴下。再后来，便是无边无际的黑。在码头躲了一夜，说好了第二天卯时送盘缠给他，哪想到，表哥和"小算盘"带着衙役来了，他只能登上驶往印度的船。故事中的表哥时而是深沉蓝，时而是温暖橙，"小算盘"则时而是活泼绿，时而是聪明紫。

很后悔当初离开了中国，我一直不敢结婚，怕回不去，可是，可是……陈中国面朝故乡，无奈地摇头，泪水开始在眼眶里打转。可，还是回不去。

回得去的，回得去的！我说过，我可以帮你。我拍着他的肩膀，希望能够安慰到他。你表哥要知道你在这里，也一定会来找你，他那么有钱，他一定会出钱来赎你。不知为何，我的脑袋里突然闪过雷布查人的身影。如果有他的帮助，情况将完全不一样。我想。

你说，表哥和"小算盘"来印度找过我？他们真的来找过我？陈中国呜呜呜地哭了起来，像个孩童。可惜我运气不好，他们去了阿萨姆，去了萨哈兰普尔，他们没来大吉岭……

你就是陈金鼎？林老板是你表哥？王之信是"小算盘"？我惊叫了出来。那两个衙役肯定不是去抓你的，肯定不是！万一他们是去保护你的呢？我看到熊熊的火焰映照着他，他的脑门可真光亮，他的辫子可真长，他的眼睛可真大。

18

开幕式刚结束,副省长、市长、县长等几级领导陪同联合国粮农组织官员参观展厅,安迪瞅了个空当溜出大部队。助理扛着长枪短炮,背着大包小件,气喘吁吁地追了上来。安迪把西装外套一脱,往助理手肘上一搭,又接过他递来的衣服,两只手臂一伸,四个大口袋的马甲上了身。再抓过他挎在手臂上的背包往身上一背,抓起挂在他脖子上的单反相机往脖子上一套,几分钟前还西装革履、在嘉宾席上就座的英国Golden Leaf贸易公司代表,转眼就完成中国妻子交代的使命,变回"外国人吃中国茶"的摄影师兼主播。他推出拍摄杆,边走边说,朋友们,今天是二〇一八年十月十八日,此刻,我正在首届海上丝绸之路国际茶业博览会的现场。说实在话,博览会比我预想的规模更大、规格更高、影响力更大。我很庆幸我来了,我来到了乌龙茶的故乡——安溪。走,吃茶去!

优雅的音乐声起,开幕式的主礼台秒变成茶艺展示空间。一个个身着水墨旗袍的姑娘款款上台,东道主安溪的铁观音茶艺表演像一幅画徐徐展开。神入茶境、展示茶具、烹煮泉水、沐淋瓯杯、观音入宫、三龙护鼎、观音出海……安迪的镜头向展厅推进。先是一楼国际展厅,亚洲展区的印度馆、斯里兰卡馆、越南馆、印度尼西亚馆、土耳其馆、伊朗馆,清一色展示的是红茶,日本馆展示的是绿茶;非洲展区有肯尼亚馆、乌干达馆、坦桑尼亚馆、马拉维馆、津巴布韦馆;美洲展区阿根廷馆展示的有马黛茶、红茶……镜头在茶品体验区多了一些停留。这边做的是丝袜奶茶,师傅们把红碎茶灌进女人穿的丝袜里,扔进烧水壶里煮;那边做的是一种"鸳鸯"的热饮,将咖啡与茶交融在一起；这边做的是印度大吉岭的马萨拉茶，碎红茶煮出来的茶水加入奶和糖，再加入印度特有的各种香料，茴香、胡椒、豆蔻等；那边做的是美国俄勒冈州波特兰市一种叫作"麦特"的茶鸡尾酒，乌龙茶和伏特加酒、杜松子酒、糖腌姜汁混在一起……接着是二楼中国展厅，绿茶、红茶、乌龙茶、黄茶、白茶、黑茶等六大茶类应有尽有，纯茶冲泡，冲泡器具琳琅满目，有白瓷盖瓯，有透明的玻璃杯，有造型各异的紫砂壶，还有银壶、不锈钢壶等。再往上是三楼安溪展厅，都是乌龙茶，除了铁观音，还有本山、毛蟹、黄金桂、梅占、水仙，还有野生茶。

不知哪里拥来的一股人流，安迪被推动着往前走。他一个趔趄，赶紧收起拍摄杆。几家电视台的记者同时把话筒往前伸出，他抻长脖子一看，一个戴眼镜的中年人正在接受采访，那人长一双又细又长的丹凤眼，鼻子又高又挺，一脸的书卷气。安迪不想凑热闹，矮下身子往边上闪躲。那中年人的声音在头顶上绕，安溪铁观音一茶有三香，清香、浓香、陈香，最大的特征便是香。说我们是好喝的香水，一点儿都不为过。安迪有点儿挪不动脚步了。那人继续往下说，因为特殊的土壤气候，在我们观音岩上采制的茶叶更有一种独特的韵味。有人问，何为韵？要我说，韵就是一种令人回味、引人思考的东西。他远远地站着听。有茶艺小姐几次走过来请他入座，他拒绝了，径自在展馆里转悠起来。企业名为"王记"，展馆的布置既时尚，又保留几分传统。居中位置有一张茶叶出口数据表和区域分布图，出口数量从几百吨到几千吨，几乎年年递增，出口到日本、英国、美国、印度、乍得等二十几个国家和地区。还有一张国内门店分布图，从北京到上海、浙江、广东、湖北，总共一千多家。左侧展厅，墙板上著名女影星婀娜地S形站立，双手展示"香见"礼盒，礼盒上方写着清香型铁观音的主打广告语"香见,并不恨晚";右侧展厅则是一个老者站在城市的广场上遥望远方的红砖大厝,大厝门前摆着一张茶桌,茶桌上一个茶盘、五六个茶杯,茶桌边上打出一句"故香,装在茶杯里跟你远游的故乡"。这形成一种强烈的反差。他拿起架子上浓香型的茶礼盒,小泡独立包装上印着的另一句广告语"心里有故乡,杯中有故香"。他举起相机一阵猛拍,又掏出手机录起视频。待他录好视频,有人走过来打招呼。您好哇,茗哥!

您认识我?安迪有些惊讶。眼前正是刚才那个丹凤眼中年人,记者们都走了。

做茶叶出口贸易的怎能不认识茗哥?中年人递上名片,说,王记茶业董事长王子衿,多指教。我儿子在英国留学,他比我更早关注您的"外国人吃中国茶",抖音号做得很有意思。那期做宋朝点茶的,记得您当时还说了一句,早在一千多年前的宋元时期,中国便是世界海洋贸易的中心,我特别认可。他做了个请的动作,先喝杯茶吧!茗哥喝什么茶?安迪笑着指了指墙上的老者说,就这"故香"吧。

一小袋茶颗粒入了白瓷盖瓯,发出清脆的吭啷响。对坐的两个男人,对饮的一泡"故香",话题像这醇厚的茶水般汩汩而出。他们从《诗经》中的"荼"聊起,聊到茶马互市,聊到陆羽的《茶经》,聊到中国茶风靡全球的十七八世纪,再聊到植物猎人福钧盗茶的经历。安迪摇头感慨,如果当初福钧盗茶没有成功,那么当今有可能依然是中国茶一统天下。王子衿继续往盖瓯里冲水,白色的水汽蒸腾起来,他微微一笑,说,没事,偷已经偷了,好在有些东西是偷不走的。您看,现在世界上能够种植和出口乌龙茶的,依然只有中国,乌龙茶绝对是最有魅力的茶。即使是印度、斯里兰卡、日本、肯尼亚这样的产茶国,他们也要找我们进口乌龙茶不是?他往安迪的茶杯里续上茶水,继续说,历史既然无法改变,那么最好的办法就是在回望中一次次提醒自己。安迪赞许道,是是,就像这茶看似越喝越淡,但有些东西总会留在心底。对了,刚才似乎听您提到观音岩?这是一个地名?

是呀。

安溪果真有个地方叫观音岩?

没错,我就是观音岩的人。

那一百五十年前,你们观音岩上不会真有一个叫王之信的茶铺伙计吧?安迪像是在开玩笑,他的老板叫林秉全,他还有个好朋友叫陈金鼎,是个制茶师傅。

后面两个我不知道,我天祖就是之信公,我不知道你说的是不是他?

他去过印度?去过巴城?也就是今天的印尼雅加达。

有哇,他一直在巴城开茶铺。印度,应该也去过。

天哪!安迪惊呆了。他取下自己的背包,取出一本老旧的英文书,说,这是我老祖宗一百多年前写的书,我们一直以为他写的是虚构的小说,看来这一切都是真的。历史真的是一个说不清的轮回。他翻开序言念出一段文字:负责管理茶叶种植园的英国白人正悠闲地坐在院子里喝着美妙的下午茶,愉快地探讨猎杀一头大象更简易的方法,惋惜今天的晚餐吃不到孔雀肉。离他们两三百米的茶园里,印度人和孟加拉黑人们身受监工的鞭子,头顶火球般的太阳,他们在砍树、割草、刨根、挖土,开垦新的茶园。他们光着的后背被抽裂,一条条交叉的血路斑驳。又一鞭子下去,一片乌黑从他们的后背急速蹿起,在空中四散开去。那是蚊子,吸血的蚊子,它们与不远处的白人经理们共同吸噬黑人的血。他们的茶杯那么精美,茶杯里的茶那么香,可是却充盈着血腥。我必须逃离这里。我向往中国,向往茶叶的故乡,更向往再次见到那几个中国人。这像极了他们家乡的铁观音,饮过一次,便怀念一生。他又翻到最后一页,说,你看,这里还有我们先辈的合影,你天祖年轻时可真瘦哇!

王子衿端详着照片,看了许久。合上英文书时,他说,印度之泪?我觉得这书名太过悲伤。悲伤总是短暂,美好更加绵长。

我也觉得。如果我的老祖宗能穿越回来,能穿越来中国,来安溪,他一定也想换个题目。安迪拿起桌上的茶叶外包装,指着上面的两个字说,故香,这个如何?

我看可以。

某日的下午茶

【授奖词】

《某日的下午茶》是贴着地面飞翔的作品，既坚韧沉实又气定神闲，同时布下重重生活疑团。杨小凡在不动声色中凝神聚气，品茶悟道，用茶重建与陌生人的精神关联，蔓延出"知音"的无尽变化，探究了人与人之间的因缘和背叛，而这一切不仅呈示出主人公的动荡感和命运感，更彰显出作者观察世界的锐利与宽宏。细密叙事，开阔气质，思辨精神，悲悯情怀，共同构成了杨小凡不凡的文学王国。

有鉴于此，特授予杨小凡《某日的下午茶》第二届曹雪芹华语文学大奖·短篇小说奖。

作者简介

　　杨小凡，1967年生，安徽亳州人。中国作家协会会员。曾在《人民文学》《收获》《当代》《十月》《花城》等刊发表作品四百多万字，多部小说被《小说选刊》《中华文学选刊》等刊转载，著有长篇小说《酒殇》《窄门》《天命》《楼市》，中短篇小说集《药都笔记》《玩笑》《欢乐》《流逝的面孔》等。曾获《小说选刊》最受读者欢迎奖、中国报告文学奖、安徽省政府文学奖、鲁彦周文学奖、冰心儿童图书奖等奖项。编剧和改编电影四部。

深秋的一天下午，具体哪一天记不太清楚了，暂且叫作某日吧。

为一桩小三害死恩人丈夫又反告恩人的狗血官司，我在南方某城连续工作了二十多天，虽然还未开庭，身心都已疲惫至极。回到家里，睡了十几个小时。过了午，觉得该起床了，腰身依然倦怠得很，倚在床头时又无端地觉得烦闷和失落。为了朋友的一句托请，为了少得可怜的代理费，怎么就接下了这桩官司呢？活着是累的，也庸俗得很，总归是免不了情与钱。

一边洗漱，一边这么胡乱地想着，眼前的一切似乎都不太真实。

半个月没进书房了。摇开落地窗帘，窗外梧桐树的金黄扑过来。啊，已然到深秋。拉开玻璃，一丝桂花的沉香飘进来，金黄的桂花虽已干成一团团深褐色，却依然残留着余香，这就是万物皆留香吧。

这时刻，喝茶是最相宜的，我确实也有些渴了，是那种久睡后来自身体深处的干渴。

这个时节，午后提神破闷，武夷山的肉桂是最适合的。牛栏坑的"牛肉"当然更好，马头岩的"马肉"也还不错，琥珀色的茶汤骨力苍劲，收敛而霸道，如一股开阔自由的山风迎面入喉，能浸透全身。

在冰柜里翻了半天，竟没找到肉桂。按我的习惯，这个时候喝红茶是有点儿早了，温热适中的乌龙是相宜的。乌龙也没有找到，只好顺手拿了盒绿茶。解渴就行。

这是春天遗留的一小盒太平猴魁，为什么没有喝呢？

我突然想起太平镇上的那个春日下午，以及朱山木。

那个春日的下午，我专门到朱山木的太平镇，是为了探寻朱山木所说的那桩三十多年前三兄弟结拜的纠葛吗？似乎不是。那段往事与自己又有什么关系呢？作为一个爱茶人，我当时就是冲着猴魁茶去的。

太平镇是朱山木的老家。镇街上临水而建的"太平道"茶社，是典型的前店后坊的老店铺式样，朱山木平时也常常住在这里。

春天就要过完，离立夏没几天了，正是炒制猴魁的最忙时节。

上午采，中午拣，下午必须制完，十几个工人都在后院安静地制作。朱山木拿出新采制的猴魁，冲泡。一边泡，一边给我讲解猴魁炒制的流程和品赏的茶经。头泡茶果然香气高爽，蕴含幽雅的兰香，这个时刻是不容你多说话的，入脾的兰香让你只能静心品味。

第二次泡后的茶，味道便醇厚浓烈起来。

朱山木放下茶杯，突然说，就因了这茶叶我结识了两个朋友，快三十年不见了，但他们却像卡在我喉咙里的两根鱼刺，吐也吐不出，去也去不掉。

我敏感地觉察到这里面是有故事的，便端起茶杯说，可以说说吗？

朱山木也端起茶杯，笑了一下，他并没有喝，而是放下茶杯。

我喝了一口茶，点上一支烟，望一眼街上匆匆而过的行人，对朱山木说，如果方便的话，说说吧。

他也从茶几上拿起一支烟，点着吸了一口，然后才说，朋友哇，就像这茶，靠的是缘分。有时越品越香，有时越喝越淡，有时还能喝出苦来，但最终是水里来水里去。

朱山木叹了口气，开口了。

那年岁末，离春节也就十来天了。那年合肥的天气出奇地冷，小雪接着中雪、中雪接着大雪下个不停，我住在旅社一间三床的房间里，连取暖的火炉也没有，更不要说空调了。房门侧面放一张床，对面放两张床，对着门的那个角里堆着我没卖完的茶叶，有七八个蛇皮袋。大街上的行人几乎都小跑着，生怕寒风冻坏了耳朵，商店里的人也稀稀拉拉的，茶叶一天都卖不出几斤。一到下午，我就不再出门，就窝在房间里，捧着热茶杯不停地喝，可还是觉得一股冷气贴在脊梁沟里。

那时的黄山毛峰、猴魁才是真正的有机茶，茶树连化肥都不施的，更不要说打农药了。朱山木穿插着说。他当年才二十二岁，但已经卖了五年茶叶，初中毕业那年就开始背着茶叶卖。那时，茶叶在城市里也很少人喝的，当然价格也便宜。

还回到那天下午吧，朱山木接着说。

那天应该是腊月二十三，农历的小年。马路两边的胡同里从早上到下午，都有零星的鞭炮在燃放。我本来是想回老家太平镇的，可还有这么多茶叶没卖掉，路上也结冰了，去了两次汽车站都没有买到车票，真是又急又冷。我正捧着茶杯发愁，门外响起了脚步声，接着又听到服务员大姐铁环上几十把钥匙哗哗啦啦的响声。门被打开了，服务员对旁边的高个年轻人说，就是这房间。

房间里住进一个人，我是高兴的，有人说话也是可以驱寒的。这人就是东北的辛宝，个子有一米八多，两只脚很大，脚上的棉鞋有一尺多长。我拿出茶叶给他泡上，两个人便聊了起来。他是来学开卡车的，驾校放假后，没地方住了，他却没有买到火车票，只能先找到这里住下来。吉林人为什么会到几千里外的合肥来学开车，原因应该是挺复杂的，也许当时他说了，但我现在记不清了，毕竟过去三十年了。

朱山木说，他与辛宝很投机。辛宝当年二十八九岁，不主动说话，偶尔接起话茬儿也是很能说的，尤其说到他十来年在社会上四处走的见闻，还是很新鲜的。当天晚上，我俩就在马路尽头街角的小饭馆喝起了酒。那晚，我俩喝了一瓶古井玉液。说是我俩喝，其实我最多喝了二两，辛宝显然比我的酒量大多了。边喝边聊，老板要关门了，我们才离开。那天夜里，雪下得很大，但我却没感觉冷。酒驱了寒，也驱走了寂寞。这一天，我第一次知道，心与心也是可以相拥取暖的。

几杯茶喝下去，朱山木慢慢兴奋起来。

他递给我一支烟，又接着说与贾大白相遇和他们三个人结拜兄弟的事。

腊月二十六那天下午，天空中下起了雪粒子，落在树枝上、雪地上，发出"沙沙"的响声；风吹过来，雪粒扑到玻璃窗上，不一会儿，外面就雾蒙蒙的一片灰白。傍晚时刻，贾大白就被那个女服务员送到了我们房间。贾大白很能说，他一进屋，就开始骂天气，骂一个什么人不守信用，害得他找人找不到，回去又买不到车票。

那天晚上，我们仨又去了那家小饭馆。贾大白点了菜，辛宝让店老板拿瓶古井玉液，我那时身上有卖茶叶的千把块钱，就说由我来出钱。贾大白大手一挥说，喝，这酒香，今天他刚住进来，酒菜都由他全包了。那晚，我们仨喝了两瓶酒，我还是只喝了二两多后就有点儿晕了，剩余的肯定是他们两个喝了。贾大白那天晚上说的话最多，几乎都是他一个人在说。他说，他是河南的，是中学教师，是诗人，是来合肥《诗歌报》找人的。我和辛宝都只上过初中，对贾大白说的那些诗歌和诗人什么的真是不懂，就任他边喝边说。

那年年底真是邪门，雪就是不停地下。我们三个人到年三十那天都没有买到回家的车票。那时的合肥，到了除夕大小饭店差不多都要关门的。我们仨早晨就跑到七里塘菜市场，买了一些熟菜、包好的饺子和几瓶酒，为年夜和初一做了准备。

那年三十，我们三个人真是守夜，一整夜都没有睡。那时没有电话，跟家里人联系不上，家里人肯定担心死了。街上不时响着鞭炮，空气中弥散着肉香，可我们三个人开始都愁苦着脸。冰天雪地，人困旅途，又有什么办法呢。随着酒越喝越多，我们的心情也渐渐好起来了。

新年的钟声快要响起时，贾大白提议我们三个人结拜成生死兄弟。他的提议立即得到了我和辛宝的赞同。按年龄排序，辛宝是老大，贾大白是老二，我排行老三。外面的鞭炮声接连响起的时候，新年到了。我们仨举起酒杯，贾大白带着我和辛宝起了誓：兄弟结义，生死相托，福祸相依，患难相扶，天地作证，永不相违！

那夜，我们仨都喝醉了。贾大白喝得最多，也是第一个醉倒的。

现在，朱山木是猴魁的第一大庄家。他在茶叶行多年的经历，经济实力就不用说了，尤其家住太平镇这个独特的优势，每年最好的太平猴魁都要过他的手。这么说吧，我敢肯定，他送我的茶一定是上品。

水烧开了。我洗净水晶杯子，夹起一片两端略尖的茶叶细瞅，茶叶通体挺直、肥厚扁平、均匀壮实，苍绿中披满白毫却含而不露，猪肝色的主脉宛如橄榄。这是上品猴魁，不是用地尖、天尖、贡尖、魁尖冒充的。

每一款茶叶对水温都有自己的要求，水温太高不行，太低也不行，甚至上下差一两摄氏度都可能废了茶的韵味。太平猴魁要九十摄氏度的水，这水也一定是沸后降温的，不沸的半生水是决然不妥的。水冲进去，也就一分钟的光景，芽叶便徐徐展开，继而舒放成朵，两叶抱一芽，或沉或浮，如一个个小猴子在嫩绿明澈的茶汁中摇首弄姿,煞是可爱。

品尝这样的上品,自然是要音乐的。

我打开墙角的唱机。找到王粤生的黑胶片,古筝独奏《高山流水》虽然不是王粤生最得意的作品,却是我的最爱。

这时,唱片机里,虚微、渺远的古筝曲,从高山之巅,自云雾丛林,时隐时现地飘出;杯子里如幽兰的茶香也溢出来,慢慢地弥散开,和着古筝的声音扑过来。

我微眯着双眼,深深地吸了一口混着音乐和茶香的气息。这时,与朱山木谈话的那个春日下午,又浮在了眼前。

朱山木说,他们三个分别后,他的茶叶生意似乎有了转机,甚至比往年卖得更多了。

那年八月底的一天晚上,快十点了,贾大白突然来到旅行社。朱山木点上一支烟,又接着说。

贾大白见到我时,火急火燎的,好像被人追着一样。他给我说自己在外面出了点事,得出去躲一段,要向我借点儿钱。我想问详细一点儿,他却说你知道得越少越好,不能连累你,你借我钱就行了,我一定会还的。

看那样子,他真是遇到了麻烦。我就把身上的八百多元钱,全掏给了他。他接过钱,就离开了旅社,说要去赶到东北的火车。我送他到××路口,看他消失在街头,又抽了两支烟,才回到房间。那天晚上,我几乎没怎么睡着,一直在想,他一个老师,还是什么诗人,不会犯下杀人放火的事吧!

自此,有两年多再也没有贾大白的消息。

第三年初春的一个晚上,茶叶卖完了,我高兴地回到旅社。刚一进院门,那个胖胖的女服务员就诡秘地朝我一笑说,有个女的抱个孩子等你一天了。

啊，这是谁呀？自己去年谈的对象在老家太平镇哪。

这个女的二十岁上下的样子，像个没结婚的学生，手里扯着一个一岁左右的女孩儿。我还没开口问，这个女的便哭了起来。我把她引进房间，这个女的说她叫曹秀霞，是贾大白的学生；她怀孕后贾大白就走了，临走时给她写了字条，让她有事来合肥找我。说着，曹秀霞把贾大白写的字条递给我。那个字条我一辈子都不会忘：朱山木　生死兄弟　合肥市××路××旅社。

那天晚上，我把曹秀霞娘俩儿带到街角那家小饭馆。点了两个菜，我自己要了瓶啤酒。曹秀霞左胳膊抱着孩子，边吃边流泪地说，她得去找贾大白，听说他去了广州，自己带着这孩子在老家没法待了。我说，这两年我没见过他，广州那么大到哪儿去找呢。曹秀霞就停下来不吃了，一直哭。我劝了一会儿，她又接着吃起来，显然一路上她没有吃好，是饿着了。

一瓶啤酒快要被我喝完的时候，曹秀霞说她要方便一下。小饭馆北边十几米的地方有个公厕，她把孩子递给我，就出去了。

等了十几分钟，曹秀霞没有回来。我抱着孩子去找，最终也没有见到曹秀霞的影子。那天夜里，我哄孩子睡的时候，从她上衣口袋里找到一张字条：朱大哥，你是好心人，先替我照顾着闺女，我要去找贾大白。

记得朱山木给我说到这里时，他自己突然苦笑起来。笑着，笑着，就流泪了。他说，我是上辈子欠贾大白的债了。他和那个曹秀霞都是提前给我设好了套。很显然嘛，曹秀霞见到我之前就把字条写好了，她是一定要把孩子这个包袱甩给我的！

听朱山木讲着这些，我也觉得一切都像注定的结局。

247

停止了回忆，唱片机里的古筝声又充盈了我的耳膜。

古筝清澈的泛音钬钬铮铮，如幽涧之春溪，清清泠泠似松根之细流；青山叶动，春水荡漾。此刻，我分明看见一袭长衫、白衣高洁的伯牙端坐琴前，纤长而有力的双手拨弄着琴弦，琴声与长发随风而飘，万物沉醉迷离。樵夫钟子期闻琴丢下柴刀，立耳静听，泰山之形从琴音出，子期自语："善哉乎鼓琴，巍巍乎若泰山！"少时，琴弦上的流水自高山而下，子期又语："善哉乎鼓琴，洋洋乎若流水！"

啊，山林竟遇知音！伯牙起身施礼。"吾乃楚国郢都人，晋大夫俞瑞，字伯牙是也。"子期亦施礼以答。"一介草根钟家子期！"伯牙抚琴，琴声遂如雨落山涧，山洪暴发，岩土崩塌……子期邀伯牙林中寒舍餐宿，杀鸡煮酒饮血为兄弟。及至次日破晓，伯牙方惜别子期使楚，相约翌年中秋再会。

听琴生景，伯牙和子期仿佛正与我对坐书房。这时，琴声若隐若现，飘忽无定，虚无、邈远。朱山木那个春日下午所述之事，又出现在眼前。

曹秀霞不辞而别后，朱山木只得把孩子送回太平镇老家，交给他母亲暂养。关于贾大白、曹秀霞和这个女孩儿的事，朱山木的母亲是信的。但他的女朋友听起来，这事就像天书，立即退了婚事。这一点朱山木说自己倒没有什么，关键是这女孩儿就这样一直养着也不是长远办法。

又一晃，五年过去了。朱山木结了婚，女孩儿仍由母亲带着，也该上学了，可连户口也没有，这样下去肯定不是办法。

朱山木觉得贾大白一定会找辛宝的，辛宝也许会知道贾大白的一些情况。他按辛宝留下的地址写过十几封信，都不见回音。难道辛宝留的地址是假的？难道他也是不靠谱的人吗？

这年夏天，朱山木决定去东北白河镇找辛宝。

在白河镇找了三天，朱山木终于打听到了辛宝的下落：他在天池景区入口开越野车。

朱山木立即赶到天池景区入口。从山下到天池，必须换乘越野车。一个开越野车的司机告诉朱山木，辛宝拉着客人刚上山，可以拉着朱山木去找。朱山木坐上这人的车，就开始了解辛宝的情况。司机开始不愿意多说，后来说不太熟悉，辛宝才到这里半年，听说因为射杀野貂进过班房。

山路越来越险，司机不再开口。能见到辛宝就好！朱山木也不再问，他心情很好地看着车窗外的风景。

车子走到半山腰，一团一团的白雾压过来，开了车灯才能看清十来米远。几分钟之后，到了天池旁边停车处，天空突然云开雾散。司机笑着对朱山木说，你是有福之人，到这里十有六七看不到天池真面目的。

朱山木让司机找辛宝。这司机问了两个人，都说他刚拉客人下山。司机就对朱山木说，既然来了，又碰到雾散，你就先去看看天池，我在这里等你。一会儿下山肯定能找到他的。

朱山木随着游人向天池走去。

曲曲折折地踏雪走了十来分钟，天池便在眼前了。只见湛蓝湛蓝的湖面上倒映着悬崖、峭壁、蓝天、白云，一缕一缕纯净的阳光透过云层扑进湖里，又折射到峰壁的白雪上，与湖面上的粼粼光波辉映交互。游人们正沉醉在这美景中拍照留影，突然间狂风吹来，浓云滚动。朱山木刚走几百米，到哨所旁边，伴随着电闪和雷鸣，大雨倾盆而下，雪白的山顶风吹雨飘，寒气逼人。

朱山木见到辛宝时，天已经黑了。

那晚，辛宝和朱山木边喝酒，边说着他们分别八年来的事儿。虽然朱山木喝多了，但他还是弄清了辛宝以及贾大白这些年的经历：贾大白跟朱山木借钱后，又来找了辛宝；他说有人要抓他，就在辛宝家住下来，并在他家过了年；春天的时候，贾大白提出让辛宝抓野貂收貂皮，由他带到南方去卖，赚钱平分；谁知那年突然对捕猎野貂抓得紧，贾大白带着貂皮离开不久，辛宝就被林业派出所抓了，而且判了三年；辛宝被劳改的时候，贾大白给他寄过信，他告诉辛宝说，出来后就去南方找他。

辛宝出来后去找过贾大白，但在他留下的地址处打听了一个多月，才听说贾大白可能两年前就跑出去了。辛宝想肯定找不到了，就又回到了老家，当司机拉游客。

那天，辛宝喝多的时候又说，他在监狱期间有一个自称是贾大白媳妇的女人到他家来过，后来那女人到哪里就不知道了。

这次东北之行，朱山木虽然没有打听到贾大白的太多消息，但总算见到了辛宝。辛宝说，贾大白一定还会找他的，只是或早或晚的事。但朱山木不这样认为，他觉得贾大白肯定不会再联系他俩了。

那天在太平镇朱山木家里，他端着茶杯说：我当初的判断是对的。二十八年了，贾大白仍然杳无音讯。

过去的，永远不会再来。他们仨的过往对我来说，也许就是个故事。

我再次把热水冲进壶里，茶香又飘出来。呷了一口，如兰入脾，我顿然神气清爽。这时，轻快如歌的古筝声似从天边飘来。闭目静听，竟如云行水流，悠悠扬扬，如少女的吟唱，似春风拂面，世界立即变得安谧而温润。

音乐真是可以蚀骨销魂的。我正这样想着,突然手机响了。这是谁呀,这个时候来电,真让人败兴。

手机一直在响。我睁开眼,本想立即关掉的,但来电的却是我那个爱无事生非的朋友老毛。我心里很不高兴,按了键,没好声气地说:哎呀,被你害惨了,接了你介绍的这桩官司。

老毛并没有意识到我的不快,而是讨好地说:你要请客,这个狗血官司一准抓住所有人的眼球,你大火的机遇来了!

挂了老毛的电话,我竟听不到书房内的古筝声了,脑子里浮出那桩狗血官司来。

委托人静静说,真是一念之间就注定了事情的结局。

十年前的春天,她和丈夫去考察时结识了少女那扬。当时,她学习刻苦,却面临辍学。那扬只比自己的女儿大四岁,静静决定帮她到大学毕业。毕业后,那扬来了静静在镇江的工厂上班。那扬人生地不熟,聪明能干,静静把她当女儿待。

静静因照顾患病的母亲,很少过问厂子的事。一天,她无意间在丈夫石东升办公桌抽屉里翻出本人工流产的病历。一查丈夫的微信记录,她当即晕过去了:流产的竟是那扬。

农夫与蛇的现代版哪!面对静静,石东升苦苦哀求和保证,说自己只是一念之差犯下了错误。想想女儿的未来,静静心软了,准备默默处理,让那扬立即离开镇江。

可那扬非但没走,还叫来了家人与静静和石东升大闹。面对如此乱局,两面夹击,一向要面子的石东升,激动之下心梗离世。丈夫突然去世,令静静猝不及防,她一下子蒙掉了。偏偏这时,那扬拿着石东升写下的四十万欠条上门讨债,未果,最终起诉到法院。

按说，这场官司没有什么悬念。好个忘恩负义的那扬，鸠占鹊巢，拆人家庭，谋人钱财，竟还有脸诉诸公堂。但，这事却比我想象的八卦得多，曲折得多。

当我费好大周折约见到那扬时，她却哭诉着说自己被石东升强奸的经过，并出具了石东升亲笔写的忏悔书，以及四十万欠条的复印件。石东升在忏悔书上写得清清楚楚：自己一念之差，强行与那扬发生了性关系；如三年内不与她结婚，就以四十万作为补偿。

我点上一支烟，回想着这些，心里发愁。这官司还真不是那么好打的。静静当初资助那扬并让她到自己厂里工作，石东升与那扬第一次强行发生关系，都是一念之间的事呀。

正品猴魁，是特别吃水的。头泡香高，二泡味浓，三泡、四泡仍香如幽兰。

我喝茶喜欢偏热的。一杯冒着热气的茶汤入喉，心便静了下来。

静下心来，便感觉到古筝跌宕起伏的旋律。

此时，我能想象到王粤生手中的古筝正猛滚、慢拂，流水激石声起，犹如危舟过峡，有腾沸澎湃之观，具蛟龙怒吼之象，好不动魄惊心。接着，泛音如波而渐弱，正是轻舟已过激流、平湖淹没险滩，眼前流水如歌，风畅，云舒。

仿佛是两千年前，俞伯牙与钟子期两颗心的相交相融。

我与朱山木是如何相识的呢？古筝声勾起了我的记忆。

结识朱山木，就是从买茶开始。

五年前的秋天，我这个以律师为主业的业余诗人，竟接到了参加诗会的邀请。那个诗会的喧嚣和乏味，以及男男女女老老少少的苟且，让我心里很不是个滋味。诗人死了，诗也死了。于是，我便独自去城里逛。

毫无目的地徘徊在大街上，行道树上的黄叶和微寒的风，让我感觉更加孤寂。找个酒馆或者小店喝一杯烈酒，或许会更好些。我加快了脚步向前走，没走几步，就在左前方看到一个叫"太平道"的茶叶店。

这名字有点儿意思，我决定进去看看。

店面不大，却雅致精巧，墙上挂着仿宋人马远的《山径春行图》，竟使这小店平添些许清新和意趣。

我看了看柜台下摆放的猴魁，便不由自主地笑了，这个地方这个时节竟卖猴魁，骗人不懂茶叶吧。我让女店员拿出来我看看，这女孩儿审视我几秒钟，便从柜台后的一个小冰柜中取出一小盒茶叶，小心地用木夹子夹起一片茶叶，递给我。

我扫一眼就笑着说，这茶连魁尖也算不上！真正的猴魁，那是刀枪云集，两头尖而不散不翘不卷边，两刀一枪披白毫！

我正这么说着，朱山木从里面走出来。

他看了看我，有些歉意地说，这位先生，看来你是个行家，这里确实没有真正的猴魁，最好的也就是贡尖了。他有些心虚又无奈地接着说，在这里不套个猴魁的盒子，也卖不出去。如今，懂茶的人并不多，看的都是价钱。

我不以为然地反问，那就可以以次充好了吗？

朱山木掏出烟递过来，忙解释道，这价格也不是真猴魁的价呀！听口音，咱们是老乡呢。可否赏脸喝杯茶，聊会儿？我这儿还真有一盒猴魁！

在里面的茶室里坐定。

朱山木对站立在旁边的女孩儿说:"鹤儿,把那盒猴魁取出来!"

鹤儿的眼神与朱山木的目光倏地碰了一下,转身离去。他俩的眼神虽然就这么一碰,但我还是看出了其中的默契、温暖以及深处的一丝暧昧。

鹤儿净杯、冲泡、分茶。茶是绝品,形、色、香俱幽;鹤儿明眸善睐,含情周到。我与朱山木从茶聊起,及至山南海北、杂闻逸趣,都有些相见恨晚的遗憾与欣喜。

自此,我与朱山木慢慢交往起来。以茶为友。

朱山木专营猴魁,虽然挣了不少钱,但至少表面上看来并不俗,金钱对他来说似乎是可有可无的事。

每次见他时,案头上都放着几卷宣纸水印的《徽州府志》,有时翻开,有时合在一起,总之,让人觉得这是一个有些文化情结的人。

今天我却突然有一种直觉,朱山木是一个深不可测的人。疑问和不解竟蒙上心头。

鹤儿是贾大白和曹秀霞的女儿吗?如果不是呢?那朱山木与贾大白和辛宝的故事真正发生过吗?鹤儿与朱山木究竟又是什么关系呢?

这样的疑虑并非突兀而出的。

因为前年秋天,我因一个案件也去了白河镇,也顺便去了天池景区。但我并没有打听到一个叫辛宝的人。

当时,我还给朱山木打了电话,他却说自从那次与辛宝见面后也没再联系过,有二十年了吧,也许他早就不在那里了。

我当时并不是出于律师的职业习惯,专门要核实朱山木所讲故事的真假,而是想见一见那个叫辛宝的人。也许,就是一个念头而已。

从二道白河镇回来有那么一阵子,我脑子里确实想过几次这些疑问,但终因世事繁杂,手上的案子又特别多,竟忘了这事。毕竟是别人的故事，自己还要为生活奔波，这样的闲事自然不会久在心上的。

直到半年后的一天夜里，鹤儿突然给我打来电话，我才又重新想起。

那是个春天的月夜，如钩的上弦月挂在湛蓝的天穹。星星特别明亮，像一双双少女的眼眸，闪着天真而又充满希冀的亮光。荡漾的微风，如少男少女的私语，弥散在静谧的夜里，偶尔有飞动着的鸟鸣划过去，夜空显得更寂静了。这时刻，捧一杯绿茶坐在阳台上，也许并不是为了真喝，只是想让这茶为夜空平添一些如兰的清香。

我正沉醉在这欢喜的时刻里，手机突然响了起来。

手机真不是个好东西，它让人人都失去了安静和自由，更不用说隐私了。手机不依不饶地在响着，我只好转回房间，想看一看到底是谁打来的。

原来是鹤儿。她极少打电话的，好像就没有主动给我打过，只是偶尔在微信上点个赞。有时，我把需要茶叶的朋友介绍给她，她最多也就是发一个感谢的表情。这是一个矜持而有分寸的女孩儿，这是我几年来跟她交往的感受。现在，她突然来电话，一定是有事情的。

鹤儿找我确实是有事情的。她那天夜里肯定是喝了酒或碰到能让她兴奋的东西，平时像茶一样安静的她，像是碰到了热水，整个人蓬勃热烈开来。她有些急切甚至焦虑地问我：一个人的口头承诺不兑现，可以诉诸法律吗？

这确实是个难题。口头承诺不履行是可以起诉的，口头形式的法律行为理论上在法律没有特别规定的情况下对双方当事人是有效的，但是要进行诉讼，证明就变得非常困难了。除非在对方口头承诺的时候有其他跟利益无关的证人在场或进行了录音或形成了有利的文字证据，否则即使起诉也会无法举证。

作为一个律师，我首先要了解案件的经过和有关证据。

我问鹤儿能不能具体地说一说事情的经过。她支支吾吾的，拒绝正面回答，说只是想咨询一下。当我问她承诺时有没有第三方无关利益人在场或录音时，她停了几秒钟，有些失望地告诉我说都没有。没有证据的维权肯定是无果的。于是，我就直接地告诉她，像这种情况没必要再追究了；即使起诉了，带给当事人的也只能是失望和烦恼。

鹤儿失望而不甘地说，那法律援助和同情弱者又体现在哪里呢？事实上是他确实多次口头承诺过呀！

我该如何给她解释呢。想了想，我还是耐心地告诉她：法律的源头来自一个国家的社会道德，人无信而不立也体现了社会道德与法律对于信守承诺的看重！但是你没有证据来证明客观事实的存在，那么，这个客观事实在法律上就是不存在的。

我的话虽说得有些专业和拗口，但鹤儿还是听明白了。她有一分钟没有说话，我正要说再见的时候，她突然很低声地说，她现在一个人在深圳，自己今天喝了酒，想跟我聊一聊。

虽然她没在我面前，但我还是能感到她的伤感、无助、孤独和倾诉的迫切。当然，我对她的过往也是感兴趣的，尤其是我想了解一下她是不是贾大白和曹秀霞的女儿，以及关于朱山木的一些事情。

那天夜里，我俩聊了很长时间，大约有个把小时的样子。她对朱山木的情况是有意回避甚至是警惕的。但从她讲述自己经历的过程中，我还是听出了一些意外和不一样来。

鹤儿说，她是朱山木的养女，大概一岁的时候来到朱家，那时朱山木还没有结婚，她是跟着朱山木的母亲即她的养奶奶一起生活。她上小学的时候，同学们都骂她是捡来的野孩子。她问过奶奶和朱山木，但他们都不告诉她真实的情况，甚至不承认她是捡来的。

那个时候，鹤儿说自己特别孤独，通过回忆她确信自己不是朱家的孩子，但她出生的家里肯定是种茶树的，因为她朦胧地记得一年春天，大人们把茶树枝条从一头编成一个圆圈，另一头伸出来，坑底撒一层金黄的小米，然后填土埋上的。她确信，那一定是她的家，那种茶树的男人和女人肯定是她爸爸和妈妈。但为什么会到了朱家？她长大后也多次问过朱山木，朱三木一直说她是他在广东做生意时捡来的。

我在手机这头问她：朱山木给你讲过一个叫贾大白的河南人和叫辛宝的东北人没有？

从话语中，我能感觉到鹤儿的诧异，她说从来没有听说过。

朱山木从没有给她讲过自己从商的经历，但她从七八岁时就知道朱山木一直在经商。朱山木以前究竟做什么生意，在哪里做生意，她一无所知。后来，鹤儿回忆着说，在她十岁那年，朱山木突然离家再也没有回来，那时她已经上小学三年级了。她隐隐地从同学嘴里听说朱山木在外面坐了牢，是犯了诈骗罪。那时，朱山木刚结婚一年多，还没有孩子，那个漂亮的瓜子脸媳妇就走了，再也没有回来。

上初中一年级那年春节，她问过朱山木的母亲也就是她的奶奶。奶奶有些生气地说，不要相信那些坏孩子的话，你爸爸到很远的地方做生意去了，很快就会回来的。

从鹤儿那晚的聊天中，我理出了她的大概经历：她初中毕业那年十五岁，因为没有钱上高中，就到合肥去打工了；三年后，朱山木找到了她，从此她开始跟着朱山木做茶叶生意。

现在，鹤儿是在深圳做茶叶出口生意。不过，她自己单独做了。她说，自己在生意上与朱山木已没有任何联系。

为什么自己单独做呢，她与朱山木之间究竟发生了什么，她咨询的承诺兑现问题是与朱山木之间的吗？这些问题，那晚我没有得到鹤儿的正面回答。但是，有一点我是可以肯定的，朱山木给我讲述过的自己与鹤儿亲历的朱山木肯定是不一样的，而且相差很大。究竟哪些才是事实呢？

加上，我去二道白河镇寻辛宝不遇，这构成了我对朱山木的存疑和不解。

此时，这些思虑，让我有些不安和口渴。

我喝猴魁，是不续茶叶的。

这并不是茶叶多金贵，而是喜欢那种由浓到淡、由淡到无的感觉。现在，水又冲进杯里，嫩匀肥厚的叶片虽已被泡得黄绿明亮，却枝枝成朵似花地在水中浮动。呷之淡然，似乎无味，入喉后，丝丝太和之气却弥沦于齿舌之间，有一种无味之味的至味美感。

喝少许茶汤在口中，一些想法又涌上了心头。

鹤儿与我手头上这个狗血官司中的女孩儿那扬，会有相似之处吗？进而我又想，俞伯牙与钟子期的故事是不是真的发生过？作为律师，我只相信实证，但这流传千年的言说，可以为作历史的证据吗？没有证据证明的事实就不是事实了吗？

为什么要想这么多呢？我说不清。

茶，终于被喝得淡如白水。

古筝声也停了，高山与流水瞬间隐退。

一阵风吹过，金黄的银杏树叶，纷纷飘落……

浣花溪记

【授奖词】

　　《浣花溪记》在日常书写中展现着人的心灵世界，是一部当代人的精神游记。历史神韵萦绕的浣花溪公园是一片乐土，一种寄托，是客居此地的主人公的心灵慰藉和精神家园。热火朝天一地鸡毛的家庭生活洋溢着幸福安乐，也成为不可言说的牵绊。面对异乡异客的退休生活，主人公老杨深深怀恋着故乡东北的熟悉街巷和父老兄弟。张鲁镭用热烈爽利的行文对话勾画着主人公的老年境遇，呈现着物质生活之外人的精神渴望和情感需求。

　　有鉴于此，特授予张鲁镭《浣花溪记》第二届曹雪芹华语文学大奖·短篇小说奖。

作者简介

张鲁镭,女,1969年生,中国作家协会会员,辽宁省作家协会主席团成员,现工作于大连市文化艺术研究所。作品发表于《人民文学》《中国作家》《当代》《十月》《北京文学》《小说月报·原创版》《青年文学》等杂志,并被《小说选刊》《小说月报》《新华文摘》《长江文艺·好小说》等杂志多次转载。小说集《小日子》曾入选2008年中国作家协会"21世纪文学之星丛书"。曾获第五届、第六届、第七届、第九届、第十届辽宁文学奖,第二届"禧福祥杯"《小说选刊》最受读者欢迎小说奖,第六届《中国作家》剑门关文学奖。

铁头风风火火抱个痰盂从外面跑进来，开心得像抱个奖杯。他把痰盂往餐桌上一蹾，翠儿"嗷"一声从椅子上弹起来，他们正吃麻辣火锅，翠儿这么一叫，就把筷子上夹着的牛丸掉进蘸料碟里。火红的蘸料油汪汪溅在脸上，就像一颗颗红色的泪珠。

　　翠儿、翠儿，杨树救火似的赶紧用纸巾帮她擦。烫到没？烫到没？然后对铁头吼，哪儿弄来的这玩意儿？铁头往门口一指，他买的。老杨在门口换鞋时，就听到翠儿踩了耗子尾巴似的尖叫。又是火锅，红彤彤的一大盆。痰盂也是红色，上面有喜字还有龙凤吉祥的印花。别说，同桌上火锅的颜色蛮搭。

　　一个商店清仓，居然还有这东西。才三块钱，我结婚时工会送了一个。那时候还四块二呢！老杨一面说一面把痰盂放到墙角。

　　晚上老杨去餐厅拿痰盂，看见翠儿正对着它啪啪拍照。痰盂也算稀罕物？现在的年轻人哪！老杨听到翠儿回房间的脚步声才又去餐厅，他要把痰盂拿进屋，装个烟头废纸也好。

　　喂，你爸是不是有病？虽说听墙根有些阴暗，但老杨还是站住。之前左一把右一把买马桶刷，现在又买痰盂。你爸才有病呢！哎哟！咯咯咯……服了服了……

　　早晨老杨送铁头去幼儿园，还把萨克斯背上。铁头说班里的于小兵也会吹这个。是翠儿让你吹的？她让你练几个小时？铁头忽然停下，你能帮我个忙吗？翠儿过几天出差，她说让你监督我弹琴。好烦……哦，你想让我睁一眼闭一眼！铁头让老杨蹲下，然后在他脸上狠狠香一口。

　　浣花溪公园里不少人在晨练，老杨来到沧浪湖旁边的一处空地，支望远镜的周老头没来，那个免费观看的牌子仍靠在树下。老杨选个角度把萨克斯拿出来。他觉得现在这块牌子需改写一个字——免费观听。

老杨脱掉外套，里面的衬衫雪白簇新。他又从包里摸出一个黑领结套脖子上。下厨就要扎围裙，吹曲儿就要系领结。干啥像啥。老杨拿出他的看家本事《望春风》，他准备在浣花溪公园冒个泡。

老太婆拉着小孙子走过来，在湖边跑步的小伙子停下来，连白鹭也踏着清水来到岸边。老杨兴奋，一曲结束气儿都没舍得多喘。老杨在老年大学学过好几首曲子，今天他要把会的通通吹一遍，连《我在马路边捡到一分钱》都吹了。

老杨实在舍不得让那几个围观者散去，又不好意思从头再来一遍，体力也欠佳。对，他可以向大家宣传一下吹萨克斯的好处。

吹这个嘛，可以锻炼肺活量，增强人的心肺功能。还可以改善人体的神经系统心血管系统，从而调节睡眠，促进消化，强心健脑，降低血压。俗话说十指连心，手指头这么一活动，就刺激大脑了。所以呀，吹萨克斯还能延缓衰老，预防阿尔茨海默病。老杨沾边就往上扯。

两个穿保安制服的人走过来，您好，我们是浣花溪公园治安巡逻处的，刚刚接到周边居民投诉。您以后只管来遛弯儿锻炼，这东西还是不要吹了。我吹萨克斯也犯法？老杨很不服气。个头偏高的说，当然不是，只是您在这里吹，影响了周边居民休息。有人小声嘀咕，那边有个"草堂之春"别墅区，住的都是厉害角色。

保安还算客气，您是外地人吧？这话老杨不爱听，外地人怎么啦？我把儿子养大，供他读了大学，这小子在给你们做贡献。他不在这边安家，我还不稀罕来呢！

杨树决定留在成都后，老杨特意把那首歌换成手机铃声，真是好听啊，诗情画意地把成都夸成一朵花。"和我在成都的街头走一走，直到所有的灯都熄灭了也不停留……"哟，老头蛮时髦嘛！我儿子在那边。哦，成都可是个好地方，看您这福气！其实在老杨心里，哪儿都不如自己家。

老杨在家活得蛮舒坦，老年活动室的牌局，老兄弟们的自驾游，老年大学的音乐课，老单位组织的夕阳红演出，这些足以把日子填得满满的。还有那熟悉的老街巷老口味。老杨家楼下开着一家杀猪菜馆。他和几个老兄弟每周都要在那儿聚聚。这么滋润来成都干啥？还不是杨树一天八个电话！还不是马红霞先撤了！

昨天送完铁头转到浣花溪公园，他看见湖边支着一架望远镜，有个老头一边指着免费牌子一边朝他招手。来，过来看看！不花钱的。老杨在望远镜里看到好多白鹭，他就想到"一行白鹭上青天"的诗句。

老头手里捧着水瓶很热情地向他炫耀自己的装备，这是美国星特朗专业天文望远镜，口径一百零二，焦距一千三百二十五，焦比十三，什么意思呢？用通俗的话说，就是我这台望远镜，连那些白鹭双眼皮儿单眼皮儿都看得清。

你还卖望远镜？卖什么？还准备买呢！就为免费让人看白鹭单双眼皮儿？算慈善公益！当然也图一乐儿。来呀，过来看看，免费！老头继续招呼着。免费谁不会？可人家偏偏不允许他老杨免费。

有人说"草堂之春"那边投诉问题就严重了，老头你还是去别处吹吧，从这儿出去过马路坐二路公交车，四站下，那边有个广场，吹拉弹唱干什么的都有，吹破天都没人管。老杨捧起萨克斯，鼓着腮帮子狠狠吹两口。

他坐在公园长椅上望天，天上刚好有架飞机经过，坐飞机用不上半天他就到家了。他特别想念那些老伙伴，不知道那些老家伙又去哪里开心了。正准备拿手机勾搭，就看见不远处两个小伙子正掏出烟卷儿点。

一个小伙子还金鱼似的嘴巴一鼓一鼓吐烟圈,老杨三步两步奔过去,这里到处都是花草树木还敢抽烟?你还吐烟圈儿,一把火点着,等着吃官司吧。两个小伙子赶紧掐掉,老杨找到点儿感觉了,来旅游的?是的,叔叔。这里是成都最大的森林公园,号称城市之肺,国家5A级风景区,不管本地人外地人,都要爱护环境,这些都是老杨昨晚在网上查到的。两个小伙子一阵风似的跑路,大概怕被罚钱。

刚才那两位保安正巧经过,个头偏高的朝老杨竖起大拇哥。他看看一旁的同事,和你商量点儿事,我们这儿正缺个巡逻,每月一千五百块,干吗?刚才那样蛮可以了。还有这事?老杨本想说回去和孩子商量商量,又觉得一个大男人,不好婆婆妈妈的。

他把萨克斯背到肩上,明天上班?不急,还需要个身体检查。你不急我急,老杨翻开手机,这是电子体检单,身体倍儿棒,吃啥啥香,上个星期儿子带我刚查完。

铁头太喜欢这身保安制服,穿上衣服,戴上帽子,满屋撒欢儿跑,爷爷当保安了,爷爷当保安了。天天逛公园还有人给钱,再说也不耽误接送铁头,老杨这样对儿子儿媳说。晚上翠儿扒着杨树耳朵,你爸怎么想起来当保安啦?估计闲得难受……

这事闹的,吹萨克斯竟然吹出一份保安的活儿。老杨不知道那投诉者是男是女是老是少,倒真成全了他。他都快被闲给累死了,这一阵天空总雾蒙蒙的,可老杨心里却钻进一个大太阳,他的新晋身份——浣花溪公园保安。

安顿铁头睡下,老杨套上制服来到楼下。郑老头见了笑,哪儿买的?怎么是买的?我当保安了。帽子被铁头压在枕头底下。在浣花溪公园，时间蛮好，不耽误接送孩子。

郑老头摸着制服上的扣子，以后你每天都可以逛公园了。那地方风景好，赶上过年还有草堂祭圣诗颂新春的活动。天黑了，两个老人坐在小区的亭子里，就算不讲话也愿意多坐一会儿。他们是东北老乡，郑老头已经来成都四个年头，也是来发挥余热的。只是他任务更艰巨些，儿媳刚刚生了二宝，他每天负责买菜做饭接送大宝。

刚来时老杨在小区里转，看见一个老头手指头虾米似的钩着一大堆购物袋。他过去帮忙，居然还是老乡，天下东北人是一家。老杨高兴得直拍手，你会下象棋不？军棋跳棋也行。扑克两人也能对掐。这个，郑老头晃晃手里的袋子，白天太忙，晚上没问题。

郑老头晚上一个人住，儿子那边两室一厅，亲家母刚来时，他睡客厅沙发。进进出出不方便，就在儿子那个单元租一间。老杨去下过几次棋喝过几次酒，郑老头总犯困，老杨觉得他白天工作量太大。

老杨睡不着，看看表还不到十一点。睡了吗？他用微信问马红霞。还没，刚刚把小朋友哄睡。我找了个活儿，就在给你发照片那个浣花溪公园当保安。儿子同意？这事我自己说了算。

看照片那个公园是真漂亮。那当然，有上百只珍稀水鸟在那里繁衍栖息。什么时候来？我带你悠闲悠闲。那边忽然没声了……

马红霞是老杨女朋友。笑什么？老头就不能有女朋友？你说岁数大一般都叫相好的？可老杨腰板挺拔脸上没皱，体检各项指标均合格，他还会吹萨克斯还会唱，关键他还有一颗热爱生活年轻的心。综上所述，叫女朋友没问题吧？

如果马红霞不去日本给女儿看孩子，老杨说什么也不会来这边。马红霞走得很坚决，几乎没犹豫，根本没考虑他的感受。正巧翠儿的弟妹生小孩儿，亲家母要去那边照顾。杨树恳求，帮帮忙，帮帮忙，就接送铁头，碗都不用你刷。

老杨恶狠狠地给马红霞发条信息，你走我也走，像谁没地方去似的！

老杨和马红霞退休前在一个单位，当时接触并不多，后来单位组织夕阳红春游，两人才算熟络。他们又搭伴儿报了旅游团，搭伴儿读了老年大学，又慢慢从搭伴儿演变成搭伙。

他们在一起那段日子，进进出出老杨脸上都挂着两朵花儿。马红霞虽一脸平静，可老杨知道她的花儿开在心里。杨树大学毕业那年，老伴走了，日子一下子变得杂乱无章。马红霞的出现，让生活变得更有滋味，一切都那么令人满意。或者说正朝着令人满意的方向发展。唉，美好的东西总不长久！混到这把年纪还搞异地恋。

铁头要吃奶糕，店铺还没开门。成都这地方怪，即便在最忙碌的早晨，人们也迈着方步气定神闲。有人居然还停下来望望树上的鸟，有人居然还在路边的椅子上打瞌睡。这都什么时候啦？要说城市也会睡觉的话，成都的睡眠可谓太充足太饱满。那么长的一个大夜，做梦娶媳妇儿都够了。

卖奶糕的小伙子打开卷帘门，很有耐心地搅和着鸡蛋，那么笃定自然，他一点儿都不急，嗒嗒嗒，唐宋元明清。嗒嗒嗒，上下五千年。得等到什么时候？老杨和铁头商量，咱明天吃吧。铁头说自己肚子里有条小虫，不给吃它要闹翻天。乖，爷爷第一天上班怎么好迟到？铁头拍拍脑袋，把这事忘了，他对正搅和鸡蛋的小伙子说，我爷爷当保安了，看这衣服多帅！

个子偏高那人居然是保安队队长，老杨被分派到白鹭洲巡逻，一个叫老山西的和他搭档。老山西总是眯着一双眼，脸上多数地方黑，应该是太阳晒的。没晒到的褶皱里一条条白，大脸猫似的。老山西提议分头行动，你往东我往西，这样才不浪费人力。老杨心里还是愿意热闹，两个人一起说说笑笑就把活儿干了。

浣花溪公园山水交融曲径通幽，美得一塌糊涂。公园隔壁就是杜甫草堂，之前老杨去过，一张门票六十块！老杨感慨，那杜老爷子真会找地方。这样的环境待久了，俗人也能冒出几句诗。啊！沧浪湖！啊！万树林！啊！那个"一行白鹭上青天！"……

老杨热情高涨充满新鲜感，有个小孩儿在湖边玩儿，喂，小朋友注意安全。有个男人爬到树上拍照，NO！NO！老杨扯着脖子喊。看见地上的废纸和饮料瓶，他立刻捡起来扔进垃圾箱。老杨吸吸鼻子，一股清凉涌进心田。"和我在成都的街头走一走，直到所有的灯都熄灭了也不停留……"

老杨在湖边看着自己的倒影，早晨刚刚刮过的脸泛着青光，这人都花甲之年了身板还如此挺拔精神，还如此矍铄，还被主动邀请当保安，保安是谁都能当的？那要看身体素质要看精神面貌要看思想境界。老杨干枯的生活一下子吸足了水分，安定饱满，嘴角不再起大泡。

支望远镜的周老头看见老杨一愣，你这是？我在这儿巡逻了，每月一千五，以后差不多天天碰面。不为那几个钱，关键是有个事儿干。对，这个岁数谁还图钱？人不能闲着，这活儿巴适得很，周老头感叹，看看我新换的镜片。

老杨又在望远镜里看见白鹭，看它们用长长的嘴巴梳理羽毛。看它们舞动翅膀展示绰约的身姿。对面也由我分管，现在老山西在那边。老山西！老山西！老杨在望远镜里看见老山西了。

老山西弓着腰，两只手正在垃圾箱里忙活。他迅速把矿泉水瓶一个个掏出来，然后装进旁边的黑色塑料袋，然后拎着塑料袋继续向前……然后老山西的塑料袋越来越鼓，越来越鼓……

队长来电话让老杨去大门口帮个忙，不一会儿老山西也赶过来，他两只手插在裤兜里走得不紧不慢。

翠儿出差，杨树去学习。老杨在超市里买了猪拱嘴，铁头哈哈笑，爷爷你吃它？这是整个猪头的精华，有嚼头！那我要吃汉堡。翠儿规定铁头每个月只能吃一次，现在翠儿出差了。

爷孙俩吃着自己心仪的食物，都很开心，关键是精神上放松。铁头弹一小会儿琴便去看动画片，不过这一小会儿他弹得还算认真，因为老杨要录成小视频发给翠儿。

老杨和马红霞聊天，他发了好多公园里的照片，还有自己穿保安制服的照片。马红霞把她做的寿司端给老杨看，老杨假装伸出舌头，不知道自己啥时候有这口福。其实老杨不爱吃这玩意儿，主要是逗马红霞开心，没话找话呗。

铁头嚼着薯条看看老杨，要是总我俩一起过该多好。老杨说你早点儿睡，明天还要去幼儿园，铁头只顾低头看动画片。这孩子平时被翠儿管得太紧，又是钢琴又是国学又是英语。听说还要报奥数班和围棋班。一个五六岁的孩子哪儿吃得消？

铁头上床睡下后老杨赶紧下楼，郑老头在小区亭子里等他。郑老头忙家务没什么娱乐，只盼着晚上和他聊聊天。那个老山西居然捡矿泉水瓶，那么大一袋子，不晓得藏在哪儿。郑老头晃晃脑袋，一把年纪还要为生计操劳，想想他咱也该知足，起码不再为赚钱奔波。

我买啤酒去你那儿喝点儿？手机响了，杨树问，铁头睡啦？睡了睡了。我也马上睡了。客厅抽屉里有份文件，你拍照片发给我……

铁头还在看动画片，那会儿是装睡。老杨一离开，他马上从被窝里坐起来。这个熊孩子，老杨赶紧夺下平板。

早晨铁头赖着不肯起，说不准备去幼儿园了，他要一直睡到吃晚饭。老杨急了，去不去幼儿园没关系，可他还要上班。老杨说起来吧，起来吧，晚上还给你买巨无霸汉堡。铁头两眼闭得紧紧的。老杨说，起来吧，起来吧，咱晚上就弹一小会儿琴，铁头居然打起了鼾。老杨说，起来吧，起来吧，你可以随便看动画片。铁头一骨碌爬起来。

老杨在他的分担区域转一圈，就去周老头那边看看，转一圈又过去看看，主要是在望远镜里看老山西。他一边和周老头有一句没一句地聊，一边洞察着老山西。

午休一小时，老山西吃饭快，怕别人跟他抢似的，然后擦擦嘴巴说，上工去了。队长就表扬老山西，说他爱岗敬业，说他有主人翁精神。试想人人都如他这般，我们的城市将变得多么美好，我们的国家将变得……有人关心队长，快吃吧，菜都凉了！

老杨下班就去幼儿园接铁头，路上顺便把各自的吃食搞定，老杨喜欢猪头肉猪拱嘴猪耳朵，铁头喜欢汉堡比萨薯条。到家把大大小小的食品袋堆到餐桌上，铁头两只小脚也搭到桌上。他都快开心死了！

公园里有好多古树，香樟古桂银杏……搭出个绿油油的天然屏障。绿荫下还有一排诗人雕像，营造出"绿竹通幽径，青萝拂行衣"的境界。老杨看看四下没人，对着那排诗人说，爱听京剧不？听好了您哪！"一见公主盗令箭，不由本宫喜心间，站立宫门叫小番，小嗷嗷嗷番……"吊门起高了，小番二字唱得像宰猪，连他自己都乐了。

"人说山西好风光，地肥水美五谷香，左手一指太行山，右手一指是吕梁……"原来是老山西，看样子心情蛮好。山西风景确实好，老杨说他去过五台山。那都是我们老祖宗一砖一瓦盖出来的，看老山西那副得意样，就像是他自己一砖一瓦盖出来的。

有空去我们东北玩儿，我请你吃杀猪菜，血肠炖酸菜。我们山西厉害人物也好多，关汉卿演戏写剧本赚钱，马远和米芾摆摊卖字画，还有武功高强的卫青和关云长……这算啥？我们那儿可出过皇上，老杨想把清朝那十四位皇帝从头数一遍，可惜顺序记不清了。老杨暗笑，一把年纪怎么玩小孩子的把戏。

你稍等，我去朋友那儿讨杯茶。老山西端着纸杯抿一口，这是峨眉竹叶青。还蛮懂行。那望远镜老头你认识？我朋友。东北人以广交朋友为荣，现在周老头和郑老头已经被老杨纳入朋友的行列，虽然彼此认识的时间并不长。

他以前在那边喂鱼，后来公园改造，就在这儿支个望远镜。有两个游人经过，老山西目光尾随着，没走多远，一个人把手里的矿泉水瓶扔进垃圾箱。老杨说要去趟卫生间……

翠儿和杨树回来时，铁头脸都圆了。翠儿捧着他儿子脸蛋儿啄个没完，开始还有点儿担心，谢谢爸，这一阵辛苦你了，翠儿拿出给老杨买的茶叶和衬衫。不辛苦，不辛苦，可好了！老杨实话实说。卧室里翠儿拱到杨树身上，没想到你爸看孩子一点儿不比我妈差。那当然，我爸是谁！

老山西送给老杨一小包茶，小到什么程度呢？就是只能泡一次的那种小包装。他说那个望远镜老头有点儿资源浪费，你看他整天又招手又喊免费，人家倒以为是陷阱。不如收个一块两块，看的人也心安理得。他就图一乐！

我家里闲着一台，不如一起合伙。合伙？老杨愣了，就是我把家里的望远镜拿来，我只要少部分利润，你家有望远镜没？有的话也入一股，现买不划算，一年都回不来本钱。你去问问，行的话我明天就把望远镜拿来。

周老头正跟人视频，他把手机递给老杨，我孙子，刚过完一岁生日。都会叫爷爷了。和你住一起？没，在北京呢。老伴在那边照顾，我在那边住不惯，每天嗓子眼都冒烟。

老山西说他家有一台望远镜，闲着也是闲着……那个老家伙就是钱包脑袋，以前他还在那边偷偷卖鱼食。

快看，那个不是老山西？周老头把望远镜让给老杨，老山西直奔桥下，身影很快淹没在草丛中。这家伙怎么鬼鬼祟祟的？

铁头这阵儿添个毛病，就是他弹琴时总要戴上老杨那顶保安帽。他觉得这样很威风。铁头脑袋小，弹琴动作稍大，帽子就往下掉。老杨可以睁一眼闭一眼，翠儿不答应。铁头偏要戴，一个喊一个叫，家里开了锅。

你现在不认真将来怎么办？将来，将来我像爷爷一样当保安。铁头，你要气死我呀，没出息！翠儿本来知书达理，现在她给气糊涂了。

老杨听不下去，一个幼儿园的孩子，让他学那么多，连个快乐童年都没有。现在给他一个美好童年，将来就会失去一个美好的成年。杨树小时候也没遭这份罪，照样上名牌大学！现在和那时候怎么能一样？谁家孩子愿意输在起跑线上？杨树今晚加班，没人和稀泥。这么你来我往容易破坏和谐，下楼找郑老头去。

当保安很丢人吗？我这也是老有所为自得其乐。她也不是成心针对你，教育孩子罢了。如果你儿子从小立志当保安，你愿意？她可以过后和孩子讲，当着面实在让人受不了。大家在一起就要多担待，我那个亲家母太仔细，装好的垃圾袋都要解开翻一翻，去个卫生间也不开灯，在一个屋檐下不好太计较。

都说知足常乐，如今有多少年轻人坐在家里啃老，儿子媳妇孙子全指望老子，有些老家伙被逼无奈就去捡破烂。郑老头以前在厂工会上班，他总能找到宽慰人的理由。老杨一拍大腿，那个老山西。

月亮的清辉把周遭镀上一层银，墙边的蜀葵开得正好，这种花一长老高，开出的花很有气势！两个老头坐在亭子里，憋闷哪，心烦哪，一股脑儿地往外倒。这就是男人，大事面前敢打敢拼，对于这些家庭琐碎却絮絮叨叨的。倘若换成两个女人，遇到这样的话题还不咋咋呼呼跟打架似的？

杨树来电话，说他路上买了夜宵回来。老杨努力控制情绪，汤热在锅里，我和郑叔叔在品翠儿带回来的茶……

翠儿噘着嘴，铁头怎么搞的？居然能三七二十八。弹琴也差劲，之前的曲子忘了好多。杨树两只手搂过去，那一老一小背着咱们搞花活……喂，你爸好像外面有人了，背地里偷偷摸摸打电话。那敢情好，你又多个婆婆疼……

老杨发现一个秘密，什么秘密呢？就是在老山西经常出没的桥下，居然有一片菜地，也不能说一片，是零零星星东一疙瘩西一块儿，分布极其零散极其隐秘。

大树下台阶旁杂草中，小油菜、小白菜、小菠菜、小香菜、小嫩葱……桥墩那儿还有两棵西红柿，已经挂上半红半绿拳头大的果子。小菜们青青翠翠样子可人，用手一碰都能滴下绿汁来。小菜四周还扣着一个个鸡蛋壳儿。这让老杨无端想起过去的日子，都有一份悠久的缅怀在里面。

老杨十五岁才从农村出来，顶喜欢田间地头的感觉。在家时他用泡沫箱种了些小菜，来成都前全部送了邻居。

老杨坐在那儿，心里先就伸出去一只手。他要摸一摸碰一碰尝一尝，看，老杨从心里把手掏出来了。他拔了根嫩葱，甩甩上面的土在河里过过水。咔哧咔哧，巴适得很呢！老杨又拔，小菠菜、小白菜、小香菜，一根一根又一根。刹不住闸了，小葱那儿都快给拔秃瓢了。

老杨也不是没见过世面，上千块的馆子下过多少回，关键还是环境滋生感情。蓝天白云流水潺潺，让老杨心思浩渺口中生津。就算菜场里那些名贵的绿色有机菜也不能比，此时老杨吃的并非小菜，而是一种回忆一种情怀。要是再来点豆瓣酱有张煎饼就更好了！

老杨理亏，便送给老山西一包茶叶，两包五香豆腐干。老山西迟疑着，他们也给啦？他们？老杨明白了，这个他们指的是保安队里的其他人。没，两个搭档缘分不浅。那个望远镜的事儿？哦，周老头说他没准哪天就回北京……

午饭时队长拉开他抽屉找打火机，老杨看见里面有一包茶叶，两包五香豆腐干。第二天一早，老山西就把一袋西瓜子塞到老杨怀里。去超市看过，那茶叶二十五块钱一包，五香豆腐干八块，二八一十六，这袋西瓜子刚好四十一……

老杨告诉马红霞，林子大了什么鸟都有，活了这么多年，也没见过老山西这号人。马红霞急着向他展示自己做的土豆饼和炸蔬菜，说还学会了包饭团。看这个，马红霞手里摇晃着。裙子？女儿给买的，逛庙会穿。对，过几天准备去洗温泉。奶奶的，这娘们儿在那边过得蛮熨帖。

最近老杨却有些郁闷。铁头被管制了，晚饭后翠儿直接把铁头关房间。琴声、哭声、单词、乘法口诀纠缠在一起。

家里的餐桌也比之前丰盛许多，翠儿一面啃着老妈兔头一面宣讲古人精神。孙敬悬梁苏秦刺股，朱买臣负薪李密挂角。还有囊萤映雪、凿壁借光……翠儿小嘴生得俏，好看得像挂在脸上的菱角，那菱角噼噼啪啪噼噼啪啪，当然也有反面教材，小区对面摆抄手摊子的小伙子算一个，超市旁边卖担担面的小姑娘算一个。

老杨三口两口把晚饭解决，他坐在小区亭子里把撕碎的一团纸扔出去，纸屑像白蝴蝶似的随风飘哇飘。被保安看见要吼的，郑老头一面择着韭菜。他两只手被韭菜染得绿莹莹的。连和铁头之间的玩耍都被剥夺。心情能好到哪儿去？

过日子嘛，总有许多鸡毛蒜皮的事，鸡毛蒜皮的事处理不好，日子也就不会安生。换成我高兴还来不及，巴不得一个人，郑老头用报纸擦掉手上的绿。

老杨说，等下去你屋里。明天起早到水产市场买鲇鱼，今晚要早点睡，不能下棋了。那什么，我想上趟厕所。上厕所？对，翠儿总是霸占卫生间，早晚两头占，洗了脸不行，还要洗头发。洗头发不行，还要吹头发。吹头发不行还要做面膜。一三五泡脚，二四六泡澡……那次把我给憋的！哪好意思敲门？本来两个卫生间，一个给改成了衣帽间。

离周老头不远的地方忽然支起一架望远镜，比他那个要高级好多，它被埋在泥土里固定住，上面那个小炮筒可以三百六十度旋转。人们忽然间就觉悟了就不爱占便宜了，举着手机扫描二维码。现在老山西也不时光顾这边，他望着那些人，眼神十分专注。看，有人摇着小炮筒对准周老头那方向，周老头用水杯挡住脸。不许向我开炮！

唉，周老头对老杨叹气，之前他在南边钓鱼，后来公园改造养锦鲤，就开始喂鱼。后来又不养锦鲤了，他就在这儿支个望远镜。这些都是排解寂寞的良方，一边和人交流一边畅谈感想！现在怕是这望远镜也要拜拜了。

公园里有不少背着长枪短炮的摄影爱好者，老杨建议周老头买个相机，周老头说自己有风湿性关节炎，那些费腿脚的娱乐都和他没缘。你还照旧，又不是抢生意。没人看有啥意思？明天，明天还来不来呢?

你在哪儿?什么时候转过来?茶都泡好了。这是老杨从周老头那儿离开不到十分钟收到的信息。周老头缠人,他都开始烦了,老杨毕竟在上班!

再转过去,老杨举着免费牌子朝游人喊,过来,过来看看,不要钱的。真有个人被他喊过来,周老头很开心,明天给你泡碧螺春。周老头随身带着个竹节模样的大暖壶,茶是在家沏好的。热腾腾,香喷喷,没人的时候来几口。

队长正巧经过,老杨你怎么成了牵驴的?老头子怪可怜的。他给你开工资?没。老杨想说,谁都会老,谁都不容易。那一千五百块对他来说不算啥,他从石油系统退下来,退休金不低。你都未见得赶上我。

老杨把这些怨怼的话咽下去,他喜欢浣花溪公园,喜欢这里的山和水,喜欢这里的白鹭和画眉,喜欢脚下这千年的历史。一步一景,移步易景。再说铁头也愿意爷爷当保安。在铁头眼里当保安的爷爷超威风。

翠儿和杨树又双双出差,翠儿不愧学霸,凡事都能找到最好的解决办法。为防止这一老一小不轨,居然在家里安上天眼,现在就算走到天边也无妨。手机轻轻一点,看你们再玩花活?

监控的意义是防贼防盗,这算什么?人家是担心儿子偷懒,你也不用想太多。没准是担心我偷懒吧!以为她学历高,相处上不会有障碍,谁知道会这样?我家儿媳妇的弟弟要来了,到时候家里更热闹了!老杨和郑老头你一句我一句,与其说在倾诉,倒更像自言自语,空气里弥漫着一丝忧伤,却是淡淡地浮在表面。内里更多的是倔强,不让人看见。

老杨很烦很无奈，一切都按翠儿的规章制度紧张地进行着。铁头弹琴时他端坐在旁边，铁头背古诗他手里拿着课本，铁头吃饭他在一旁削水果。老杨快疯了，都想拿弹弓把那天眼射瞎。

伟人说，哪里有压迫，哪里就有反抗。回家路上他们买了汉堡和猪蹄儿。一边走一边吃，一边走一边吃。到家门口把嘴巴一擦，然后等待翠儿订的营养套餐，装模作样吃点儿。奶奶的，怎么感觉这几天比几个月还长？

等铁头睡着，老杨打电话给郑老头，大宝急性肺炎住院，陪护呢。内急上厕所？走时太匆忙也没把房间钥匙留给你。不急，就我和铁头，现在家里厕所最安全，那小子拿着平板躲在里面。

郑老头不在，老杨就去小区对面的抄手摊子坐坐。就是被翠儿定为反面教材的小伙子，小伙子手脚麻利。分分钟就把一碗抄手放到眼前。这孩子嘴和手一样勤，叔叔长，叔叔短，叔叔给你加勺热汤。摊子上的人吃完也不马上撤，愿意和他多聊几句。小伙子做的辣椒酱颇受欢迎，没问题！临走用塑料袋给你装点儿，小伙子爽快！老杨喜欢这朴素的市井烟火。他喊，再来一碗！

天上飘着绵绵细雨，这种时候周老头不会来，老杨就坐在小亭子里看水中的白鹭嬉戏。心头忽然涌上一股伤感，不知道马红霞在干什么？凄凉的思绪跟温馨的回忆搅在一起，酸酸甜甜。老山西也到亭子里躲雨，一副很开心的样子，这雨能让他的小菜喝个肚满肠肥。

翠儿推着拉杆箱回来时，后面还跟个人，翠儿妈！她来成都处理之前买的保险。

这老太太喜欢水，水龙头成天哗啦啦响着。她恨不能接一根儿胶皮管子，把家里从上到下冲一遍。她也喜欢太阳，被子枕头，棉衣拖鞋，萝卜干子西葫芦条，全部拿到太阳下面，她一面用扫把敲着棉被，天气巴适得很，都要晒晒喽！

翠儿妈举着马桶刷，看看这东西也放床上。我，老杨有些不好意思。我后背痒，老头乐根本不管用，还是这个有力道。之前买过好几把，翠儿不知情，都给放进卫生间。

晚上杨树加班，翠儿监督铁头弹琴，翠儿妈搞卫生，老杨要去找郑老头。翠儿妈朝他摆摆手，帮忙把桌子抬这边，帮忙把椅子拉那边，帮忙把沙发挪挪……柜子太重一起来，一二，翠儿妈没站稳一个趔趄，没事吧你？没事，再来。一二。铁头在房间里问，他俩在拔河？

老杨很久没料理过家务，之前晚饭都是翠儿和杨树负责。买半成品回来稍微加工即可。如果两个人都出差，那就更省事了。家里有洗衣机、洗碗机、扫地机器人，老杨也乐得清闲。

翠儿妈不用洗衣机不用洗碗机，她用一双勤劳的双手，白馍自己蒸，火锅底料自己熬。她熬了好多放冰箱里备用，把家里搞得像火锅店，老杨不喜欢那味道，也嫌翠儿妈折腾。他和郑老头商量，要不我住你这儿？

我倒是愿意，可你儿子媳妇那边？她又不常住，再坚持坚持。到底也是帮你儿子家干活，请个保洁也要给钱。前几天儿媳妇弟弟来了。那小子要么吃要么睡，要么倒在沙发上玩手机。腮帮子一甩，能吃掉一整只鸡。

能住多久？他准备在这边找工作。睡客厅沙发？嗯，现在菜要多买，饭要多做，连碗都要多刷一个。来个翠儿妈那样的，我可美坏了。过几天可能要回趟老家，去换医保卡。郑老头像是很期待，回去先到浴池泡他一天，要上一壶老白茶！

小炮筒望远镜忽然坏了，老杨从那儿经过，见周老头正忙着，过

277

来看看，我这是美国星特朗专业天文望远镜，口径一百零二，焦距一千三百二十五……老杨长嘘一口气，周老头真是需要望远镜来抚慰生活。

老杨使劲揉揉眼睛，不是做梦，他在公园里看见林黛玉和贾宝玉了，他们戴着头饰穿着长衫，林黛玉肩上扛个小锄头，贾宝玉胳膊挎个筐。拍电影的？老杨天生爱凑热闹。

开始两个年轻人互相拍，然后搭着肩膀自拍。还不时从一旁的旅行箱里往外拿道具，扇子、灯笼、琵琶，后来男孩儿拿出一把左轮手枪对准自己，咱拍贾宝玉娶不上林黛玉要自杀。

你们这是？我们在拍抖音。老杨虽然不懂，但也觉得有趣儿。

去前面拍，那边景色更好。老杨把他们领到一片竹林，男孩儿用支架固定好手机，女孩儿把一包粉色塑料花片交给老杨，大叔，帮个忙，一会儿我俩假装锄地。你把这个撒到我们头上。效果不好，视频里老杨那只手像魔爪一样起起落落。

重来，老杨爬到树上，他用树叶把自己遮严实，塑料花片从上面飘飘忽忽降落，两个年轻人满意极了。大叔你居然还能爬树，我都爬不上去。老杨说自己以前是运动员。大叔，一起玩儿啊。女孩儿从行李箱里拿出一件红袍子让老杨披上。男孩儿递过一把扇子。大叔你从竹林那边走过来，开拍！咔！

天上掉下个林妹妹，似一朵青云刚出岫，只道他腹内草莽人轻浮，却原来骨骼清奇非俗流。老杨摇着扇子晃着小步，有点儿意思，有点儿意思！

我还想拍个唱京剧的。没问题。女孩儿又拿出一件黑袍子，还有把宝剑。老杨想要是有头盔就好了，带翎子的那种……用我手机拍，也让马红霞看看我的快乐生活。

老杨好久没这么开心了，要不是去接铁头，他都想请两个年轻人吃一顿。

进门正撞上翠儿妈蹬着椅子挂相框。我来，老杨主动请缨。翠儿妈在下面指挥，往左往左，再往左。不对，再往左就能打滑梯了。老杨回头，看见翠儿妈整个身子在往右使劲。哈哈，两个人笑喷了……翠儿妈准备做泡菜，老杨也要露一手，凉拌心里美萝卜。他把萝卜切成条，红辣椒青辣椒切成块。糖醋咸盐花椒面，花生油芥末油小磨香油……要色有色，要味有味。一个做一个装玻璃罐，配合相当默契。

老杨把视频和照片通通发给马红霞，等了半天也没有回音，就去楼下找郑老头。老杨举着手机，今天可过瘾了。郑老头笑，你这班上得啥也不耽误。机票订好了，下周五回。去几天？一个星期左右。你走了谁给他们做饭？放心吧，地球离谁都转，饿不死人的……

房间隔音太差，老杨听见翠儿对杨树说，喂，你爸是不是看上我妈了。啊！什么情况……嘘……这不是扯淡，不过老杨还是在心里把翠儿妈和马红霞一番比较。一个高一个矮，一个胖一个瘦。马红霞典型的东北娘儿们，翠儿妈一干巴瘦小老太太。这么比着，老杨又觉得自己挺不要脸。

队长都瞪眼了，队长都掐腰了，队长都把唾沫星子喷老杨鼻尖上了。你还帮着牵驴，你还又是秧歌又是戏。看把你能耐的，这是工作，这叫上班！你，简直中饱私囊，想想用词不当，你，简直假公济私。

从前老杨是个暴脾气，上班那会儿都跟厂长拍过桌子。这会儿老杨却软了弱了敛声了，一般人老了肚子里都能装船。他当保安纯属娱乐。人一旦衣食无忧，娱乐就显得尤为重要，和柴米油盐差不多。

279

怎么是假公济私？他是一边巡逻一边兼顾娱乐。说起来老山西才叫假公济私，又捡矿泉水瓶，又开荒种地。但老杨不会检举，自己被雨点砸了，马上去喷别人，这种事儿他不干。

要么是队长厚道，要么是眼下找不到人，居然没让老杨滚蛋。没滚蛋心里也不舒服。谁被臭骂一顿能痛快？周老头又在微信里喊，你过来看看，飞机粘好了。小炮筒望远镜修好后，周老头又陷入寂寥，老杨就把铁头委托他粘的木板飞机拿给周老头，也算帮他打发时间。

下班后老杨跟周老头去了他家，房子不小，就是太乱。茶几上摆着没刷的碗筷，沙发上扔着枕头……窗台上那几盆花也快干死了，周老头把沙发上一个背心儿团巴团巴擦桌子。他随手打开电视，他愿意开着电视，电视里的人声一按开关就来了。

老杨把路上买的吃食拿出来，猪蹄子、扒鸡、张飞牛肉，周老头从柜子里拿出一瓶五粮液。酒柜里放着好些酒，周老头说自己平时不大喝，不过看着这些大瓶小瓶，心里舒坦。

嘎嘎嘎，嘎嘎嘎，一只鸭子溜达进来，它左摇右摆挺着胸，好像对自己的模样过于自信。这鸭子确实漂亮，金褐色的头，通体金丝绒一样的墨绿。脖子上那一圈白就像戴着个银项圈。过来，滚呱呱。周老头给它喂了块牛肉。

养了快三年，滚呱呱可聪明了。周老头把刚才当抹布的破背心扔出去。滚呱呱一摇一摆给捡回来。上次带到公园，滚呱呱差一点儿让人偷走。我在外面就惦记它，周老头滚呱呱滚呱呱地叫，鸭子又一摇一摆过来，其实周老头喊它也没什么事儿，和鸭子能有什么事儿？喊着玩儿呗！鸭子和电视让屋子好不热闹！来，喝酒！

老杨一口干掉，奶奶的，上班那会儿厂长都不敢对他摆臭脸，周老头觉得，保安队队长就是个芝麻绿豆官，科级都不算。老杨说可能和工厂里的班组长差不多。什么？连班组长都赶不上，他也是雇来的。我在那边钓鱼时，他就像你这样天天巡逻。

两人正聊得热闹，马红霞忽然来电话，在周老头这儿老杨本来不想接，可那边很执着。马红霞说她可能闯祸了，今天女儿带孩子出去玩儿，她就在家里搞卫生，窗帘床罩被单通通给洗了，晚上有人开车来敲门，她也听不懂说什么，正巧一位邻居经过，沟通后才知道，他们是自来水公司的，发现这家的水表走得飞快，以为是哪里漏了。不知道会不会罚款！

洗个衣服也这么多麻烦，老杨安慰她，实在不行就回来。你回我也回，不伺候了。好像有人摁门铃，马红霞赶紧挂掉。

谁呀？周老头问得暧昧。我原来的同事，在日本给女儿看孩子，之前我俩在老家又是旅游又是老干部大学，日子过得有山有水，见日见月。现在也只能靠手机联系。周老头忽然就愤怒了，他一拍桌子，老年人就不能有自己的生活？我现在后背痒痒就往墙上蹭，一口热饭都没人给做！你……你买一把马桶刷！

想到和马红霞在一起那些快乐时光，想到他们在灰蒙蒙的夜空里找星星。老杨悲从中来干一杯，又干一杯！电视里正在演昆曲《牡丹亭》，那年轻貌美的杜丽娘正在屏幕里且歌且舞。"一轮明月照窗前，愁人心中似箭穿……"老杨这边也唱上了。

没看出来你还有这两下子。那当然！老杨把手机递过去，给你看个视频。就因为这个让队长臭骂。

谁？这谁？周老头指着手机，老杨这才发现，视频里一棵大树后面有个人影晃来晃去，两人反复看过几遍，同时喊出三个字——老山西。

两个老头边喝边骂,他居然去告密。这个时候老山西就成了一道下酒菜。不比猪蹄子张飞牛肉差。妈的,周老头说旁边那台望远镜一定是老山西的。之前不是还想合伙?看自己没同意就去贿赂管事的。老杨也想起来,那次送他茶叶,老山西居然转送给队长了。

两个老头喝到脸通红,喝到脖子粗,喝到两眼一片迷蒙。一个有趣而解恨的念头跳出来,他们挥舞着拳头。周老头说我给你报仇去。老杨说我给你报仇去。我去!我去!他们勇敢得像上战场。

不只说说,都开始行动了。周老头在阳台找到一把铁锹。老杨在桌子上发现一把螺丝刀。周老头还翻出给孙子买的玩具枪。一扣扳机呜嗷呜嗷叫。

他们带上武器跌跌撞撞来到楼下,外面漆黑,已经夜里了。两个老头脸蛋泛着紫红,像两盏奄奄一息的破灯笼。他们就着这点儿可怜的光亮,搀扶着前行。

两个都不是坏人,只是在酒精的作用下脑门一热,彰显了男人有仇必报的好斗精神,这是动物的本性,人毕竟是动物的一种。

街上的凉风让他们有了一丝清醒,黑灯瞎火偌大一个成都去哪儿找老山西?两个老头开始迷茫。公园,去公园……周老头往前指。马上到了,周老头却一屁股坐在地上,他痛心疾首从嗓子眼挤出一句,你上,我掩护……

队长给老杨放那段监控视频,老杨脸上一阵红一阵白,他尴尬地笑笑,也罢,也罢。他先把帽子摘下来,然后把衣服脱下来,还没到手的工资留下赔偿。走在街上老杨还在心里回放那个视频。太帅了,他简直太帅了,对着小炮筒望远镜一顿拳脚后开始挖。前边挖后边挖,左边挖右边挖,小炮筒在他强大的攻势下轰然倒下。

看身手哪里像六十岁的人?顶多三十出头!夜晚画面不清晰,那也遮不住他帅气的身姿。视频不全面，之后他又去了桥下，彻底捣毁了老山西那些菜地。

老杨在街上漫无目的地转，他发微信告诉马红霞自己被开了。想想不妥马上撤回，随手拍一张街边花坛的照片发过去。对面不知道谁家在拉二胡，声音过来一下过去一下，过来一下再过去一下，老杨在街边长椅上睡着了。

晚饭后老杨去敲郑老头门，一个满脑袋黄卷毛的小伙子出来，今天下午郑老头坐飞机提前回了，黄卷毛就是那媳妇的弟弟。

这小子也不见外，大叔进来帮个忙，手机支架坏了，帮我拍段视频。稍等，我先准备一下。现在年轻人都爱玩这个？老杨以为他是换衣服拿道具。黄卷毛却端出一个大白盘，盘子里是一只油汪汪的鸡。干啥？拍我吃鸡。

黄卷毛太能吃了，太会吃了！一只鸡腿塞嘴里，三下两下便吐出光溜溜一根鸡骨头。鸡脖子鸡翅膀通通如此，变戏法似的能让骨肉分离。

这小子满脸满手油，一头黄卷毛就像开在日光灯下的向日葵。老杨对他竖起大拇指，厉害！真厉害！只要功夫深，铁杵磨成针，我练了大半年了。老杨都开始羡慕了，现在的年轻人就是聪明，总能找到让自己开心的办法。

早晨老杨照样送铁头去幼儿园，现在他只负责送，接的任务归翠儿妈了。老杨在街心公园看人打牌，其间跟马红霞通个电话。那边一片哇哇哇，老杨以为马红霞在池塘边。掉进青蛙池子啦？带孩子打预防针呢，正忙着，挂了！

玩具店门口放个大水盆，里面泡着几只黄色橡皮鸭。老杨打电话给周老头，唉，可累死了！周老头那边气喘吁吁，他在整理东西，过两天儿子同学去北京也把他带去。你不怕嗓子冒烟？到时候喷西瓜霜，总好过天天吃凉饭。嘎嘎嘎，嘎嘎嘎，到阳台玩去！滚呱呱也带去？嗯，飞机托运。

翠儿妈来了十几天，不知道她什么时候回去？

老杨想到对面台阶上坐坐，对面是一家超市，超市台阶上坐了不少人，细看都是些耄耋之年的老头老太太，他们坐在那里发呆。

老杨在小区里碰到黄卷毛，他举着手机，真没看出来，大叔你还蛮火。火什么？老杨听不懂。这个不是你？老杨在黄卷毛手机里看见自己穿着戏装在唱。

你怎么有这个？上抖音全世界都能看见。呵呵，我的粉丝也在涨。那个吃鸡视频又吸了不少粉。你也看见，我那是真吃，不像有些人弄虚作假一边吃一边偷着吐。做事要讲职业操守，下一步我准备一次吃掉一只鹅。

我不会玩抖音，谁给弄的？一个叫宝哥哥的人发的，连微博上都分享了。能知道是哪天发的吗？这简单，黄卷毛说了时间。就在那天拍完视频之后没几分钟，这事儿闹的！

杨树来电话，翠儿妈过几天要回去，等下过来接他们去饭店，老杨心里一下子亮堂许多。

饭店很高档，老杨还是头一次下这种馆子。都是人手一盅一份的菜式，精致又清爽，每吃完一道，便有服务员收走，再上下一道。服务确实到位，却是吃得匆忙。生怕吃不完浪费，压力很大。

老杨愿意喝白酒，可杨树、翠儿都说红酒，那就红酒吧。除了上菜，还有专门倒酒的服务员。拿着醒酒器一圈圈转。丢手绢似的暗中留心，看谁的杯子空了，立马续上。

铁头拉着老杨说要到外面转转，原来他从窗户看见外面有个卖棉花糖的。一个男人正拿根筷子一圈圈转棉花糖，车把上挂一块牌子，一只两元。

那人朝老杨点点头，原来是浣花溪公园的一个保安。两人都有些尴尬，不去那边了？白天去，晚上帮老婆卖棉花糖。老杨出来没带手机。还好身上有五元钱，来一个。那人朝旁边一努嘴，掌柜的收钱，一个女人从矮凳上站起来。这个画面让老杨心头一热，他就想起杨树妈。老杨递过钱，不用找了！

老杨拉铁头回去，不行，翠儿看见要骂的，就在外面吃光光。

来这儿吃饭？是呀！你们都是有钱人，这里很贵的，一顿饭要好几千。知道吗？那个老山西，他居然住在"草堂之春"别墅区，"草堂之春"就在浣花溪公园旁边，那是多少人的梦，有人甚至连梦都不敢做。你说老山西住"草堂之春"？

他儿子是大老板，在郊区有块地，他去那边种地了。他不去浣花溪啦？不去了。说起来那也是个怪物，家里那么有钱还去公园当保安，还一边巡逻一边捡矿泉水瓶，都藏在公园的一个山洞里。昨天他儿子派人来拉，整整装了一车。我们几个保安也跟着帮忙装，每人给了两百块。那车破瓶子也不值两百……

你也是个人物，还会唱戏，挺像那么回事，队长给我们看了那个抖音。老杨拉铁头回去。爷爷刚刚你付了五块钱。棉花糖是两块钱一只，可以再吃一只，还剩一块钱。那人笑笑又给铁头转了两只。

晚上马红霞向老杨诉苦，说她腰疼，说她腿疼，说她背疼，说她哪儿哪儿都疼。老杨一拍胸脯，那就回家，你定下日子我这边就订机票。隔天老杨再问。马红霞说她贴了日本膏药，这膏药太神了。过几天马红霞又说她腰疼、腿疼、背疼，哪儿都疼。然后继续贴她的日本神仙膏药。

去年老杨和马红霞到丽江旅游，那边的东西多是旅游品，价格很贵。为了有纪念意义，他们买了一盏台灯。那种景泰蓝花瓶的样式，环绕着两只铜质的小鸟，在枝头彼此依恋。花了三千多块钱，售货小姐说这叫长相依，寓意特别好。临走时有一只鸟忽然掉下来，老杨觉得这辈子和马红霞见面的机会不多了。

两个月了，郑老头还没回来，说是下楼梯摔断了腿！那天老杨跟他视频电话，郑老头缠着绷带坐在床上喝茶，滋溜一口，滋溜又一口，哪有半点儿腿被摔断的痛苦？！

翠儿妈又回来了，翠儿怀了二胎。她有点儿贫血，时常头晕，现在像大熊猫一样被一级保护着。要不了多久，呵呵，老杨就会接过郑老头的衣钵……郑老头说过，人一忙就顾不上烦了，人一累就只知道睡觉了，人一睡觉就什么都不想了……

那天他走到浣花溪公园，看见那个小炮筒望远镜依旧傲然矗立，只是下面多了几个加固的铆钉。小桥下面一片荒草萋萋，谁能想到这里曾经青菜片片，那些鲜嫩的小菜，用手一碰就能淌出绿汁来……不知道老山西郊区那边菜种得怎么样了。他让朋友寄来不少菜籽儿，一种叫甜青的小菜，碧绿得像蒲扇一样圆圆的叶子，生着吃，炒着吃，煮汤喝。不知道什么时候才能看见他……

一只叫钱钱的龟

【授奖词】

　　俞胜笔下的喜悦欢乐、苦恼遗憾，总能在人与事物间的一些微小共鸣中折射出纯粹的美与灵性。水边岸上，一只小龟的命运轨迹与主人公的生活息息相关，与一个家庭的抉择、愿景休戚相关。作者以小龟的去留为矛盾点，勾点连线，问迹追踪，描画出主人公内心最深处的迷惘与纠结、执念和渴望。《一只叫钱钱的龟》在爱和生命的记忆中唤起了曾经错失的自我、曾经消散的纯真、曾经可遇而不可求的人生互见。

　　有鉴于此，特授予俞胜《一只叫钱钱的龟》第二届曹雪芹华语文学大奖·短篇小说奖。

作者简介

　　俞胜，1971年生，安徽桐城人。中国作家协会会员，辽宁省作家协会特聘签约作家。著有长篇小说《蓝鸟》，中短篇小说集《城里的月亮》《寻找朱三五先生》《在纽瓦克机场》，散文集《蒲公英的种子》等。作品入选《新实力华语作家作品十年选》，2014年至2021年均有作品入选多种散文选本。曾获安徽省首届鲁彦周文学奖中篇小说奖、大连市庆祝建国五十周年文艺作品征集活动散文·报告文学优秀奖，中国作家出版集团优秀编辑奖等。

最后的难点聚焦在如何解决这只乌龟上。

金钱龟，背上有三条黑线，最长的那条线是在龟甲的中间，纵穿龟的头颈和尾尖，龟甲的边缘像镶了一圈夕阳的余晖。哥哥项午和妹妹项晨都辨不出这只龟是公是母。

"它大概有三岁了吧，长成了这么大的一坨。"哥哥说。

"妈喂得好呗。"妹妹说，"三岁不三岁的我不知道，反正来我们家有三年了，还是我给月月买的呢。"

"当初为什么要买这只乌龟呢？"哥哥问，语气里只是好奇，没有丝毫责怪妹妹的意思。

"月月两周岁生日的时候，你又回不来。"妹妹盯了哥哥一眼说。

哥哥尴尬地笑了笑，没说话。

妹妹接着说："那几天，妈恰好带着月月在我们家。去市场买菜的时候，看见卖金钱龟的了，只有铜钱大小，一只只活泼泼地在水盆里乱爬，月月见了稀罕得不行，挪不开步子了，我就给她买了两只。"

"两只？"哥哥问。

"是呀，当初是买了两只回来，寻思让它有个伴呢。谁知第一个冬眠期没过去，妈就告诉我，死掉了一只。"妹妹又盯了哥哥一眼。

那只在龟缸中徒劳地兜着圈子的乌龟仿佛听见他们在谈论它，安静了下来。它爬上龟缸中的晒台，伸长脑袋，用一双乌溜溜的黑眼珠瞅了他们一眼后，又慢慢地缩回了脑袋。

"妈怎么能认出它是一只雌的？"哥哥好奇地问。

"妈能辨出来呗！"妹妹简短地回答，语气里含着那么一丝嗔怪的味道。

妹妹的嗔怪不是为了财产。妈走前也没有留下什么财产，妈走后，家中值得送人的东西都送了人，只剩下湖边这一套孤零零的楼房。这套楼房,哥哥不会要,妹妹也不会要。它的将来注定是属于风的,属于雨的,属于日月星辰和这片湖水的。妹妹的嗔怪也不为哥哥对妈少尽了孝心。哥哥远在北京,在一家大国企里上班,回家看妈的次数的确不多,但哥哥生怕妈缺钱花,常把钱打到她的卡上。哥哥的钱不只是给妈的,也是给他的女儿项朋的。嫂子去美国的那年,月月才一岁半,哥把女儿送回了家,让妈帮着他拉扯大。妈没有多花哥哥一分钱,走之前,身边还攒有七万三千四百六十九元,其中五万八千二百七十三元是哥哥给她的,一万五千一百九十六元是妹妹给她的,谁的钱最后就归谁,妈不带走一分。妹妹当然也不会要哥哥的钱,妹妹虽然生活在县城,可她也是一个局的副局长,日子好着呢。

妹妹的嗔怪在于他的优柔寡断,在于连对一只乌龟的去向都举棋不定。再过三天,过了妈的头七,哥哥就要回北京了,还要带走他的女儿项朋——小名叫月月。他们都走了,这只乌龟怎么办?

月月扎着小羊角辫,鼻尖、两腮和新换的连衣裙上都沾满了泥浆,像一只小泥娃从秋阳中跳出来。她进了堂屋的门,手中提着一只玻璃瓶子,瓶底是三厘米高的水和几只活蹦乱跳的虾。

"月月,只许在田沟里捞虾,不许到湖边去,听见了没有?"姑姑嘱咐。

"知道啦,姑姑,我就是在田沟里捞的,给钱钱当食粮。"月月嘴上说着,身子已经蹲到龟缸前,她把瓶底的水和虾一股脑儿地倒进龟缸。两只龟,月月当时给它们取的名字分别叫金金和钱钱,没有度过第一个冬眠期的是金金。

受惊了的虾在龟缸中拼命地蹿,有一只几乎蹿过了缸顶,不过它的落点在缸的中央,不在缸的边沿,所以又十分悲惨地掉落水面。离了晒台的钱钱,张开粉红色的大口,往前猛地一伸,一口就叼住了尚在挣扎的虾。

"月月,月月,田沟里还有泥鳅——"一个和月月差不多大的小男孩儿在秋阳中喊。月月转身又往出跑。他是邻居项二伯家的孙子,现在的年轻人都进城了,湖边只剩下不到四五户人家。

"不许到湖边去,听见了没有?"姑姑又嘱咐。

"听见啦,姑姑。"月月跳进了门外的秋阳中,周身立刻镀上了一片金黄。

"妈在弥留之际,嘴在微微地动,我以为她有话跟我说呢,就把耳朵凑过去。谁知妈游丝一样的声音却是:'月月,月月呀……'妈最放心不下的就是月月了……"妹妹抽出纸巾擦眼泪。

哥哥也觉得眼泪在眼眶里打转,嗓子眼儿发紧得很,他一时说不出话来。稍缓了片刻,他才说:"妈是觉得月月从小就没有娘,妈担心她受苦……"

"可不是嘛。"妹妹也缓解了一下悲痛的情绪,说,"妈在走之前,大概走前一周吧,还跟我说,要劝劝你哥,既然柴源源后悔了,为了月月,还得原谅她一回。人哪有不犯错误的,当初柴源源也是被那个男的迷了心窍。我想,妈这时候已经糊涂了。"

哥哥点点头。

"哥,"妹妹咬牙切齿地说,"柴源源那个女人,你可不能原谅她。夫妻生活中,别的错误都可以原谅,但原则性的错误绝对不能!"

哥哥点点头。

妹妹的电话响了。妹妹很优雅地拿起手机,很优雅地问候了一声,然而,没听对方说两句,就急躁起来:"那份报告,你们起草后交给刘局审定就可以，不必再向我汇报！"妹妹干净利落地挂了手机，一点儿也不拖泥带水。

哥哥又点点头。

妹妹嗔怪了："哥，你不能光点头哇，关于这只乌龟，你得抓紧时间拟个方案、拿个主意，你不会想让它在这里颐养天年吧？妈不在了，谁喂养它呀。"

"要不，"哥哥迟疑着说，"要不放在你家饲养？"

"那可不行，每天就是换水，都够我受的了。再说，我们家谁有时间哪，老张成天不着家，显得比我还忙似的。"妹妹突然有了个好主意，"哥，你把它带回北京就是了。"

哥哥摇了摇头："领个孩子，途中还带一只这么大的乌龟？带也能带走，可带回去谁有工夫伺候它呀！"

"倒也是，这小东西长大了，又能吃又能造，可脏了，水一天不换就弄得臭气熏天的。"妹妹说，"还不知道我静雯嫂子讨不讨厌乌龟呢！"

"讨不讨厌还在其次，关键是都没有时间。"哥哥笑着说，"静雯做记者的，也显得比我还忙似的。"

"那只好放生了。"妹妹无奈地说。

"又来了。月月不同意，一提要放生，她的眼泪就'噼噼啪啪'地往下流。"哥哥笑得无可奈何。

"哥呀，你对她是太溺爱了。"妹妹说，"不过呢，月月的确对钱钱有感情。妈对钱钱也有感情，一天恨不得给它换三次水，给它喂小鱼、小虾还有泥鳅什么的，反正湖边这些东西都不缺，要不短短三年时间能长这么大？眼瞅着这个龟缸都有些小了，这都换过两回龟缸了。"

"妈怎么就能认出它是一只雌的？"哥哥又问了起来。

"妈说龟原来是天上的仙女，因为长得特别漂亮，所以天上的玉皇大帝要把她纳入后宫。可是她至死不从，恼羞成怒的玉皇大帝就把她打入凡尘，变成了乌龟……妈确认它是雌的，也许跟这个传说有关。"

"月月也说它是个小姑娘。"哥哥不甘心地补充了一句。

"月月自己就是个小姑娘嘛！"妹妹笑着说。

"现在看来，放生是最好的方法了。"哥哥把话题拉回问题的关键部位，"送给项二伯家也不是好办法，项二伯什么都敢吃，一准儿就给煮熟吃掉了。只是月月那里，怎么做她的思想工作呢？"哥哥为难的是这个。

"月月的工作就交给我来做吧。"妹妹胸有成竹地说。

小泥猴一样的月月从暮光中回来，白昼就在她的身后拉上了窗帘。吃完晚饭，洗了澡，疯够了一天的月月躺在床上睡着了。在她的脑海里，死亡的概念还不十分清晰，悬挂在正堂墙上的奶奶正从四周缠绕着黑纱的镜框中走下来，走到她的梦境中。

项午却难以入眠。田野里的稻子已经收割了，有些秋虫在引吭高歌，有些秋虫在浅吟低唱，不远处的湖水轻轻地拍打着岸边，仿佛岸边憩息着它的婴儿。

把月月领回北京的事，应该告诉静雯一声了。项午和静雯已经认识了一年，他们准备组建一个新的家庭。前几天，跑殡仪馆、到墓地、接待悼唁的亲友，无与伦比的、巨大的悲伤塞满了他的胸膛，他没有心情也没有时间把月月要被领到北京的事告诉她。闲下来的今晚是个机会。此刻的月月卧在床上，像一只乖巧的小狗。

静雯却生了气："这也太突然了吧，项午，你就不能提前和我商量一下？你让我一点儿思想准备都没有！你让我感到太意外了！你让我措手不及！你知道吗？"当记者的静雯用好几个感叹句表达自己内心的不满。

"妈刚走，你知道的，我心里不好受。"项午答非所问地说。

"我知道你心里难受，谁的母亲走不难受？这是两码事。项午，你说的是要领孩子回来，你得提前和我商量啊！"

"我这……不正和你商量嘛！"项午似乎有些理屈。

"你正和我商量是吧？"静雯冷冷地说，"那好，我向你表明我的态度——我不同意！"

一股火腾地就从项午心中生出来："你又不是不知道我是离婚带着孩子的，我们认识时我就告诉过你。我没有欺骗过你，我们的交往是在这个前提之下。"

静雯的声音猛然抬高了，那声音比窗外引吭高歌的秋虫还尖锐："的确，你说得没错，项午同志，我知道你离婚有孩子，我并没有否定这个事实。可你的孩子毕竟没和我们一起生活过，现在猛然插进来，你倒指责起我来啦？"

"奶奶走了，月月这么小。你说，不让她跟着我，跟谁？"项午忍着气说。

"她不是还有一个姑姑吗？"静雯说。

"你这话哪像个大记者说的呢！我是她爸爸，她爸爸又没死！她不跟着我，让她跟着姑姑过？"项午讥讽地说。

"我不管，我不管她跟谁过，反正不可以跟我一起过。我只是一个女人，一个未婚的女人，我不同意！"静雯气极了，说话的声音简直是吼了。

"不同意也得同意！"项午破釜沉舟地说。

"好你个项午，你怎么和我说话呢，你这是和我商量的口气吗？"静雯突然就泪珠纷纷了，"项午，你再别给我打电话了，我求求你，好吗？"说完就挂了电话。

项午握着手机，愣了一会儿神。是否该回拨过去？想想又放下了。项午叹了口气，一种茫然、无奈和愤怒混合在一起的东西充塞了他的胸膛。

手机这时候又响了。是静雯觉得刚才的话不妥啦？项午心里一动，打开一看，却是柴源源发来的微信视频邀请。项午犹犹豫豫地接了。

那边是早晨，柴源源刚洗过澡，头发上裹着毛巾。窗外是一棵高大的雪松，仿佛也要当个第三者似的，一根枝条不依不饶地伸到柴源源的窗边来。

"你让我看看月月。"柴源源用命令的口气说。

"她睡了！"项午还是移动着手机让她看了看熟睡中的月月。刚离婚的那个月，项午不想接她的视频邀请。踏在了美利坚合众国土地上的柴源源，像一匹撒泼的狮子那样凶狠地威胁："项午，你敢剥夺我探视孩子的权利，我就到法院去告你！"

当时项午说了一句赌气的话："柴源源，你那么舐犊情深，还跟着别人的老公跑到国外做什么？"这一句赌气的话很苍白，还不如今夜秋虫的一声低吟。

所以，当时的柴源源理直气壮地说："项午，我们每个人都有追求幸福的权利，我们每个人都没有剥夺他人幸福的权利。请你不要剥夺我幸福的权利好不好？"柴源源总是这么理直气壮。

今天的柴源源也是如此："项午，你知道的，这边的疫情很糟糕，我每天看到的都是感染人数和死亡人数不断攀升的消息，我所在的小区就出现了病例。我要回国。"

"你想回就回嘛，又没有谁敢剥夺你回国的权利。"项午冷笑道。他也陆陆续续地知道一些她的情况，在国外的这几年，柴源源还没有拿到H-1B签证，她在一所大学做完博士后研究工作，又去了另外一所大学做博士后研究。

柴源源毫不介意项午的态度："我需要你的支持，项午，你听明白没有？我需要你的经济支持。"

"需要我的经济支持？"项午大吃一惊，"你需要我什么样的经济支持？"

"我需要钱，你往我的卡上打一些钱。知道吗项午？现在光一张回国的机票就要几千美金，而且我在这边还有信用卡上的钱需要还。你知道的，如果我失去了信用，就再也不能踏上这片土地了。我做博士后一个月有多少钱，你是知道的。所以，我需要你的支持！"柴源源喋喋不休地说，"你也许恨我，可我毕竟是月月的妈妈，你没有剥夺我回国探看月月的权利！"

"我当然没有剥夺你回国探看月月的权利，可我也没有替你买一张回国机票的权利呀！"项午生气地说，"柴源源你怎么寻思的，你怎么好意思开这种口？"

"我怎么不好意思？我有难处，再不济你还是我孩子的爸爸吧，我们在法律上还有某种关系吧，我不向你开口，你说我向谁开口？"柴源源咄咄逼人地说，仿佛她要项午往她的卡上打钱，是她给项午的一个恩惠。

项午气极就乐了："喂，你的那个什么明安呢？你有困难该跟他提嘛！"

柴源源落落大方地说:"廖明安早就回国了,何况我和他并没有任何法律意义上的关系,我们只是同学。项午,你放心,我柴源源不会白花你的钱,只要我回国了,回国后挣了钱我立马就还给你。"

项午哈哈地笑了起来,说:"柴源源,你别做梦了。如果不是为了月月,我早就删除你的一切联系方式了。"又想,当初你远走高飞的时候,能想到自己还有这么一天吗?心里竟涌出一丝报复后的快感。

月月翻了一个身,懵里懵懂地坐了起来,揉着眼睛问:"爸,你在和谁聊天哪,是妈妈吗?"

项午摇了摇头,立刻挂断了通话。他哄着月月躺下来,月月嘟哝了两句,又进入了轻柔的梦乡。

柴源源没了声息,项午以为她识趣了。谁知半个小时后,项午的微信收到了她发来的一条信息:项午,你真的见死不救吗?你真的忘掉了我对你的所有好吗?

柴源源有什么好呢?如果没有好的话,当初又怎么成了夫妻呢?这个晚上,项午再也难以入眠。他似乎听到不远处的湖水里,有大鱼跃出水面又落下来击打在水面的噼啪声。他披衣下床,看了睡熟中的月月一眼,带上了屋门。一轮圆月如澄澈的玉盘,他走过门前的两条田埂,穿过一片秋草萋萋的滩涂,来到了湖边。月光下的湖水,闪着银光,一串一串的银光相互勾连着,谜一般地往前缓缓涌动。

早上,项晨那辆银灰色的吉利自由舰从县城驶回。她从后备厢中取出买好的早点:豆花、米饺、灌汤包和两碟小咸菜……兄妹俩和月月用餐的时候,母亲在墙上慈爱地看着他们。

那只总是一声不吭的小乌龟见早餐没有它的份儿,狂躁地在龟缸

297

中打起转来，有意弄出一些"砰砰啪啪"的声响。月月用完了早餐，拿出龟粮往龟缸中撒了一把。乌龟不再狂躁，开始吃起龟粮。

项晨和项午相视一笑，也放下了碗筷。

项晨走到龟缸边，欣赏了一会儿正在吞食龟粮的乌龟。它吃龟粮也像在捕捉小鱼小虾，粉红色的大口一次次猛地往前出击。姑姑问："月月特别特别喜欢钱钱对不对？"

月月点了点小脑袋。

姑姑循循善诱："月月希望钱钱生活得更好对不对？"

月月又点了点小脑袋，乌黑的眼珠不明所以地盯着姑姑。

"所以呢，"姑姑蹲下身，抚摸着月月的小脑袋说，"月月想啊，钱钱在哪里会生活得更好呢？"

"钱钱和月月在一起生活就很好，月月会把它照顾得棒棒的。"月月有了某种预感，"月月不想把它放生。"月月的眼泪要流下来了。

"好的，不放生！"爸爸见不了女儿的泪，走过来安抚着女儿。

妹妹不说话了，只是盯了哥哥一眼。哥哥不好意思地笑了笑。

吃饱了的钱钱精力充沛地沿着龟缸的四壁打起转来，有时候它会直立起身子，把腹部紧贴在缸壁上，前爪抓住龟缸的上沿，后爪拼命地往起挣。钱钱一定是想爬到龟缸的外面去，可它终究心有余而力不足——前爪的力量不足以支持它的身子翻转开来。折腾了片刻，它只好缩了前爪，身子或慢慢退回缸底，或"砰啪"一声砸到水面。但不知道气馁、不知道疲倦的钱钱，总是在做着这些徒劳的动作。

"月月看哪，钱钱生活在这里，其实是一点儿也不开心的，"姑姑说，"知道它为什么要一次次徒劳地挣扎吗？因为月月这里，毕竟不是它的家嘛。"

"月月的家就是钱钱的家。"月月委屈地喊，那汪泪水瞬间填满了眼窝。

爸爸又心疼起来,走上前欲言又止。姑姑把爸爸推出了门外。

门外的秋阳还很燥热,项二伯的身子在远处的菜地里起起伏伏。一垄垄的稻茬齐刷刷地立在漫了水的稻田里,让项午一时间产生了它们是秧苗的错觉。人生一世,草木一秋,秋天的稻茬竟让人生出几分春天秧苗的感觉,这也是岁月的一种轮回吧。有两只白琵鹭像大将军似的,在稻田里昂首阔步,见项午走得更近了,才双双抖动翅膀,两片落叶似的飘向了湖边。

姑姑决定今天就解决小乌龟的问题,姑姑决定了的事情就一定能实现。姑姑把月月拉进怀里,像母亲似的抚摸着月月的小脑袋。"月月,告诉姑姑,是不是很想妈妈呀?"

"可是,妈妈回不来的,月月只能在手机里见到妈妈。"月月伤心地哭了。

姑姑的心情也不好受,她想起了自己的妈妈,眼泪也无声地流淌了下来,但姑姑还得做月月的工作。

月月的啜泣声小了,姑姑擦净了两个人脸上的泪水,姑姑决定不再提"妈妈"两个字。"月月想过没有,钱钱也有它的爸爸呀,钱钱也有它的姑姑哇。你知道钱钱为什么总是不消停吗?"

月月抬起脸,乌黑的眼珠像两粒熟透了的黑葡萄,那里面满满的都是酸酸甜甜的汁水。

姑姑无限爱怜地抚摸着她的小脸蛋。"钱钱时时刻刻都在想着它的爸爸和姑姑呢,钱钱时时刻刻都在想着要回到它爸爸和姑姑的身边呢。"

"可是,姑姑,钱钱的爸爸和姑姑在哪里呀?"月月问,声音里有

299

一丝哭腔。

"就在门前的湖里呀,钱钱在很小很小的时候,和它的爸爸、姑姑出来玩耍的时候走丢了,你的姑姑和奶奶就把它带到了月月的身边。现在它长大了,月月该把它送回它的爸爸和姑姑身边了。"

月月认真地听着,后来点了点头,泪水像连成线的珠子顺着脸颊往下淌。

姑姑没有擦她的眼泪,任着她的眼泪流淌。

后来,月月自己抹了抹眼泪,瞪着潮湿的眼睛问:"姑姑,钱钱还会回来看月月吗?月月从北京回来的时候,钱钱还认识月月吗?"

"钱钱当然会回来看你呀,奶奶不是给你讲过,有只放生了的乌龟后来带了一串小乌龟回来看望的故事吗?"姑姑松了一口气,说,"钱钱会永远记得月月的,只要月月想它,它就会回来看月月的。钱钱是有灵性的动物。"

"那它能到北京看我吗?"月月破涕而笑。

"那应该不会,钱钱又不能自己乘坐高铁或飞机。只有月月回到老家了,月月想它了,它才会来看月月。"姑姑信誓旦旦地说。

接下来的环节就迎刃而解了,姑姑喊回了立在门前田埂上的爸爸。月月恋恋不舍地往龟缸里撒了一些龟粮,但钱钱似乎不感兴趣,只捕捉了一粒就再也不想碰了,伸起脑袋用乌溜溜的黑眼珠瞪着他们。

月月捧着龟缸,项午和项晨跟在她的后面。那个抓泥鳅的小男孩儿——项二伯的小孙子——知道了要给乌龟放生,一下子蹿到了队伍的前面。

白天的湖水与夜晚的不同,不单是光线使湖水的颜色更加澄澈,白天水流动的声音似乎也比晚上的要舒缓一些。那透明的水轻轻地往脚边涌过来,发出柔柔的一声哗,眼看着就要漫到脚边了,又轻轻地退回湖中,也发出柔柔的一声哗。多像一声声的叹息。

龟缸倾倒在湖边,钱钱迅速地爬出来。它只略微迟疑了一下,就撒开四爪,迅速地游进湖水里,似乎并没有多看月月一眼。

月月失望地喊:"钱钱——钱钱——"

钱钱不肯回头,一直游到前方一片蒲草丛中,长长的明黄色的蒲草遮住了钱钱的身影。

月月不甘心地喊:"钱钱——钱钱——"

爸爸说:"钱钱现在正迫不及待地要和它的爸爸、姑姑团聚呢,现在它哪有时间回应月月呀。"

月月怅然若失地望着湖面。

"哥呀,其实我有好多年没来这湖边了,每次回家来看妈,都是急匆匆的。"妹妹有些羞涩地说。望着湖水,她想起了自己的童年。"那时候,你常领着我来这里划船呢,那种很小很小的船——我们叫作腰盆的,现在几乎不见了。哥呀,你划得么好……"妹妹顿了顿又说,"小时候,我可是一直为你而自豪的,你是咱村第一个考上清华的,你一直是我的榜样。"

哥哥的眼前就出现了一个扎着羊角辫的小女孩儿。她竟是月月的翻版,赤着脚,尾随着他穿过门前的田埂,奔向夏天的湖,她"咯咯"的笑声惊飞了一路的水鸟。丰沛的湖水淹没了滩涂上的草,他们的腰盆似乎就在草尖上漂荡。不一会儿的工夫,就捞起了一蓬一蓬的菱角草,还有那拳头大小像一只只小刺猬似的、他们叫作"鸡豆包子"的东西——剥开那刺猬似的外皮,里面的籽像莲子一般粉糯,籽粒上裹着像石榴籽一样的果胶。回来的路上,妹妹的小手不小心被"鸡豆包子"的刺扎了一下,她一路的哭啼也惊飞了路旁的水鸟。

那时候的父母,还不到四十岁,一转眼都双双作了古。哥哥已经白发丛生,哥哥的脸上也挂起了老相。时光啊,就藏在眼前的湖水里,你抓是抓不回来的。

小男孩儿问月月:"你是明天就去北京吗?"

月月说:"是后天。"

"再也不回来了吗?"

"我会常回来看你的。"月月说。

哥哥和妹妹相视,会心地笑了一笑。

这天的午后,月月躺在床上睡着了。在她的梦里,那只小乌龟正从湖边爬回她的生活中来,她连喊了几声"钱钱"。项午走过去一瞧,她睡得正香,知道了她在说梦话。

午后的阳光让屋子的阴影像湖水一般在兄妹俩的眼前一点儿一点儿地漫延,它终归要漫延到湖水中。妹妹不动声色地问:"哥,柴源源想回国啦?"

哥哥的眉毛往上一挑:"你和她联系啦?"

妹妹不屑地说:"我才不和她联系呢,是她主动找我的。她说妈去世了她也很悲痛,她说她又梦见月月了,她想回来,她想给月月一个温暖的家。她的意思是想和你复婚吧?"

哥哥冷笑了一声。

妹妹看着哥哥的脸色说:"其实呀,我知道的,是柴源源在那边混不下去了。那个人,那个叫什么明安的,回国了,赶在这次疫情之前回的国。人家在广州有孩子,人家还是想回到孩子身边。水往下流嘛，妈常说这句话，其实一切都是为了孩子。"

哥哥的脸阴沉沉的，仿佛马上就要下一场暴雨。

"妈的话虽然有道理，但是，哥，你要有自己的原则，你一定不要答应她。"妹妹咬了咬嘴唇，"她就是一个坏女人！她当初那么义无反顾。你要让她后悔一辈子，你要让她知道这个世上根本就没有什么后悔药！"

哥哥的脸上终究没有下一场暴雨，他只是冷峻地点点头。

"我嫂子对月月回北京，应该没意见吧？我嫂子是大记者，应该是个通情达理的人。"妹妹管静雯叫"嫂子"，管月月的妈叫"柴源源"。

"妈走得太突然，我还没来得及和她说呢。"哥哥抱起脑袋，仿佛还陷在母亲离去的悲伤中，一时难以自拔。

"你应该早点儿和我嫂子商量！"妹妹盯着哥哥说。

"有时候我想，其实柴源源可能也有她的苦衷，她未必像你想象的那么坏。"哥哥突然说。他像刚睡醒似的，用两张大手猛搓自己的面部。

妹妹没好气地剜了哥哥一眼。

月月醒来的时候，不见了姑姑，只有爸爸一脸慈爱地注视着她。

"姑姑回家啦？"月月问，"姑姑总是那么忙吗？"

爸爸"嗯"了一声，手机也同时传来嘀的一声——微信消息的提示音。项午打开手机瞅了一眼。

"是妈妈发来的信息吗？"月月紧盯着爸爸问。

爸爸摇了摇头。

是静雯发来的消息。静雯觉得自己昨天的言辞有些过激了，她为这个向项午道歉。不过她还是不同意带月月回北京，她表示可以多出一点儿钱,让月月留在她姑姑的身边。项午没有回复这条信息。

屋子的阴影已经漫过了门前的一块稻田,阴影还像湖水一般往前漫延,暮色将要降临。

月月惦记起钱钱来,她总觉得钱钱已经爬行在回来看她的路上了。她都听见了它爬行的声音。

爸爸伸出一只胳膊把女儿揽在怀里,他揽着她穿过门前的田埂,往夕照中的湖边走。一路上并没有钱钱的影子,滩涂上秋草萋萋,湖水在滩涂的尽头闪着金灿灿的光。

起风了,风吹着的湖水像一匹匹缀了金丝的青缎在招展。

"爸爸,钱钱会来看我吧?你说过它会来看我的,只要我轻轻地呼喊它。"月月奶声奶气地说。

"钱钱当然会来看月月了,月月是它的小伙伴。何况钱钱是一只有灵性的动物。"爸爸肯定地说。

"可是,它怎么还不出现哪?"月月轻轻地喊了起来,"钱钱——钱钱——我来看你了,钱钱——"

湖水还是像一匹匹缀了金丝的青缎在招展,什么异样的动静都没有。月月不甘心地喊了起来:"钱钱——钱钱——我来看你了,钱钱——"

爸爸也紧张地注视着湖面,有四只两大两小的野鸭出现在视野中。它们是爸爸妈妈领着一双儿女吗?他怔怔地想。

他的手机又传来嘀的一声——微信信息的提示音。是那个不依不饶的柴源源发来的:项午,你必须给我买一张从纽约肯尼迪机场到北京首都机场的机票,你必须往我的卡上打两万元人民币。

他冷笑了一声,也没有回复这条信息。

但他突然睁大了眼睛:"来了——钱钱来了——"他指着前方的

水面对月月说。

"在哪里？我怎么没看见？"月月踮起了脚往水面上搜寻。夕阳落了下去，湖水抽了金丝，只像一匹匹光洁的青缎，四只野鸭也悠闲地游走了。月月什么都没有看见。

"在那边，在那一丛蒲草的那边，这回看见了吗？"

月月顺着爸爸的指尖看过去，在蒲草的那边，真有一个黑黝黝、拇指一般粗细的小脑袋犹犹豫豫地往这边移动。看不见它的身子，它的身子隐藏在湖水里。不过，也有可能是没在湖水中的蒲棒。

"钱钱——钱钱——"月月兴奋起来，把小手拢到嘴边，拢成喇叭状地喊。

它似乎听见了月月的喊声，那只拇指般粗细的脑袋又往水面伸高了一点。它迟迟疑疑的，脑袋随着水波起伏，似乎并没有往湖边移动。

"爸爸，它也许不是钱钱，它也许是一条水蛇。"月月见惯了在水里游动的蛇，有些沮丧地说。

"怎么可能是水蛇呢？月月见过水蛇的，水蛇在水里是弯弯曲曲地游动。"爸爸用一只手模拟着蛇形，后来那只手变成了一条笔直的线，"月月看哪，它又开始游动了，它就是直奔着你来的。"那个拇指般粗细的脑袋随着水波，似乎真的向湖边游来了。可是它似乎又迟疑起来……湖上突然生起一阵风，一阵大一点儿的水波荡过去，它就不见了踪影。

"钱钱——钱钱——我在这里！"月月拼命地向湖面招着手，那个拇指般粗细的脑袋再也不肯浮出水面了。

眼泪就汪进了月月的眼窝。"爸爸，也许它并不是钱钱，钱钱不会不肯见我的。"说着，那汪在眼窝中的泪就止不住地掉下来。

两行清泪顺着她光洁的脸蛋往下流,像两条注定要注入湖水中的清溪水。

爸爸想用纸巾止住两条清溪水的步伐,可是,止不住。爸爸肯定地说:"它就是月月的钱钱,我还看见它向月月点了点头呢。它知道月月就要离开家乡了,它是来给月月送别的。"

"可是,爸爸,月月怎么没有看见钱钱点头呢?"月月呜呜咽咽地说。

"爸爸看见了呀,爸爸看得一清二楚的,那还有假?"

"难道爸爸的眼睛比月月的眼睛还要好吗?"月月抹了抹湿漉漉的眼睛,她不哭了。

"当然是月月的眼睛比爸爸的好啦,可是,爸爸不是戴着眼镜吗?"爸爸小心地编织着语词。

"戴眼镜就能让眼睛变得更好吗?"月月问。

"当然不是这样了,只有眼睛不好的人才戴眼镜。"爸爸怕误导了孩子,"也许,月月刚才是太激动了,心里只有钱钱就要游到身边来了的念头,所以没有看得真切……"

"唉!"月月叹了口气,小大人似的,脸上盛满了无限的失望和懊恼。她又不甘心地问:"爸爸,钱钱为什么不游到我跟前来呢?钱钱为什么只是远远地向我点头呢……"

"呃,大概是因为爸爸在月月身边吧。钱钱不熟悉月月的爸爸,所以,它感到害怕……"爸爸小心翼翼地解释。

"那妈妈不肯回到月月的身边,也是因为害怕爸爸吗?"月月紧紧揪住爸爸的话不放。

爸爸一时不知道如何回答。

圆圆的月亮升起来,关切地注视着湖边的父女俩。月月仰着头期待着爸爸的答案。那两粒黑葡萄似的眼珠里各带着一只圆圆的月亮,投射到他的眼睛里,瞬间击穿了他心肠中最坚硬的部分,让那些最坚硬的东西软成了一摊泥。

"爸爸有什么可怕的,妈妈不会害怕爸爸的,妈妈……会回来的……"他喃喃地说。